Harry Baumann
Sturm über Frankreich

Harry Baumann

Sturm über Frankreich

Kriegsroman

Bibliografische Information der Deutschen Nationalbibliothek:
Die Deutsche Nationalbibliothek verzeichnet diese
Publikation in der Deutschen Nationalbibliografie;
detaillierte bibliografische Daten sind im Internet
über http://dnb.dnb.de abrufbar.

Herstellung und Verlag: BoD – Books on Demand, Norderstedt

ISBN: 9783759714091

Prolog

Die Sturmböen peitschten den vermummten Männern Eiskristalle ins Gesicht. Wegen der hochgezogenen Schals und den Brillen merkten sie kaum etwas davon. Die Meerenge war in diesem arktischen Spätwinter 1943 zugefroren und sie kamen auf den Skiern gut voran.

Man vertraute auf die Aussage des einheimischen Führers, des Inuit Nanuk, dass dessen Cousin vor einem Monat einen Funkmast auf der Sabine-Insel gesehen hatte. Der Kommandeur der Nordøstgrønlands Slædepatrulje, Korporal Knudsen, ließ anhalten und die Waffen überprüfen. Man wusste nicht, ob die Deutschen dort nur Meteorologen abgesetzt hatten oder auch eine Wachmannschaft der Wehrmacht. Das Überraschungsmoment war auf ihrer Seite.

Der vorderste Posten Feldwebel Günther bemerkte Schatten, die sich hinter Eisblöcken bewegten und schlug Alarm. Nur Sekunden später gingen die dafür eingeteilten zwei Soldaten an ihr Maschinengewehr, das kurz aufbellte und die Angreifer hinter den Eisblöcken verharren ließ. Knudsen und zwei weitere Mitglieder der Schlittenpatrouille waren durch den Schnee gerobbt und versuchten, eine Sprengladung am Funkmast anzubringen. Ein Ausfall, geleitet vom Leutnant zur See, Hermann Ritter, verhinderte dies. Der Däne Eli Knudsen blieb getroffen liegen. Die anderen beiden Männer warfen sich in Deckung. Sie hatten nicht damit gerechnet, dass eine Wetterstation über so viel Feuerkraft verfügte wie eine Infanteriekompanie.

Plötzlich wurden aus den Jägern Gejagte. Sie wurden gefangen genommen und mussten dem deutschen Leutnant verraten, wo ihr Stützpunkt ist. Auf der Insel Clavening gelang es ihnen, sich zu befreien und zudem Leutnant Ritter als Gefangenen mitzunehmen. Die anderen Mitglieder der Schlittenpatrouille hatten sich bis Scoresbysund zurückgezogen und meldeten dort die genauen Koordinaten des deutschen Stützpunktes.
Am 25. Mai 1943 wurde die wichtigste Wetterstation der Wehrmacht im Nordwestatlantik durch vier amerikanische Bomber zerstört, die von einem Luftwaffenstützpunkt in Island aufgestiegen waren. Die Operation ›Holzauge‹ war gescheitert.

Kapitel 1

Julia hatte ein Bein auf einen Hocker gestellt und rollte langsam den Seidenstrumpf nach oben. Dann befestigte sie den Saum an einem der Strapse ihres Hüftgürtels. Der Mann, der die Szenerie beobachtete, drückte die Zigarette in einem Aschenbecher aus.

»Wozu der Aufwand, chérie? Du musst nur zur Nachtschicht im Krankenhaus und nicht zu einem Opernball. Wie heißt noch mal der Oberarzt, den du womöglich beeindrucken willst?«

»Ist da jemand jaloux? Oder wie sagt man auf Deutsch? Dr. Mathieu ist zwar nett, aber glücklich verheiratet und stellt keiner Krankenschwester nach.« Julia lachte und zog den zweiten Strumpf an. Als sie in den Rock geschlüpft war, nahm der Mann sie in den Arm und hauchte ihr einen Kuss auf den Mund.

»Ich muss noch mal weg. Keine Sorge, nicht weit von Le Havre entfernt. Ich wünsche dir eine ruhige Schicht!«, sagte der Mann, der sich Klaus Winkler nannte.

Als Bausachverständiger inspizierte er Schlösser und Villen von Calais bis zur Loire. Viele Parteifunktionäre der NSDAP sowie Offiziere der Wehrmacht und der SS wünschten sich nach dem Endsieg einen mondänen Zweitwohnsitz in Frankreich.

»Wir sehen uns dann morgen früh«, sagte Julia Bouchet, warf ihrem Geliebten einen Luftkuss zu und huschte nach draußen. Klaus Winkler vergewisserte sich mit einem Blick durch das Fenster, dass seine Julia auf eine Freundin wartete, mit der sie den Gang zum Krankenhaus von Le Havre antrat. Zu zweit waren die jungen Frauen sicherer vor den

Übergriffen betrunkener Besatzungssoldaten oder Matrosen.

Er zog den Mantel über und stieg die Treppe hinunter ins Erdgeschoss. Im Hauseingang verharrte er. Als Zivilist war er vor Attentaten der Résistance relativ sicher, aber man wusste nie. Dann überwand er schnellen Schrittes die wenigen Meter bis zu seinem geparkten Pkw Horch 830 und startete den Motor. Wenn es schnell ging, konnte er morgens um drei Uhr in der Früh zurück sein und eine Mütze Schaf finden, bevor seine Freundin von der Nachtschicht heimkam.

Der Vorschlag, sich fast auf halbem Weg in Rouen zu treffen, war abgelehnt worden. Suchscheinwerfer der Flak erhellten den Nachthimmel, als Klaus Winkler Le Havre verlies. Für diese Nacht erwartete man keine Luftangriffe der Alliierten – aber auch das war ungewiss, wie so vieles. Nach zwei Stunden Fahrt war er in der Nähe des Schlosses von La Roche-Guyon und stoppte. Klaus legte den Anzug ab, holte aus dem Kofferraum die Uniform und verwandelte sich binnen zweier Minuten in den Hauptmann der Abwehr Martin Behrens.

Nach kurzer Fahrt wurde er an der Zufahrt zum Schloss von zwei Wehrmachtssoldaten angehalten, zeigte seinen Ausweis durch das heruntergekurbelte Fenster und durfte passieren.

Auf dem Hof des Schlosses stoppte Behrens den Wagen. Ein Oberfeldwebel öffnete die Fahrertür und salutierte. »Folgen Sie mir bitte, Herr Hauptmann!«

Im Foyer wurde die Tür von einem der Büros aufgerissen und ein hoher Offizier baute sich vor Behrens auf.

»Generalleutnant Speidel! Darf ich fragen, was Sie wünschen, Herr Hauptmann?«, fragte der Mann. Martin Behrens war schockiert. Er hatte eigentlich General Gause erwartet.

»Ich bin Abwehroffizier, der Generalfeldmarschall Rommel persönlich unterstellt ist. Ich habe neue Nachrichten, die bevorstehende Invasion der Alliierten betreffend!«

»Und mir möchten Sie nicht mitteilen, was Sie da in der Aktentasche unter Ihrem Arm haben, Herr Hauptmann?«, fragte Speidel mit hochgezogenen Augenbrauen.

»Ich wiederhole mich nur ungern, Herr Generalleutnant. Bei allem Respekt, ich bin hier, um Generalfeldmarschall Rommel persönlich zu berichten!«, sagte Martin Behrens und salutierte.

»Oberfeldwebel Müller! Führen Sie den Hauptmann wie gewünscht ins obere Stockwerk zu Generalfeldmarschall Rommel!«

»Jawohl, Herr Generalleutnant!«, rief Müller und knallte die Hacken zusammen. ›Neue Besen kehren gut. Mit dem sollte ich es mir nicht verscherzen, sonst lande ich an der Front‹, dachte der Oberfeldwebel und stiefelte die Treppe hinauf.

Speidel eilte zurück in sein Büro und sah die Liste der Mitarbeiter durch. Laut Akte war dieser Hauptmann Behrens der Abwehr der 15. Armee unterstellt, die viel weiter im Norden stationiert war, in der Nähe von Calais. Ein weiterer Vermerk trug den Stempel ›Streng geheim‹.

Aus dem ging hervor, dass Hauptmann Behrens unter dem Namen Klaus Winkler verdeckt als Bausachverständiger unterwegs war. Das erklärte einiges. Der Wüstenfuchs verließ sich nicht auf die Abwehr der Wehrmacht und den Geheimdienst Fremde Heere West, sondern hatte noch ein As im Ärmel. Ein Offizier, der verdeckt in Zivil ermittelte und vermutlich Kontakt zu Informanten hatte, von denen die Geheimdienstler nur träumten. Generalleutnant Speidel nahm sich vor, Behrens im Auge zu behalten. Vielleicht konnte man ihn auch für die geplante große Sache gewinnen.

Oberfeldwebel Müller klopfte an die Tür und wartete auf das ›Herein‹. Dann drückte er die Klinke herunter und rief: »Hauptmann Behrens zur Berichterstattung, Herr Generalfeldmarschall!«
»Danke, Müller, wegtreten! Kommen Sie näher, Behrens. Was haben Sie diesmal für mich?«
Vom draufgängerischen Wüstenfuchs, der in Nordafrika ein ums andere Mal die Engländer genarrt hatte, war nicht mehr viel übrig. Die Augenpartie war umschattet, die Haltung gebeugt. Martin Behrens glaubte, darin die Last der Verantwortung zu erkennen. Rommel war nicht nur Inspekteur des Atlantikwalls, sondern inzwischen auch Oberbefehlshaber der Heeresgruppe B, welche aus der 7. und 15. Armee bestand.

Martin Behrens öffnete langsam die Verschlüsse seiner Aktentasche. »Verzeihen Sie mir die Nachfrage, Herr Generalfeldmarschall, seit wann ist Generalleutnant Speidel Ihr Stabschef?«

Behrens verkniff sich die Frage nach dem Verbleib von Alfred Bause. Unter der Hand wurde gemunkelt, dass sich Lucie Rommel über den Mann beschwert habe. Was da genau an der Heimatfront vorgefallen war, wusste niemand.

Martin Behrens zog ein Stück braunen Gummis aus der Aktentasche, auf dem am Rand noch das blau-weiß-rote Emblem der Royal Air Force zu erkennen war.

»Ein Stück Gummi, Behrens? Wollen Sie mich verarschen?«, lachte Rommel.

»Keineswegs, Herr Generalfeldmarschall!«, sagte Behrens und warf den Gummi, nicht größer als ein Kopfkissen, auf den Kartentisch. »Das Fragment der Attrappe eines englischen Jagdflugzeuges Spitfire, gefunden und gesichert zwischen Folkestone und Dover!«

Rommel kannte seinen besten Informanten inzwischen so gut, dass er nicht daran glaubte, Behrens hätte den Weg von Le Havre nach hier gemacht, um ihn zu veralbern. Umso gespannter war er auf die Erklärung, wie dieses ominöse Stück Gummi in den Besitz des Hauptmanns gelangt war.

»Sie kennen die British Union of Fascists in Großbritannien?« Martin Behrens hielt sich nicht mehr mit Förmlichkeiten bei der Anrede auf.

»Natürlich. Reicht bis in höchste adelige Kreise, angeblich sogar bis ins Königshaus. Der Führer hat die BUF finanziell unterstützt und gehofft, die Partei käme an die Macht. Leider fielen die meisten Briten auf den Verführer und Kriegstreiber Churchill herein«, seufzte Rommel.

»Ein Anhänger eben jener British Union of Fascists hat dieses Beweisstück gesichert, es auf dem Seewege einem

Freund unserer Bewegung in Dänemark übergeben. Von da gelangte es über die friesischen Inseln nach Belgien und Nordfrankreich. Ich habe es gestern in Dieppe abgeholt.«

»Das klingt zwar abenteuerlich, Behrens, aber ich glaube Ihnen. Was soll es beweisen?«, fragte Rommel.

»Liegt auf der Hand. Wenn unsere Luftaufklärung bei Dover viele Flugzeuge und Panzer sieht, handelt es sich zumeist um Attrappen aus Gummi und Holz. Also findet die erwartete große Invasion nicht dort statt, sondern in der Normandie oder der Bretagne. Wo genau und wann, werde ich noch herausfinden!«

Rommel stützte sich mit beiden Händen an der Kante des Kartentisches ab. Auf der Stabskarte waren der Süden Englands, der Ärmelkanal, die besetzten Kanalinseln und Nordfrankreich abgebildet.

»Wir haben das natürlich berücksichtigt. Nur ist man im Stab des Führerhauptquartiers der Meinung, dass die geplante große Invasion am Pas de Calais stattfindet, aus dem einfachen Grund, weil die Alliierten ihre Landungstruppen nur 33 Kilometer übers Meer schippern müssen und kürzere Zeit den Angriffen unserer Luftwaffe ausgesetzt sind«, sagte Rommel und richtete sich auf.

»Die Luftwaffe ist weitestgehend an der Ostfront und zum Schutz des Reichsgebiets gebunden«, sagte Martin Behrens. »Wir können nicht so viele Bomber und Jagdflugzeuge einsetzen, um eine großangelegte Invasion zu verhindern.« Martin durfte sich das herausnehmen. Rommel hatte ein ums andere Mal darum gebeten, unter vier Augen Klartext zu reden.

»Das ist richtig, Behrens. Aber von Calais aus können die Angreifer unsere Abschussrampen für die Flügelbombe

Fieseler ›Kirschkern‹, auch Vergeltungswaffe Eins genannt, in Nordfrankreich erobern und durch Belgien in kurzer Zeit das Reichsgebiet erreichen. Genau deshalb glauben Generaloberst Jodl und die anderen im Führerhauptquartier an eine Landung dort«, seufzte Rommel. »Also gut, ich glaube Ihnen, Behrens! Kraft meines Amtes als Oberkommandierender der Heeresgruppe B werde ich anweisen, dass die kampferprobte 352. Infanteriedivision in befestigte Stellungen an der Küste der Normandie einrückt.« Rommel deutete auf einen Punkt nördlich von Bayeux.

»Da ich auch mit Luftlandeoperationen rechne, werden alle für die Landung von Lastenseglern geeigneten Wiesen im Hinterland entsprechend präpariert.«

»Sie wissen, wie die Soldaten Ihre schrägen, angespitzten Eisenstangen nennen?«, fragte Martin lächelnd.

»Natürlich. ›Rommel-Spargel‹!« Jetzt lachte auch der Generalfeldmarschall. Martin hatte in diesem Augenblick wieder den Wüstenfuchs vor sich, der seinen Männern unter der sengenden Sonne Afrikas den Angriffsbefehl gab. Er salutierte.

»Danke für Ihr Vertrauen, Herr Generalfeldmarschall! Ich mache mich wieder auf den Rückweg, damit meine französische Freundin nichts merkt. Für sie bin ich ja der Bauingenieur Winkler. Ich halte Sie auf dem Laufenden!«

»Sie können wegtreten, Behrens, gute Rückfahrt! In der Nacht sind Sie ja wenigstens vor den feindlichen Jagdbombern sicher«, sagte Rommel. Keiner der beiden riss den rechten Arm nach oben, um ›Heil Hitler!‹ zu rufen.

Martin Behrens parkte den alten, aber zuverlässigen Vorkriegswagen in Le Havre, ein Stück entfernt von dem Haus, in der sich die Wohnung von Julia Bouchet befand. Vor der Stadt hatte er sich wieder umgezogen und in Klaus Winkler verwandelt. Als er die Schuhe abstreifte, überfiel ihn bleierne Müdigkeit. Er machte sich nicht mehr die Mühe, den Schlafanzug anzuziehen, sondern sank in Unterwäsche in das warme kuschelige Bett.

Er bekam auch nicht mit, als seine Freundin Julia vom Nachtdienst zurückkehrte und Wasser für einen Kaffee aufsetzte. Julia hatte kein Problem damit, nach dem Genuss eines anregenden Heißgetränks einzuschlafen.

Plötzlich klopfte es zaghaft an der Tür. Die Krankenschwester öffnete im Morgenmantel. Vor der Tür stand eine etwas pummelig wirkende junge Frau, die sich als Marie-Louise von der Wäscherei Bescond vorstellte. Unter dem Arm trug sie ein Bündel Wäsche.

»Die Uniform von Hauptmann Behrens wurde von uns wie gewünscht gereinigt und gebügelt. Macht fünfzig Franc, Madame!« Die Botin der Reinigungsfirma deutete sogar einen Knicks an.

»Das muss ein Irrtum sein, Mademoiselle«, flüsterte Julia, um ihren Geliebten nicht zu wecken. »Hier wohnt kein Hauptmann der Wehrmacht, sondern der Ingenieur Winkler!«

»Mir wurde diese Adresse genannt.« Marie-Louise schaute verwirrt noch einmal auf den Auslieferungsschein. »Ich sollte die Uniform im Kofferraum eines deutschen Autos deponieren, unsere Wäscherei hat dafür einen Zweitschlüssel. Ich bin neu bei der Firma Bescond. Ich habe das Auto nicht gefunden und deshalb bei Ihnen geklopft.«

Julia zahlte aus ihrer Geldbörse die geforderte Summe und entließ die erleichterte Botin. Der Kaffee hatte sich gesetzt. Sie nahm einen Schluck und schaute auf den Mann, der in ihrem Bett unschuldig wie ein Kind schlummerte. Sie liebte ihn, aber jetzt hatte sich alles geändert. Julia stellte die Tasse ab und rüttelte am rechten Ellenbogen des Schlafenden.

Martin rieb sich die Augen. Sein Blick fiel auf die wohlgeformten Beine seiner französischen Geliebten. Sie hatte immer noch die Seidenstrümpfe an, die sie gestern Abend nach oben gerollt hatte.

»Was ist los, favori?«, schniefte der Erwachende.

»Weißt du, was sie mit mir machen, wenn wir den Krieg gewinnen? Nein? Sie werden mir die Haare scheren und mich anspucken! Wann hattest du vor, mir zu sagen, wer du wirklich bist, Hauptmann Behrens?«

»Das ist ein Missverständnis«, stotterte Martin. »Ich bin Klaus …« Weiter kam er nicht.

Julia hatte das Bündel aufgeschnürt und schleuderte ihm die frisch gereinigte Uniform ins Gesicht.

»Ein Missverständnis? Ich hätte es ahnen müssen, mon dieu! Welcher junge, deutsche Mann reist in Zivil durch Frankreich und schaut sich Schlösser und Villen an? Die meisten dürften an der Front in Russland oder Italien sein!«

»Oder sind in einem rüstungswichtigen Betrieb im Reich unentbehrlich«, sagte Martin und richtete sich auf. Das Paket mit der Ersatzuniform hatte er achtlos beiseitegeschoben. Er griff nach dem rechten Handgelenk von Julia und versuchte, die junge Frau mit Tränen in ihren Augen an sich zu ziehen. Sie wehrte ihn ab.

»Ihr traut uns nicht, du traust mir nicht. Du glaubst, wir sind alle in der Résistance oder unterstützen diese. Aber das stimmt nicht! Wie viele Franzosen machen Geschäfte mit Deutschen, beliefern die Wehrmacht. Du hättest es mir sagen müssen – Martin!«

Julia hatte versucht, den ungewohnten Vornamen Deutsch auszusprechen. Es gelang ihr nicht ganz. Sie beendete die zweite Silbe mit einem singenden hohen Ton.

»Die Legende diente dazu, als Zivilist eher ins Gespräch mit Einheimischen zu kommen. Dank deiner Hilfe ist mein Französisch immer besser geworden.«

Julia ließ sich nun doch ins Bett ziehen und wehrte sich nicht länger gegen einen Kuss.

»Martin gefällt mir auch viel besser als Klaus«, hauchte Julia und hakte hinter ihrem Rücken den BH auf. »Wo warst du in der letzten Nacht, chérie?«

»Ich habe ein Schloss an der Seine besichtigt«, sagte Martin wahrheitsgemäß und bekam dafür einen schmerzhaften Stoß gegen die Rippen.

»Wie heißt das Schloss?«, bohrte die junge Französin nach.

»La Roche-Guyon.« Im selben Augenblick wusste Martin, dass er einen Fehler gemacht hatte. Das durfte einem Abwehroffizier nicht passieren!

Was wusste er schon von dieser Frau, außer, dass sie nach dem Einmarsch der Wehrmacht 1940 ihr Medizinstudium abgebrochen hatte? Sicher wäre sie eine gute Ärztin geworden, arbeitete jetzt als Krankenschwester im Schichtdienst und pflegte gleichermaßen französische Zivilisten und deutsche Soldaten.

»Du weißt, wer da jetzt wohnt?«, fragte Martin zwischen zwei Küssen.

»Renard du désert – der Wüstenfuchs«, hauchte Julia und robbte ein Stück im Bett höher. Martin hatte nur noch zwei einladende feste Brüste vor sich. Es war nicht der rechte Moment, einen klaren Gedanken zu fassen.

Kapitel 2

Als Julia gähnend aufstand und sich den Morgenmantel überstreifte, fand sie auf dem Küchentisch einen Zettel vor.

›Besichtige den Wandteppich von Bayeux. Komme vielleicht erst heute Abend wieder, wenn Du schon unterwegs zur nächsten Nachtschicht bist. Je t'aime chérie! M.‹

Martin Behrens versteckte sich nicht länger, sondern war in seinem Horch als Hauptmann der Wehrmacht unterwegs. Er warf nur einen kurzen Blick auf den langen Wandteppich von Bayeux, der aus der zweiten Hälfte des 11. Jahrhunderts stammte. Im Jahr 1066 war es dem Herzog der Normandie gelungen, mit den damaligen primitiven Mitteln eine ganze Armee nach England zu schaffen und das Land zu erobern. ›Wir hätten 1941 nicht Russland angreifen sollen, sondern England‹, dachte er. ›Unsere Divisionen wurden in den weiten Steppen des Ostens verstreut. In England hätte man nach zwei Tagen London erreicht und einen Kriegsgegner ausgeschaltet.‹ Behrens schüttelte den Kopf. Der Führer und dessen Visionen, den Bolschewismus zu bekämpfen und dem deutschen Volk Raum im Osten zu schaffen. Pragmatischer wäre es gewesen, den Zigarren rauchenden Churchill zu verhaften.

Martin trat hinaus ins gleißende Sonnenlicht dieses Frühlingstages. An ihm vorbei rollten die Lastkraftwagen der 352. Infanteriedivision. Er stieg in seinen Horch und folgte den Staubfahnen. Rommel hatte Wort gehalten.

Die Verteidigungsanlagen in der Normandie wurden ausgebaut und durch erfahrene Soldaten verstärkt.

Julia traf sich, nachdem sie ausgeschlafen hatte, zum Nachmittagskaffee mit ihrer Freundin Brigitte, die in der gleichen Schicht war, aber im Krankenhaus in einer anderen Station arbeitete.

»Es ist so friedlich, aber ich glaube nicht, dass es so bleibt. Irgendwas liegt in der Luft«, sagte Brigitte und nippte an ihrem Kaffee.

»Wir kennen uns jetzt drei Jahre, Brigitte. Ich frage dich als Freundin«, begann Julia und senkte die Stimme zu einem Flüstern. »Es hat sich herausgestellt, dass der Mann, mit dem ich zusammenlebe, nicht der ist, wofür er sich ausgibt. Mit anderen Worten – Klaus ist nicht Ingenieur, sondern Martin, ein Offizier der Wehrmacht! Ich weiß nicht, wie ich mich verhalten soll. Ich will ihn beschützen, ungeachtet dessen, wofür er steht. Kennst du jemand, an den ich mich wenden kann, ohne Verrat zu begehen?«

»Welche Art Offizier?«, fragte Schwester Brigitte und starrte in die nahezu leere Kaffeetasse.

»Abwehr, Generalfeldmarschall Rommel unterstellt«, flüsterte Julia, weil der Kellner um die Tische schlich.

»Ich kenne mich damit nicht so gut aus, weiß aber, dass die Abwehr der Wehrmacht Gegenspionage betreibt und Verräter in den eigenen Reihen aufspüren will. Da er nicht zu Gestapo und SD gehört, besteht die Chance, deinen Wünschen Rechnung zu tragen. Deine Station leitet Oberschwester Claire. Wende dich an sie, bevor sie nach Hause geht. Ich habe nichts gesagt.« Brigitte trank den Kaffee aus und rief nach dem Kellner, um zu bezahlen.

»Wir sehen uns um neun Uhr zum gemeinsamen Weg ins Krankenhaus, bis heute Abend!«

Um 21:00 Uhr war Martin noch nicht zu Hause. Julia ging nach draußen, um auf Brigitte zu warten, mit der sie jeden Tag den Gang ins Krankenhaus antrat.

Die beiden Freundinnen hatten sich erst vor ein paar Stunden getrennt und liefen durch das abendliche Le Havre.

Als das Schweigen für Julia unerträglich wurde, fragte sie: »Was meintest du damit, als du gesagt hast, irgendwas liegt in der Luft?«

»Es wird gemunkelt, am 31. Mai ist es soweit, dann greifen sie an«, flüsterte Brigitte, obwohl niemand in der Nähe war, der sie belauschen könnte.

»Und woher hast du diese Weisheit?«, wollte Julia wissen.

Brigitte ging nicht auf die Frage ein. Sie beschleunigte ihre Schritte, sodass Julia Mühe hatte, zu folgen. Vor einem Restaurant standen drei rauchende Matrosen der kleinen Schnellbootflottille, die in Le Havre stationiert war und pfiffen den jungen Frauen nach. Genau aus diesem Grund waren sie hier zu zweit unterwegs.

Im Krankenhaus angekommen verabschiedete sich Brigitte in ihre Station. Julia beeilte sich beim Umkleiden, damit das anstehende Gespräch mit der Oberschwester nicht gleich mit einem Anpfiff begann, sie wäre zu spät dran. Sie zupfte Schürze und Haube zurecht und erschien keine Sekunde zu spät im Schwesternzimmer der Station. Claire warf einen kurzen Blick auf die große Uhr über der Tür und nickte Julia freundlich zu. Nach der Diensteinteilung schwirrten die anderen Mitarbeiterinnen auf den Flur, während Julia unschlüssig stehen blieb. Sollte sie sich der

Oberschwester anvertrauen, die nach Auskunft von Brigitte womöglich Kontakt zum Widerstand hatte? Für einen Augenblick kam sie sich vor wie die niederländische Erotik-Tänzerin Mata Hari, die im ersten großen Krieg dieses Jahrhunderts für die Franzosen und Deutschen spioniert hatte und dies mit ihrem Leben bezahlt hatte.

»Ist noch etwas, Julia? Ich habe Feierabend und würde gern an Schwester Monique übergeben.«

»Meine Freundin Brigitte, die in der Chirurgie arbeitet, teilte mir unter der Hand mit, dass du vielleicht, ich weiß nicht …«, druckste Julia herum.

Die Oberschwester für die Nachtschicht schaute noch einmal herein, weil sie sich wunderte, dass Julia nicht an die Arbeit ging. Claire flüsterte ihr etwas ins Ohr, woraufhin Monique verständnisvoll nickte und wieder verschwand.

»Wir alle begegnen dir hier mit verstecktem Misstrauen, weil du mit einem Deutschen zusammen bist«, sagte sie. Julia wollte etwas erwidern, aber Claire winkte ab. »Gehen wir in das Büro von Dr. Mathieu, der ist nicht mehr da und wir sind ungestört.«

Im verwaisten Büro des Stationsarztes angekommen lehnte sich Claire gegen den Schreibtisch und stützte sich mit den Handballen an der Kante ab. »Ich höre!«

»Der Mann, mit dem ich zusammenlebe, ist nicht der Bauingenieur, für den er sich ausgibt, sondern Hauptmann der Abwehr Martin Behrens. Die Botin einer Wäscherei sollte die gereinigte Uniform im Kofferraum eines Autos deponieren, fand es nicht und klopfte bei mir, weil die Adresse auf dem Lieferschein stand«, sagte Julia und zuckte mit den Schultern. Sie war sich ihrer Zuneigung zu Martin sicher, wusste noch nicht, wie sie sich weiter verhalten sollte.

»Danke, dass du dich an mich gewendet hast. Brigitte hatte recht. Fast alle hier, auch die meisten Ärzte, wissen Bescheid. Komm, steigen wir in die Katakomben. Es wird Einfluss auf deine Entscheidung haben, wie du dich weiter verhalten sollst.« Auf der Treppe in den Keller fügte die Oberschwester hinzu: »Ich muss nicht extra betonen, dass bei einem Auftauchen der Gestapo du morgen Abend nicht mehr zum Dienst antreten kannst. Es wird wie ein Unfall aussehen!«

Julia fröstelte es. Worauf hatte sie sich hier eingelassen? Zudem wurde es mit jeder Treppenstufe nach unten kühler. Claire klopfte vier Mal an eine unscheinbare Tür am Ende eines Ganges. Ihnen öffnete ein älterer Mann. Er hielt eine Pistole in der Hand, die wahrscheinlich schon im ersten großen Krieg zum Einsatz gekommen war.

»Bonsoir, Claire! Halten Sie es für eine gute Idee, Schwester Julia das hier zu zeigen?« Der alte Mann deutete in den Gang hinein.

»Es hat sich herausgestellt, dass ihr Liebhaber Hauptmann der Abwehr ist. Sie möchte mit uns zusammenarbeiten!«, sagte Claire bestimmt. »Folge mir! Die Patientin Marie-Therese liegt in Zimmer 3!« Die Oberschwester öffnete die Tür und Julia sah im Dämmerlicht zunächst nur das blasse Gesicht einer jungen Frau, deren linkes Auge zugeschwollen war.

»Alles in Ordnung, Marie-Therese?« Claire goss kalten Tee in eine Tasse und führte sie an den Mund der jungen Frau. »Wegen einiger angeknackster Rippen fällt ihr das Sprechen noch schwer, weshalb ich ihre Geschichte erzähle. Unter der Folter hatte ein junger Mann in seiner Verzweiflung Namen genannt. Nur auf diesen Verdacht hin wurde

Marie-Therese vor einer Woche verhaftet. Man entkleidete sie bis auf den Unterrock und drückte ihr Gesicht wiederholt in eine Wanne mit kaltem Wasser. Die Vergewaltigung verhinderte ein höherer Dienstgrad der Gestapo, der meinte, das würde man nach dem Geständnis und vor der Hinrichtung durch den Strang immer noch machen können. Der Offizier ließ sie mit gestreckten Armen an einen Fleischerhaken einhängen und zusammenschlagen. Daher die Rippenbrüche. Dann durchtrennte er die Träger des Unterrocks und drohte, ihre Brustwarzen abzuschneiden, wenn sie nicht reden würde. Nach zwei Tagen gaben sie auf. Die Gestapo war zur Erkenntnis gelangt, dass sie wirklich nichts wusste. Marie-Therese wurde wie ein verendendes Tier des nachts in den Rinnstein geworfen und von Kämpfern der Résistance zu uns in den Keller gebracht. Jetzt bist du dran, Julia!«

Die Angesprochene wischte sich eine Träne aus dem Augenwinkel. Julia hatte geahnt, dass die Deutschen nicht zimperlich mit Leuten umgingen, die im Widerstand waren. Hier hatte man eine unschuldige junge Frau auf einen Verdacht hin gefoltert.

»Der Mann, mit dem ich zusammenlebe, ist nicht bei der Gestapo oder SS, sondern der Wehrmacht unterstellt«, sagte sie, nachdem sie sich gefasst hatte.

»Das mag sein, Julia. Ich wollte dir nur die Augen öffnen, wozu die fähig sind«, entgegnete Claire. »Bist du bereit, uns in Kenntnis zu setzen, was dein Freund herausgefunden hat?« Der Moment war noch nicht gekommen, Julia darum zu bitten, gezielt Falschinformationen in die andere Richtung zu leiten.

»Ich bin bereit, noch weiter zu gehen. Was hältst du davon, wenn ich Martin über unsere Unterredung informiere und in der Folge ihm mitteile, was ihr wisst? Natürlich nur, was er wissen soll«, beeilte sie sich hinzuzufügen.

Claire freute sich insgeheim, dass Schwester Julia von selbst darauf gekommen war.

»Bist du wahnsinnig? Willst du, dass wir alle so enden wie Marie-Therese? Dabei hatte sie noch Glück. Sie lebt noch! Finde zunächst heraus, ob dein Freund ein strammer Nazi ist, NSDAP-Mitglied. Lassen wir es behutsam angehen! Und jetzt ab zu den Patienten!«

Nach der Nachtschicht fand Julia ihren Liebhaber schlafend vor. Sie zog sich aus, machte Katzenwäsche und schmiegte sich an ihn. Martin gab ein grunzendes Geräusch von sich, erwachte aber nicht.

Julia wälzte sich einige Male hin und her bevor sie einschlafen konnte. Nach zwei Stunden wurde sie von Geräuschen aus der Küche geweckt. Martin hatte sich einen Kaffee gebrüht und rührte in der Tasse. Obwohl sie nur drei Stunden geschlafen hatte, hüpfte die junge Französin mit Schwung aus dem Bett.

»Möchtest du auch einen Kaffee?« Martin Behrens deutete auf den pfeifenden Wasserkessel.

»Gerne!« Julia rekelte sich wie eine Katze. Sie liebte den Mann, auch wenn sich herausgestellt hatte, dass der Ingenieur ein Wehrmachtsoffizier war.

Martin reichte ihr den in der Tasse aufgebrühten Kaffee. »Zucker?«

Julia nickte und schlüpfte in die Pantoffeln. Sollte sie es wagen?

»Du hast noch etwas auf dem Herzen, sonst wärst du nach der Nachtschicht liegengeblieben«, sagte Martin und schielte über den Rand der Tasse, die sein halbes Gesicht verdeckte.

»Ich mache mir Sorgen um dich! Du bist mit einem auffälligen Auto unterwegs, ziehst dir irgendwo am Straßenrand die Wehrmachtsuniform an und könntest Ziel eines Angriffs werden! Ich kann es verhindern, wenn du mir …« Julia stockte. Sie war ohne Rücksprache mit Claire gar nicht befugt, solche Zusagen zu machen.

Martin Behrens stellte die Kaffeetasse ab, kam mit federnden Schritten näher und umfasste ihre Taille.

»Sag jetzt nicht, du gehörst zur Résistance!«, sagte Martin mit leiser Stimme. Auch diese Wände könnten Ohren haben.

»Nein, aber ich habe Kontakt aufgenommen! Bitte, ich mache es wirklich aus Sorge um dich!«

Martin umfasste den schmalen zitternden Körper noch fester.

»Ich glaube dir, Julia! Du bist mit mir nicht nur zusammen, weil du dich mit der Besatzungsmacht gut stellen willst. Da ist viel mehr, auch von meiner Seite! Wenn es herauskommt, sind wir beide tot und euer Krankenhaus wird ein deutsches Militärhospital. Wir sollten dafür sorgen, dass es dazu nicht kommt.« Martin hauchte Julia einen Kuss auf die Stirn, dann auf die Nase, bevor sich ihre Lippen trafen.

»Du hast eine Andeutung gemacht, dass es nicht ohne Gegenleistung funktioniert. Das Nummernschild meines Autos gegen was?«

»Liegt es nicht auf der Hand, chérie?« Julia löste sich aus der Umarmung. »Meine Kontaktperson möchte gern wissen, was auch der alte Fuchs weiß. Wo willst du hin, Martin?«

»Du kannst deiner Kontaktperson schon mal mitteilen, dass deren Freunde jenseits des Ärmelkanals einige Überraschungen in Frankreich erwarten. Nicht nur am Strand – auch dahinter! Weiß sie auch, wann die Alliierten anlanden?«

»Sie sagte 31. Mai«, schluchzte Julia.

»Was deine Frage betrifft – genau das werde ich mir heute anschauen, nur weiter westlich als gestern! Leg dich wieder hin, chérie, du hast eine weitere anstrengende Nachtschicht vor dir!«

Martin stellte die beiden Kaffeetassen in die Spüle und verließ die Wohnung in Zivil, wie immer, um sich unterwegs umzukleiden.

Kapitel 3

Generalfeldmarschall Erwin Rommel war immer noch die werbewirksamste Figur der Propagandamaschinerie der Nazis. Fast jeder seiner Auftritte wurde von Kamerateams der ›Wochenschau‹ begleitet. Man hatte ihn einst aus Nordafrika ausgeflogen, damit die drohende Niederlage in der Sahara nicht ihm angelastet werden konnte. Im Oberkommando der Wehrmacht war man insgeheim der Meinung, dass die Kapitulalion deutscher Truppen in Tunesien, die man zuvor noch verstärkt hatte, fast verheerender als die in Stalingrad war. In Nordafrika waren mehr Soldaten in Kriegsgefangenschaft geraten, als an der Wolga.

Martin Behrens hielt sich im Hintergrund, als Rommel vor laufender Kamera erklärte, welche Strandhindernisse man einzusetzen gedenke.

Da war von sogenannten ›Tschechen-Igeln‹ die Rede, Stacheldrahtverhauen, Panzersperren und schräg in den Boden gerammten Pfählen, die man nach ihm ›Rommel-Spargel‹ benannt hatte. Der Generalfeldmarschall lachte in die Kamera und verbreitete Zuversicht. »Der Atlantikwall wird nicht nur hier, sondern überall verstärkt. Die Tommys und die Amis werden schnell merken, dass sie keinen Strandurlaub gebucht haben!«

»Eine Frage liegt auf der Hand, Herr Generalfeldmarschall? Warum haben Sie uns in die Normandie eingeladen?«, fragte der Reporter.

»Im Generalstab des Heeres und im Führerhauptquartier ist man der Meinung, dass der Hauptstoß des Gegners auf den Pas de Calais zielt. Hier in der Normandie erwarten wir in den kommenden zwei Monaten einen großangelegten Scheinangriff, der Kräfte binden soll. Ich wollte Ihnen nur demonstrieren, dass wir auf alles vorbereitet sind!« Hauptmann Behrens schüttelte im Hintergrund den Kopf. Wahrscheinlich musste Rommel das sagen, weil es offizielle Sprechweise war. Das Stück Gummi, welches Martin im Schloss La Roche-Guyon präsentiert hatte, konnte man nicht zeigen. Alle hätten sich darüber lustig gemacht.

»Steigen wir in die Autos, meine Herren«, sagte Rommel gutgelaunt. »Ich habe im Hinterland einige spezielle Überraschungen geplant für den unwahrscheinlichen Fall, dass der Gegner hier landet und Brückenköpfe bilden kann.«

Der Wolkenschleier riss auf und über dem Ärmelkanal tauchte eine viermotoriges Flugzeug auf.

»In Deckung!«, brüllte ein Offizier aus Rommels Stab. Die Maschine ging tiefer, feuerte aber nicht aus den Bordwaffen. Da sich alle auf dem landeinwärts gelegenen Hang der Düne befanden, hofften sie, im Gras und im Schatten liegend nicht sofort gesehen zu werden.

Für das englische Flugzeug wäre es ein Leichtes gewesen, die geparkten Autos mit einem gezielten Bombenabwurf in Schutt und Asche zu legen. Nach einer langgezogenen Kurve hätte man mittels der Bordwaffen ein Blutbad unter den Deutschen, die sich ins Gras krallten, anrichten können. Offenbar hatte der Pilot keinen Befehl dafür und wusste wahrscheinlich auch nicht, wer da in Deckung gegangen war.

Generalfeldmarschall Rommel war der Erste, der aufstand, als das Flugzeug abdrehte. Er klopfte sich den Sand

aus dem Mantel. »Fast wie in Afrika«, sagte er und alle lachten pflichtbewusst mit. »Aufklärer sind meist wendige, einmotorige Flugzeuge. Bin auch drauf hereingefallen.«
Rommel stieg hinab zum Parkplatz und alle folgten ihm. »Kleine Planänderung! Da Sie die rückwärtigen Artilleriestellungen und die überfluteten Gebiete, welche die Landung von Fallschirmjägern erschweren, ohnehin nicht filmen dürfen, lade ich Sie zu einem Imbiss in Bayeux ein«, sagte der Generalfeldmarschall gutgelaunt.

Der Wirt des Restaurants im mittelalterlichen Städtchen war natürlich vom Sicherheitsdienst überprüft worden. Ungeachtet dessen hatte man alle Räume inspiziert und mittels Spürhunden auf versteckten Sprengstoff untersucht.
»Die Kamera ist ausgeschaltet, Herr Generalfeldmarschall«, sagte der Reporter der ›Wochenschau‹. »Können Sie uns einen konkreten Termin nennen, wann der Feind angreift?«
Rommel war auf diese Frage vorbereitet, wollte ursprünglich ausweichend antworten. Hauptmann Behrens hatte ihm zuvor einen Zettel zugesteckt.
»Nach meinen Informationen sollte das der 31. Mai dieses Jahres sein«, sagte er und alle stellten die Kaffeetassen klappernd ab.
So konkret hatte sich noch nie ein ranghoher Offizier der Wehrmacht geäußert.
»Wir verwenden das nicht in unserer ›Wochenschau‹«, sagte der Reporter. »Sie verstehen sicher, wenn ich nachfrage, woher diese Information kommt?«

»Geheimdienstliche Erkenntnisse«, sagte Rommel entgegen seiner Art knapp. In Wirklichkeit kam es von einer Krankenschwester der Résistance. Aber das wusste nur Martin Behrens.

Einige Tage später, an einem sonnigen Nachmittag Ende April, schlenderte er in Uniform Richtung Hafen. Da die geschwätzigen Wäscherinnen der Firma Bescond Bescheid wussten, musste Martin nicht länger ein Doppelleben in Le Havre führen.

An einem Bistro fielen ihm drei deutsche Matrosen und ein Maat auf, die für diese Stunde schon recht angeheitert wirkten. Behrens war hier der Ranghöchste, weshalb der Maat Haltung annahm und militärisch grüßte.

Die Matrosen folgten nachlässig. Für sie war der Hauptmann nur eine Landratte. Auf dem kleinen runden Bistrotisch standen halbvolle Gläser Rotwein und Cidre.

»Was wird denn hier gefeiert, meine Herren von der Marine?«, fragte Martin mit hochgezogenen Augenbrauen. Wenn die schon vor 17:00 Uhr Ausgang hatten, musste etwas vorgefallen sein.

»Ist zwar nicht unser Sieg, aber unser Korvettenkapitän hat allen dienstfreien Mannschaftsgraden erlaubt, in Ausgang zu gehen!«, sagte der Maat.

»Welcher Sieg? Mir ist aus den Tagesberichten des OB West und des OKW nichts bekannt«, hakte Martin Behrens nach.

»Seeschlacht letzte Nacht, wir haben den Amis und Tommys eingeheizt! Das heißt wir nicht, sondern die Kameraden von Cherbourg.« Im gleichen Atemzug biss sich der Unteroffizier auf die Zunge. Soviel hätte er einen dahergelaufenen Wehrmachtsoffizier gar nicht verraten dürfen. Man hatte sie angewiesen, strengstes Stillschweigen zu bewahren.

Martin Behrens holte seinen Ausweis aus der Tasche, der von Generalfeldmarschall Rommel persönlich unterschrieben worden war und schon manche Tür und auch Münder geöffnet hatte.

Der angetrunkene Maat rollte mit den Augen. »Sie sind dem Wüstenfuchs unterstellt, Herr Hauptmann?«

Martin schob die despektierliche Ausdrucksweise auf den bereits konsumierten Alkohol.

»Hauptmann Behrens, Abwehr! Wie Sie richtig bemerkten, Generalfeldmarschall Rommel persönlich unterstellt! Der Vorfall interessiert mich.« Martin machte auf den Hacken kehrt und lief zurück zu der Straße, in der sein Auto parkte.

»Komischer Kauz, der Hauptmann«, lallte der Maat. »Zu unserem Korvettenkapitän geht's doch da lang! Was soll's – Garcon, noch eine Runde für mich und meine Kameraden«, rief er dem herbeieilenden Kellner zu.

Martin warf einen Blick auf seine Armbanduhr. Von hier nach Cherbourg über Caen und Bayeux würde er deutlich mehr als drei Stunden brauchen und erst am Abend da sein. Er hastete die Treppen hinauf und kritzelte auf einen Zettel eine Nachricht für Julia: ›Bin in Cherbourg, um einen Zwischenfall auf hoher See aufzuklären. Bin erst morgen zurück! Je t'aime beaucoup! M.‹

Seitdem er wusste, dass im Krankenhaus von Le Havre einige Mitarbeiter Kontakt zur Résistance hatten, drückte er sich deutlich zurückhaltender aus. Er würde nur das Notwendigste verraten, wenn Julia ihn ausdrücklich dazu aufforderte.

Wie erwartet, kam Martin erst am Abend in der Hafenstadt am Nordende der Halbinsel Cotentin an. Während der Fahrt hatte er ausgiebig Gelegenheit, über die angebliche Seeschlacht nachzudenken. War das der Hinweis darauf, dass die Alliierten womöglich direkt Cherbourg angriffen und einen Brückenkopf auf der Halbinsel Cotentin bilden wollten? Dafür sprach, dass die Alliierten einen Hochseehafen brauchten, um ihre Panzer, LKW und Artillerie in Frankreich an Land zu bringen. Entsprechende Kais und Kräne gab es nur in Le Havre oder Cherbourg.

Er hielt vor einem Schlagbaum. Ein Maat prüfte sorgfältig den Ausweis, der ihn als Abwehroffizier der Heeresgruppe B auswies. Rommels Signatur wirkte auch diesmal.

»Zu den Korvettenkapitänen Klug und von Mirbach?«, fragte Martin Behrens durch das heruntergekurbelte Fenster.

»Immer geradeaus und dann links, Herr Hauptmann!« Der Maat salutierte und wies einen Matrosen an, den Schlagbaum zu öffnen.

Das Erste, was Martin auffiel, dass man hier offensichtlich den Sieg nicht so begoss wie im weiter entfernten Le Havre. Vielleicht waren ihm die feiernden Matrosen nur nicht aufgefallen, weil sein Weg zum Hafen nicht an dem Viertel vorbeigeführt hatte, wo man die Korken knallen ließ.

Er parkte den Wagen vor dem Gebäude, in dem er den Hafenkommandanten und vor allem die Befehlshaber der 5. und 9. Schnellbootflottille am ehesten vermutete. So genau hatte sich der Posten am Schlagbaum nicht ausgedrückt. Auch hier musste er einem Matrosen das Papier vorzeigen, welches ihn als Abwehroffizier, unterstellt dem Befehlshaber der Heeresgruppe B, auswies. Ein weiterer Marineangehöriger geleitete ihn zum Büro von Korvettenkapitän Bernd Klug.

»Hauptmann Behrens von der Abwehr der Heeresgruppe B!«, meldete der Matrose und drehte auf den Hacken um.

»Entschuldigen Sie mein spätes Erscheinen, Herr Korvettenkapitän, aber ich wurde erst heute Nachmittag von der Marine in Le Havre in Kenntnis gesetzt, dass Sie einen Sieg auf hoher See erfochten haben!«

Selbst in Martins Ohren klang es etwas schwülstig, aber der Marineoffizier nahm es lächelnd zur Kenntnis.

»Ein Gläschen Rotwein, Calvados oder bevorzugen Sie wie die Etappenhengste in Paris Champagner?«, lachte der Seeoffizier.

»Zu einem Gläschen Wein lasse ich mich gern einladen. Ich kann heute Nacht ohnehin nicht mehr zurück fahren. Haben Sie ein Quartier für mich, Herr Klug?«

»Lässt sich organisieren, kein Problem. Wenn ich richtig informiert bin, sind Sie Rommel direkt unterstellt?«

Martin nickte.

»Ich hatte ursprünglich vor, das Material an den Sicherheitsdienst weiterzuleiten. Vielleicht ist ja der Herr Generalfeldmarschall die kompetentere Adresse«, sagte Korvettenkapitän Klug.

»Welches Material?«, fragte Martin, der gerade Platz nehmen wollte und in der Bewegung verharrte.

»Der Reihe nach. Zunächst mal ein Schluck Bordeaux, ist ganz vorzüglich. Von Wein und Essen verstehen die Franzosen etwas.«

Martin Behrens nippte am dargebotenen Rotwein und konnte nichts aussetzen. Der hatte eine fruchtige Note.

»Wir haben gestern am frühen Abend regen Funkverkehr im Kanal wahrgenommen. Die Funker, die gut Englisch können, schnappten immer wieder ›Exercise‹ auf, was soviel wie Übung oder Manöver bedeutet. Götz von Mirbach und ich wollten der Sache auf den Grund gehen und liefen mit allen einsatzfähigen Schnellbooten aus, insgesamt neun. Auf hoher See bemerkten wir eine kleinere Armada und drosselten das Tempo. Falls wir in die Schusslinie der Artillerie von Zerstörern gerieten, konnte das ganze Unternehmen zum Fiasko werden. Bei der schlechten Sicht wussten wir nicht, wie viele Schiffe die Landungsübung absicherten. Es waren mehrere Panzerlandungsschiffe auf Westkurs, die dann nach Norden einschwenkten. Wir pirschten uns näher heran, wurden wider Erwarten nicht beschossen und ich ließ die Torpedos bewässern und abschießen. Ein Landungsschiff wurde getroffen, sank aber nicht, das zweite explodierte und das dritte ging in Flammen auf. Wahrscheinlich ertranken viele Amis in den eisigen Fluten, aber wir vermuten nur, dass sie Verluste von mehreren hundert Mann hatten. Weil wir immer noch glaubten, ein Zerstörer würde eingreifen, zogen wir uns nach dem erfolgreichen Angriff zurück. Noch ein Schluck Rotwein, Herr Hauptmann?«, fragte Bernd Klug.

»Da sage ich nicht nein«, antwortete Martin Behrens. »Darf ich fragen, warum der zweite Korvettenkapitän nebst Ihnen nicht an unserer kleinen Unterredung teilnimmt?«, fragte Behrens und ließ den Rotwein in Glas kreisen, damit sich dessen Bukett noch besser entfaltete.

»Sie meinen Götz Freiherr von Mirbach? Der weilt in seinen Gemächern und lauscht vermutlich am Grammophon französischen Chansons. Ich weiß, worauf Sie hinauswollen, Herr Hauptmann«, sagte Klug und lächelte in sein Glas. »Ich habe Sie mit dem Begriff ›Material‹ neugierig gemacht.«

»Richtig. Übrigens bin ich der Martin. Auch wenn ich nur ein Hauptmann der Abwehr bin, schlage ich vor, dass ein ›Du‹ unsere kleine Unterredung privater macht. Ich werde nur das an Rommel weitergeben, was ausdrücklich autorisiert ist«, sagte Martin Behrens.

»In Ordnung. Ich bin der Bernd!« Sie ließen die Weingläser aneinanderklirren.

»Wie gesagt, der Freiherr ist ein komischer Kauz, der gern mit seinen Gedanken allein ist. Auf See wird er zum Korsaren. Auch letzte Nacht war ich darauf gefasst, ihn wieder einmal aus der Patsche hauen zu müssen. Er ließ zwar seine Flottille anhalten, stürmte mit seinem Kommandantenboot weiter nach Norden vor! Jeden Moment konnte aus der Finsternis ein britischer Zerstörer oder gar ein Schlachtschiff aufkreuzen und uns unter Feuer nehmen. Es dauerte fast zwanzig Minuten, bis Götz beidrehte. Wir konnten uns nicht mittels Lichtsignalen verständigen, hätten nur unsere Position verraten. Erstaunlich, dass die Batterien von Salcombe nicht feuerten, denn Götz war kurzzeitig in deren Reichweite.« Korvettenkapitän Klug, den Martin jetzt Bernd nennen durfte, schenkte Rotwein nach. Für Martin Behrens ergab sich langsam ein Bild. Die Alliierten hatten ein Manöver abgehalten, um die Landung in Frankreich zu simulieren. Die Strände in der Grafschaft Devon ähnelten den Bedingungen in der westlichen

Normandie. Die Kommandeure der deutschen Schnellbootflottille hatten erhöhten Funkverkehr festgestellt und waren im Schutz der Dunkelheit ausgelaufen. Tagsüber wären sie Opfer von Tieffliegern geworden. Von den beiden Kommandeuren war einer besonnen – der saß gerade mit ihm am Tisch – und der andere draufgängerisch.

Korvettenkapitän Bernd Klug stand auf, schlenderte in eine Ecke und entnahm einer Truhe eine etwas lädiert wirkende lederne Kartentasche.

»Die Beute des Freiherrn! Wir sind vielleicht ohne Verluste davongekommen, weil ein britischer Zerstörer wegen eines Schadens einen Hafen anlaufen musste und man in Salcombe nicht versehentlich eigene Einheiten treffen wollte. Ist nur eine Vermutung, Martin!«

Klug öffnete die Schnallen der Ledermappe und zog einen Stapel Papiere und Karten hervor.

»Wir haben es heute getrocknet und dann wieder in die Mappe getan. Manches ist durch das Seewasser etwas unleserlich geworden, aber die Karten sprechen eine klare Sprache«, sagte Klug und setzte sich wieder.

Martin nahm die einzelnen Blätter behutsam auseinander und breitete sie auf dem Kartentisch aus. Die ersten zwei Seiten behandelten das Manöver ›Exercise Tiger‹, welches inzwischen Geschichte war und durch den deutschen Angriff empfindlich gestört worden war. Weder Martin Behrens noch Bernd Klug wussten, dass die Verluste bei den Amerikanern noch höher waren, weil man den Zeitplan nicht eingehalten hatte und die Amis von britischen Zerstörern beschossen worden waren.

Blatt drei zeigte die Strandabschnitte an, an denen die Alliierten landen würden. Es waren von West nach Ost: Utah, Omaha, Gold, Juno und Sword. Die Karte gab auch an, wer in den einzelnen Strandabschnitten landen würde. Im Westen waren es die Amerikaner, weiter im Osten die Engländer und Kanadier, verstärkt durch Polen, Norweger und Freie Franzosen. Eine wahre Schatzkarte.

»Wie ist der Freiherr daran gekommen?« Martin musste unbedingt ausschließen, dass die Alliierten ihm falsches Material unterjubelten, welches er dann dem Generalfeldmarschall vorlegte.

»Ein Maat rief ›Mann über Bord!‹, was ein Fehlalarm war. Götz war darauf aus, Kriegsgefangene zu machen, um sie zu befragen. Der Mann, den sie herausfischten, war bereits tot. Ein Captain der U.S. Army. Man nahm ihm die Ledermappe ab und warf die Leiche wieder ins Meer. Der Rest liegt hier.« Bernd Klug nahm noch einen Schluck des süffigen Rotweins. »Jetzt wissen wir, wo sie anlanden, Martin. Kennst du auch den Termin? Ich meine ja nur, Offizier der Abwehr und so.« Die Zunge des Korvettenkapitäns war unter dem Einfluss des Rotweins schwerer geworden. »Ja, natürlich, der 31. Mai!«, sagte Martin, während er die weiteren Blätter sortierte. Er würde seinem neugewonnenen Freund von der Marine nicht auf die Nase binden, dass diese vage Information von einer Schwester aus einem Krankenhaus in Le Havre stammte.

»Was'n hier los?« Götz Freiherr von Mirbach schlurfte durch die angelehnte Tür, in der Hand ein halbvolles Weinglas. Er hatte offensichtlich in seinen Gemächern nicht nur der Stimme von Edith Piaf gelauscht.

»Du übergibst einem dahergelaufenen Hauptmann unser Material? Ich glaube, ich spinne!«

»Immer mit der Ruhe, Götz! Das ist nicht irgendein Hauptmann vom Heer, sondern der Rommel persönlich unterstellte Abwehroffizier Martin Behrens«, sagte Bernd Klug mit ruhiger Stimme.

»So, so, Abwehr. Egal, was wir herausfinden – Rommel, von Rundstedt, Jodl und der GröFaZ werden es als Ablenkungsmanöver abtun! Die glauben unbeirrt an eine Landung beim Pas de Calais«, lallte der Korvettenkapitän von Mirbach.

Martin musste man die Abkürzung nicht erläutern, die kritisch eingestellte Offiziere unter der Hand benutzen. Seitdem der Führer persönlich Befehle erteilte, ging es an den Fronten abwärts.

Hitler hielt sich für den größten Feldherrn aller Zeiten, was abwertend abgekürzt wurde.

»Achte nicht auf das Geschwafel, Martin. Götz hat ein wenig zu tief ins Glas geschaut«, versuchte Klug, die Situation zu beruhigen.

»Ich hoffe es nicht, befürchte aber, Herr von Mirbach hat nicht ganz unrecht. Ich gebe aber zu Bedenken, dass Rommel auf einen Hinweis von mir, die vermeintliche Invasionsarmee bei Dover und Folkestone bestünde nur aus Attrappen aus Holz und Gummi, die 352. Infanteriedivision in die Normandie verlegt hat. Nach eurer Karte wäre das Omaha Beach.« Martin Behrens leerte das Weinglas und schüttelte den Kopf, als Bernd Klug die Flasche hob.

»Nicht unsere Karte, die der Amis und Tommys«, sagte Götz von Mirbach, der von einer Minute auf die andere nüchterner wirkte, als habe er zwischendurch unter einer kalten Dusche gestanden.

»Ich sollte heute Nacht noch Rommel aufzusuchen, um ihm den sensationellen Fund zu zeigen«, gähnte Martin.

Klug schüttelte den Kopf. »Geht aus zwei Gründen nicht: Du hast etwas getrunken und im Straßengraben hocken manchmal Gruppen von Maquisards, die gerne Handgranaten auf einzeln reisende deutsche Offiziere werfen!« Der Korvettenkapitän meinte junge französische Männer, die sich der Zwangsarbeit in Deutschland durch Flucht entzogen hatten, bewaffnet und unberechenbar waren. Martin hätte erwidern können, dass der Résistance sein Nummernschild bekannt war. Aber galt das auch für die Halbinsel Cotentin? Er hätte es den Marineoffizieren ohnehin nicht sagen dürfen. Der bloße Verdacht, man habe Kontakt zur Résistance genügte, um von der Feldgendarmerie oder der Gestapo verhaftet zu werden.

Bernd Klug deutete auf das Telefon, das auf einem Beistelltischchen in einer Ecke des Raumes stand. »Ruf an, Martin! Wenn mich nicht alles täuscht, ist Rommel morgen in Caen und du ersparst dir viele Kilometer.«

Martin atmete auf. Am Telefon in La Roche-Guyon meldete sich nicht der neugierige Generalleutnant Speidel, sondern Oberfeldwebel Müller, der bestätigte, dass der Generalfeldmarschall morgen in Caen sein würde. Aus Sicherheitsgründen dürfe er Hauptmann Behrens am Telefon nicht sagen, wo der Befehlshaber der Heeresgruppe B nächtigte. Martin Behrens dankte und legte auf.

»Komm, ich zeige dir unser Gästezimmer«, sagte Klug und machte eine einladende Handbewegung.

Kapitel 4

Martin Behrens trank nur eine Tasse Kaffee im Stehen und lehnte die freundliche Einladung zu einem Frühstück mit ofenfrischem Baguette, Konfitüre, Butter und Eiern ab, so verlockend es auch klang.

Im Hotel d'Escoville in Caen hatte Generalfeldmarschall Rommel das Frühstück beendet, ließ sich den Mantel reichen und war auf dem Weg zu seinem Benz, als mit quietschenden Bremsen ein Horch vor ihm hielt. Der Adjutant und der Chauffeur rissen sofort die Pistolen aus den Halftern, ließen sie sinken, als sie sahen, dass ein Hauptmann dem Wagen entstieg.
»Entschuldigen Sie den Überfall, Herr Generalfeldmarschall! Ich weiß, Ihr Zeitplan ist eng gestrickt, aber unsere Marine hat Unterlagen erbeutet, die Sie sich unbedingt ansehen sollten!«, keuchte Martin.
»Ich muss heute am frühen Nachmittag in Paris sein. Wenn es so wichtig ist, Hauptmann Behrens – zehn Minuten!«, sagte Rommel. Der Generalfeldmarschall stieg die Freitreppe wieder hinauf und Martin hastete hinterher. Auf dem Weg zum Kaminzimmer wies Rommel seine Leute an, die französischen Angestellten fernzuhalten und zehn Minuten lang die Türen zu bewachen.

Martin Behrens machte nicht viele Worte, sondern breitete die Karten auf einem kleinen Tisch aus. »Operation Overlord, Brückenköpfe an fünf verschiedenen Stellen. Von West nach Ost Utah, Omaha ...« Weiter kam er nicht.

»Ich kann selber lesen und bin des Englischen einigermaßen mächtig!« Martin hatte Rommel noch nie so ungehalten erlebt. »Das heißt, man kann nicht alles lesen, ist zwischendurch feucht geworden.«

Martin schilderte in dürren Worten die tollkühne Aktion des Korvettenkapitäns Freiherr von Mirbach.

»Mann, Behrens! Das ist viel zu leicht in unsere Hände gelangt! Im OKW und Führerhauptquartier wird man abwinken. Wieder so eine Finte des Gegners, um uns zu verwirren!« Eine Reaktion, die Martin beinahe erwartet, aber nicht erhofft hatte.

»Zu leicht? Von Mirbach hat sein Leben und das seiner Männer aufs Spiel gesetzt, um einen Captain aus dem Meer zu ziehen, ihm die Kartentasche abzunehmen und wieder ins Wasser zu werfen. Und warum sollten die Alliierten hunderte Menschenleben riskieren, nur um uns falsche Informationen unterzujubeln? Bei allem Respekt, Herr Generalfeldmarschall, ich halte die Unterlagen für echt. Sie haben mir schon einmal geglaubt und daraufhin eine ganze Division an einen Strandabschnitt verlegt, von dem wir jetzt wissen, dass es Omaha Beach ist.«

»Großadmiral Dönitz hat den Erfolg des Seegefechts bei Slapton Sands erst heute gemeldet. Sonst sind doch alle so erpicht darauf, dem Führer Siegesmeldungen umgehend zu präsentieren, die leider selten geworden sind.« Rommel richtete sich auf. »Ich werde nicht verhindern können, dass der engste Kreis um den Führer dies als Ablenkungsmanöver bewertet. Ich werde beide Möglichkeiten in Betracht ziehen. Die Invasion gemäß der ›Operation Overlord‹ und den Angriff über den Pas de Calais. Mann, Behrens, schütteln Sie nicht den Kopf! Ich habe die Verantwortung für den Atlantikwall und eine ganze Heeresgruppe, Sie sind nur ein Aufklärer! Diesmal wird man mich nicht ausfliegen, wenn es etwas schiefgeht. Die ersten vierundzwanzig Stunden sind entscheidend! Egal, ob fünf Brückenköpfe in der Normandie oder zwei bei Calais! Wenn wir die nicht umgehend ins Wasser zurücktreiben, ist der Krieg verloren!«

Der Wüstenfuchs wandte sich zum Gehen. »Machen Sie unter strengster Geheimhaltung Kopien und übermitteln Sie diese an Generalleutnant Speidel«, sagte Rommel und lief hinaus zu seinem Wagen.

Martin Behrens salutierte und blieb zunächst ratlos zurück. Wo sollte er auf die Schnelle unter ›strengster Geheimhaltung‹ Kopien der brisanten Dokumente erstellen? Die Firma Agfa hatte zwar ein Patent auf ein Fotokopierverfahren, aber so ein Gerät hatte wahrscheinlich nicht einmal der OB West in Saint Germain. Blieb nur, in der Wohnung in Le Havre Fotos zu machen und den Film mittels eines zuverlässigen Kuriers an Generalleutnant Speidel zu übermitteln. Martin setzte sich seufzend ins Auto und fuhr von Caen nach Le Havre.

Dort angekommen, zog er die Vorhänge zu, schaltete alle Lampen ein und breitete die Dokumente auf dem großen Küchentisch aus. Dann beugte er sich mit dem Fotoapparat darüber und lichtete jedes einzelne Blatt ab. Die Boxkamera der Firma Beier aus Freital hatte ihm gute Dienste beim Fotografieren von Villen und Schlössern geleistet. Genügte der Kontrast auch für die Dokumente, die durch das Salzwasser gelitten hatten?

Martin war gerade damit fertig geworden, als Julia durch die Tür huschte. Sie kam von der zweiten Schicht im Krankenhaus zurück. »Was machst du da, Martin?«, fragte sie besorgt und schaltete die Deckenlampe aus. »Ab dieser Stunde ist Verdunkelung befohlen!«

Martin deutete auf die zugezogenen Vorhänge. »Dir auch einen wunderschönen guten Abend, meine Liebe! Hattest du eine ruhige Schicht?«

Julia Bouchet huschte um den Tisch und hauchte ihm einen Kuss auf die Wange. Martin sehnte sich nach ihren geschwungenen Lippen, aber die Französin zog sich wieder zurück.

»Du hast meine Frage nicht beantwortet!«

Martin hatte die Papiere zusammengerafft und wollte sie wieder in der Kartentasche verstauen.

»Nichts weiter, nur Unterlagen, die ich bis morgen dem Adjutanten von Rommel zustellen soll. Da ich keine Lust habe, schon wieder nach La Roche-Guyon zu fahren, habe ich Fotos gemacht und der Generalleutnant kann dann die Filmrolle entwickeln lassen«, antwortete Martin ausweichend.

»Monsieur Richard will dich sehen, Martin, heute noch!«, sagte Julia.

Martin blickte auf die Uhr an seinem linken Handgelenk. »Jetzt noch? Ausgangssperre für Franzosen«, murrte er. »Wer ist überhaupt dieser Monsieur Richard?« Er schüttelte den Kopf. »Ich denke nicht daran, eine Falle!«

»Ich und Schwester Claire garantieren deine Unversehrtheit. Muss ich dich daran erinnern, dass das Kennzeichen und zwischenzeitlich auch ein Foto deines Wagens alle Mitglieder der Résistance im Departement haben?«

Julia baute sich vor ihrem Geliebten auf. Martin kam näher und sie wich nicht aus. Diesmal trafen sich ihre Lippen.

»Ich vertraue dir, Liebste! Also gut, was muss ich tun um diesen ominösen Monsieur zu treffen?«

»Ganz einfach. Du gehst in Uniform zum Krankenhaus. Im Keller erwartet dich Henri, ein alter Mann, der dich weiterführen wird. Sie wollen dich nicht festsetzen oder gar ermorden, sondern nur herausfinden, wie eine Zusammenarbeit aussehen könnte. Das ist alles!«, sagte Julia mit Nachdruck.

Martin Behrens zögerte immer noch. Wenn es herauskam, würde man ihn inhaftieren und womöglich an eine Wand stellen. Er konnte dann entscheiden, ob er mit oder ohne schwarze Augenbinde erschossen werden wollte. Dann raffte er sich auf. Wenn Gestapo oder SD – was inzwischen alles eins war – ihn aufgriffen, konnte er immer noch behaupten, den Kontakt nur aufgenommen zu haben, um die Résistance zu unterwandern. Schließlich war er Abwehroffizier der Wehrmacht, Generalfeldmarschall Rommel persönlich unterstellt, der ihn herauspauken würde.

Martin Behrens machte sich gegen 22:30 Uhr zu Fuß auf den Weg, den Julia und Brigitte jeden Tag zwei Mal bewältigten. Unterwegs traf er eine Patrouille der Wehrmacht. Die Soldaten grüßten militärisch und fragten nicht nach dem Weg. Eine Französin oder einen Franzosen hätten sie festgenommen.

Martin stiefelte über die Freitreppe des Krankenhauses, durchquerte das Foyer und fand die Treppe zum Keller.

Unten wartete, wie von Julia beschrieben ein grauhaariger Mann, der sich nicht mit Höflichkeitsfloskeln wie ›bon soir‹ aufhielt. »Folgen Sie mir, Hauptmann Behrens«, sagte er auf Französisch. Martin hatte dank seiner Freundin jeden Tag hinzugelernt.

Sie gingen an den geheimen Krankenzimmern vorbei, wo verwundete Fallschirmjäger und Kämpfer der Résistance gepflegt wurden. Es ging immer weiter im flackernden Licht der Laterne, die Henri trug. Dann kamen sie an eine Tür, die Henri aufschloss. Dahinter roch es modrig. Martin vermutete, dass man sich in der Kanalisation von Le Havre befand. Neben den stinkenden Abwässern befand sich ein gemauerter Absatz aus Klinkersteinen, auf dem er dem erstaunlich flinken alten Franzosen folgte, ohne die geputzten Schuhe zu beschmutzen.

Martin hatte längst die Orientierung verloren, als Henri nach rechts schwenkte und eine weitere Tür öffnete. »Voilà, wir sind da, Monsieur le Capitaine!«, sagte der alte Mann und verschwand.

Hinter der Tür erwarteten Martin zwei Männer, die Wollmützen und dunkle Wattejacken trugen. Entscheidend war, dass sie schussbereite Pistolen in den Händen hielten. Behrens machte sich nicht die Mühe, die Arme zu heben, er wurde erwartet. Die Wächter schauten in alle Richtungen.

»Sauber!«, meldeten sie einem Mann, der ähnlich gekleidet hinter einem Tisch saß. Sein Gesicht wurde nur vom flackernden Schein zweier Kerzen erhellt.

»Wie Sie sich denken können, ist Richard nicht mein richtiger Name. Ich koordiniere alle Aktivitäten der Résistance am Oberlauf der Seine und in Le Havre. Was führt Sie hierher, Hauptmann Behrens?«

Martin war irritiert. Was sollte das? Man hatte ihn hierher bestellt.

»Wie Ihnen Oberschwester Claire und Schwester Julia bereits mitteilten, haben wir ein beiderseitiges Interesse, den Krieg und damit das Blutvergießen zu beenden. Sie möchten ein demokratisches Frankreich, wir ein Deutschland ohne Diktator, das einen Waffenstillstand anstrebt und Verhandlungen mit den Alliierten«, sagte Martin und straffte sich.

»Wer sind ›wir‹?«, wollte Richard wissen und beugte sich vor.

Behrens konnte dem Franzosen im Untergrund, den er erst seit zwei Minuten kannte, unmöglich erzählen, dass bereits zwei Attentate auf Hitler gescheitert waren, zuletzt 1943 in Smolensk, und man ein drittes vorbereitete.

»Offiziere der Wehrmacht, die verhindern wollen, dass ein ehemaliger Gefreiter erfahrenen Generälen befiehlt, was sie zu machen haben und damit den Tod zehntausender Soldaten und Zivilisten in Kauf nimmt!«

»Gibt es dafür einen Zeitplan?«, fragte Richard lauernd.

»Selbstverständlich, aber das werde ich Ihnen nicht verraten, Monsieur Richard! Gelingt den Alliierten wider Erwarten die Invasion, das Durchbrechen der deutschen Front und der Vormarsch auf Paris, sehr zeitnah. Selbst Hitler hat in seinem Befehl Nr. 51 festgestellt, dass der Krieg im Westen entschieden wird. Genau deshalb werden Heeresverbände von der Ostfront oder neu ausgebildete Divisionen hierher verlegt.« Natürlich wusste Hauptmann Behrens, worum es sich im Einzelnen handelte, aber das würde er dem neugierigen Franzosen nicht beim ersten Treffen auf die Nase binden.

»Sehr interessant, Herr Hauptmann!« Richard blätterte in einem Notizbuch und kritzelte etwas hinein. »Langsam ergibt sich ein Bild. Es ist ein Putsch geplant und Hitler soll ermordet werden. Dann wünschen Sie einen Waffenstillstand, unabhängig davon, wie weit die Alliierten in Frankreich vorgedrungen sind, sowie Verhandlungen über eine Zukunft des Deutschen Reiches, dass es nach unserem Sieg so nie mehr geben wird. Einige Details kannte ich noch nicht. Ich begrüße Ihre Offenheit, Herr Behrens«, sagte Richard und lehnte sich zurück. »Was haben Sie bisher herausgefunden?«

»Die Flugzeuge und Panzer, die für eine Invasion am Pas de Calais in Dover bereitstehen, sind aus Holz und Gummi! Ich habe die Aufmarschpläne für die Invasion in der Normandie, welche die Briten und Amerikaner ›Operation Overlord‹ nennen …«

Richard sprang auf. Martin Behrens war darauf gefasst, dass der Franzose den Tisch umrundete und ihn an den Kragenspiegeln durchschüttelte. Der Chef der Résistance in diesem Departement hielt inne und atmete durch. In diesem Moment wusste Martin, dass die Papiere, die man dem toten Captain der U.S. Army abgenommen hatte, echt waren.

»Ich frage nicht, woher Sie das haben«, schnaufte Richard und winkte einen seiner Männer herbei. Dann bat er darum, Gläser und Cognac bereitzustellen.

»Können Sie. Hat einer unserer Korvettenkapitäne aus dem Meer gefischt. Ein Manöver der Alliierten wurde von unserer Marine empfindlich gestört.«

»Wer hat noch Kenntnis davon?«, wollte Richard wissen und beobachtete mit einem Auge, wie sein Adjutant Cognac in vier Gläser goss.

»Generalfeldmarschall Rommel. Für dessen Adjutanten Generalleutnant Speidel habe ich Fotokopien gemacht, aber noch nicht abgeschickt«, sagte Martin.

»Ab in den Funkraum, René!«, befahl Richard dem zweiten Mann, der sich bisher im Hintergrund gehalten hatte. »Falls sie es noch nicht wissen, sollten wir es ihnen jetzt mitteilen, mon dieu!«

Besagter René warf einen sehnsuchtsvollen Blick auf den Cognacschwenker, der für ihn bestimmt war, verschwand dann aber in einem Nebenraum.

»Wir haben ein Problem, Hauptmann Behrens«, stellte Richard fest. »Sie sind Abwehroffizier, der einem der fähigsten Generäle der Wehrmacht persönlich unterstellt ist und für meinen Geschmack zu viel weiß! Sie wissen, wie wertvoll Sie für uns sind! Welche Garantien wünschen Sie noch, außer der Sicherheit, die Ihnen bereits gewährt wurde?«

»Hilfestellung für den Fall, dass Mademoiselle Bouchet und ich untertauchen müssen! Den genauen Termin für die Invasion, damit wir die Alliierten am Strand festnageln können und bessere Ausgangsbedingungen für Waffenstillstandsverhandlungen haben. Im Moment wüsste ich nichts weiteres«, sagte Behrens und zuckte mit den

Schultern. Den Termin kannte Martin bereits, er wollte nur eine Bestätigung.

»Der Termin ist der 31. Mai dieses Jahres. Falls es eine Verschiebung gibt, wird man uns das über geeignete Kanäle mitteilen«, antwortete Richard. »Bedingungen angenommen! Auf eine erfolgreiche Zusammenarbeit, Herr Hauptmann! Wir werden diesen Krieg beenden!« Der Résistance-Kämpfer erhob das Glas und ließ es gegen das von Martin klirren. Der dritte Mann, der sich nicht vorgestellt hatte, prostete dem Deutschen ebenfalls zu.

»Eine letzte Frage, Herr Hauptmann, dann sind Sie entlassen: Wird man Ihnen glauben, was die ›Operation Overlord‹ betrifft?«

»Rommel vielleicht ja, beim OB West von Rundstedt weiß ich es nicht. Beim OKW wird man darauf beharren, dass dies alles Ablenkungsmanöver sind und der Hauptstoß über den Pas de Calais kommt.« Behrens trank die Neige aus. Ein wirklich guter Tropfen. Dafür, dass die Wehrmacht fast alles beschlagnahmte, war die Résistance gut versorgt. Der Cognac war von einer Qualität, die man den Generälen in Paris kredenzte.

Der Mann ohne Namen hatte seinen Cognacschwenker ebenfalls geleert, pochte gegen die Tür, und der Wächter des Krankenhauses, Henri, tauchte auf.

»Falls es Gesprächsbedarf gibt, der Kontakt läuft über Oberschwester Claire«, rief ihm Richard hinterher.

Martin war schon auf der Türschwelle, drehte sich noch einmal um. »Eine Frage habe ich vergessen, Monsieur Richard. Die Résistance ist keine homogene Einheit. Für wen sind Sie eigentlich?«

»Ich war Kommunist, habe von den vielen Toten erfahren, die es unter Stalin in der Sowjetunion gab. Unsere Hoffnung für ein freies Frankreich ist General de Gaulle!«
»Gut zu wissen«, murmelte Martin und schloss sich Henri an, der ihn zielsicher durch das Labyrinth führte.

Beim Gang zurück, als er sich nun doch die schwarzen Lederschuhe beschmutzte, schüttelte Martin den Kopf. Er hatte sich weit aus dem Fenster gelehnt, obwohl es hier unten keine gab.
Vielleicht war es richtig, sich alle Optionen offen zu halten. Nur für den Fall, dass die Alliierten die deutschen Linien durchbrachen, nach Paris und von da Richtung Rhein stürmten. Glaubte man dem Geheimdienst Fremde Heere Ost, der unter der Leitung von Reinhard Gehlen bessere Ergebnisse lieferte als sein Pendant im Westen, würde die Rote Armee im Sommer ebenfalls eine Offensive starten. Dann würden die Russen Ostpreußen und Polen angreifen. Von da war es bis Berlin nicht mehr weit.
»Wir sind da, Monsieur le Capitaine«, brummte Henri und schloss die letzte Tür auf, die sie vom Keller des Krankenhauses trennte. »Bon soir!«
Martin Behrens wünschte ebenfalls eine gute Nacht. ›Der Alte entwickelt sich zum Plappermaul‹, schmunzelte er.

Nach einer kurzen unruhigen Nacht wurde morgens um sieben Uhr an die Tür gehämmert.
Julia, die dienstfrei hatte, schlüpfte in ihren Morgenmantel und die Pantoffeln und huschte zur Tür. Es war ihre Wohnung und Martin Behrens nur Gast.

»Feldwebel Schulze, das ist mein Assistent Gefreiter Lorenz! Mademoiselle Bouchet? Wecken Sie bitte umgehend Hauptmann Behrens!«

Julia erschrak. Woher hatten die so schnell Kenntnis davon erhalten, dass Martin Kontakt zur Résistance aufgenommen hatte? Kamen sie, um ihn zu verhaften? Sie nahm die Hand vom Mund und besann sich. Das waren ganz normale Wehrmachtssoldaten, einer trug eine Werkzeugtasche. Sahen so Gestapo oder SD aus?

Julia rannte zurück und wäre beinahe über eine Falte des Bettvorlegers gestolpert. Martin, der inzwischen vom Lärm geweckt worden war, fing sie auf.

»Heil Hitler, Herr Hauptmann! Fernmeldebataillon 13! Auf Befehl von Generalleutnant Speidel wird bei Ihnen ein Telefonapparat installiert, nur für den Dienstgebrauch!«, sagte Feldwebel Schulze.

Martin ließ sich von seiner Freundin umgehend einen seidenen Morgenmantel reichen, um vor den Soldaten nicht länger in Unterwäsche zu stehen.

»In der Nachbarwohnung wohnte ein Jude, der ein Telefon hatte. Wir müssen nur ein Loch in die Wand bohren und das Kabel durchschleifen«, erläuterte der Unteroffizier. »Dürfen wir beginnen?«

»Wenn es auf Befehl von Generalleutnant Speidel und mit Kenntnis von Generalfeldmarschall Rommel geschieht – dann bitte!«, sagte Martin Behrens.

Während der Gefreite eine Bohrmaschine auspackte und mit ohrenbetäubendem Lärm die Wand durchlöcherte, setzte Julia Kaffee auf. In französischen Haushalten gab es nur noch Ersatzkaffee. Dank der Beziehungen von Martin hatte sie richtige Kaffeebohnen, die sie mittels einer Handmühle klein mahlte.

Feldwebel Schulze wickelte von einer Trommel isolierten Telefondraht ab und vermaß die Länge mittels eines Zollstocks.

Während Julia Wasser aufsetzte, fragte Martin beiläufig: »Darf Mademoiselle Bouchet das Telefon auch benutzen?«

Der Feldwebel richtete sich auf. »Herr Hauptmann! Franzosen dürfen weder Telefonapparate noch Radios besitzen!«

»Ich weiß, Feldwebel, Sie müssen mich nicht belehren! Stellen Sie sich vor, ein Kamerad von Ihnen wird bei einem Bombenangriff verwundet, nicht in ein Lazarett, sondern das Städtische Krankenhaus Le Hanve eingeliefert. Mademoiselle Bouchet wird als OP-Schwester benötigt – würden Sie dann der Nutzung zustimmen?«

»In einem medizinischen Notfall unbedingt! Es liegt nicht in meiner Kompetenz. Ich bitte Sie, das mit den Lamettaträgern in La Roche-Guyon zu erörtern!«, sagte Feldwebel Schulze.

Der Gefreite war inzwischen in der leeren Nebenwohnung verschwunden. »Ich schiebe jetzt das Kabel durch!«, rief Schulze.

»In Ordnung, reicht!«

Julia ließ das heiße Wasser langsam durch einen Filter laufen. Was hatte sie da gerade gehört? Wenn man die Regelung großzügig auslegte, konnte sie auch mit Mitarbeitern des Krankenhauses telefonieren, wozu Oberschwester Claire und Henri gehörten.

Martin war zwischenzeitlich im Bad verschwunden, hatte sich frisch gemacht und in Uniform geworfen. Julia deckte den Tisch, ging davon aus, dass man die Männer vom Fernmeldebataillon zum Frühstück einladen würde. Sie zog sich an und warf sich in den Übergangsmantel.

»Wo willst du hin?«, fragte Martin.

»Frisches Baguette von Madame Blanchet holen! Bin gleich wieder da!«, zwitscherte Julia und warf die Tür hinter sich zu.

»So, ich habe jetzt den Apparat angeklemmt, Herr Hauptmann«, ließ sich Feldwebel Schulze vernehmen. »Läuft über die Großwählnebenstellen Le Havre und Paris. Sie wissen schon, Relais rasten ein, alles ohne Fräulein vom Amt!« Schulze grinste über beide Backen.

›Und ich bin mir sicher, Speidel, Gestapo und SD hören mit‹, dachte Martin und lächelte zurück.

In diesem Moment klingelte das Telefon. Der erste Test.

»Hauptmann Behrens«, meldete sich Martin.

»Generalleutnant Speidel! Scheint zu funktionieren! Behrens, Sie sollten mir Kopien von den angeblichen Aufmarschplänen der Alliierten schicken. Ich warte immer noch darauf!«

»Ich bin leider noch nicht dazu gekommen, Herr Generalleutnant! Ich schicke umgehend einen Boten nach …«

»Nein, Herr Hauptmann! Sie kommen persönlich nach La Roche-Guyon. Ich erwarte Sie heute Nachmittag, zwei Uhr!«

»Zu Befehl, Herr Generalleutnant! Wie Sie wünschen!« Martin hatte zwar nicht die Hacken aneinander geknallt, aber unbewusst Haltung angenommen. Irgendetwas

führte der Stabschef von Rommel im Schilde. Martin
würde es heute noch herausfinden.

Kapitel 5

Martin Behrens setzte sich in sein altes, aber zuverlässiges Horch-Automobil und fuhr zum Schloss. Rechterhand plätscherte die Seine dem Ärmelkanal entgegen. Noch gab es keine Bomberflotten am Himmel. Martin ahnte, dass sich dies bald ändern würde. Von der Résistance hatte er nichts zu befürchten. Auffallend war nur, dass die Brücken von Soldaten bewacht wurden. Vor La Roche-Guyon gab es einen Kontrollpunkt, an dem er anhalten, die Scheibe herunterkurbeln und sich ausweisen musste. Die bevorstehende Invasion führte auch zu größerer Nervosität bei der Besatzungsmacht.

Er ließ den Horch wie immer auf dem Schlosshof ausrollen und zog die Handbremse an. Stabsfeldwebel Müller öffnete den Schlag und begrüßte ihn mit »Heil Hitler!« Martin erwiderte den Gruß, indem er den Arm etwas lässiger nach oben schwenkte als der Unteroffizier.

Dass Generalleutnant Speidel sich ihm im Foyer in den Weg stellte, gehörte inzwischen ebenfalls zum gewohnten Prozedere. Nur wusste Martin diesmal, warum.

»In mein Büro, Herr Hauptmann!« Martin blieb nichts anderes übrig, als dem deutlich Ranghöheren hinterher zu stiefeln. Er holte umgehend die verpackte Filmrolle aus seiner Aktentasche und legte sie Speidel auf den Tisch.

»Was soll ich damit anfangen? Glauben Sie, wir haben hier im Schloss ein Fotolabor?«, schnauzte Speidel.

»Wegen der gebotenen Geheimhaltung konnte ich es unmöglich in ein französisches Fotolabor in Le Havre geben!«, konterte Martin Behrens.

»Ja, ja, schon gut. Ich muss jetzt jemand losschicken, der es in Paris beim OB West entwickeln lässt«, sagte Speidel, etwas milder gestimmt.

»Ich kann Ihnen erläutern, was drin steht, Herr Generalleutnant!« Martin übersah die mittels einer Handbewegung ausgesprochene Einladung, im Sessel vor dem Schreibtisch Platz zu nehmen.

Speidel winkte ab. »Ich weiß, der Generalfeldmarschall hat mich in groben Zügen informiert. Ein besonders infamer Trick der Tommys, uns eine großangelegte Invasion in der Normandie nahe zu legen«, seufzte Speidel. »Ich habe Sie aber nicht hierher gebeten, um über die Echtheit erbeuteter Dokumente zu diskutieren, Herr Hauptmann.« Generalleutnant Speidel machte eine bedeutungsschwangere Pause. Er riss eine Seite von einem Notizblock, kritzelte etwas darauf und streckte dann den Zettel auf der rechten Handfläche nach vorn.

Auf dem Blatt stand nur ein großer Buchstabe – ein ›W‹. Martin erstarrte. Dass Kennzeichen des Widerstands. Entweder wollte Speidel ihn reinlegen und der Gestapo übergeben – oder er gehörte selbst zu den Verschwörern!

Er entschloss sich, genau wie bei der Résistance in Le Havre, in die Offensive zu gehen.

»Operation Walküre‹ ist ein Alarm- und Einsatzplan des Ersatzheeres bei inneren Unruhen im Reich«, dozierte Martin, der nun doch Platz nahm. »Er wurde von General Olbricht unter Mitarbeit von Claus Graf Schenck von Stauffenberg und dessen Bruder im vergangenen Jahr angepasst, unter der Maßgabe, dass der Führer nicht mehr am Leben ist. General von Witzleben übernimmt das

Oberkommando über die Wehrmacht. Einheiten der SS sind in das Heer einzugliedern und so weiter«, sagte Martin.

»Bravo! Sie haben Ihre Hausaufgaben gemacht, Hauptmann! Dann darf ich auf Sie zählen?«, fragte Speidel. Er holte seine Schusswaffe aus dem Holster und legte sie demonstrativ auf den Schreibtisch. »Nur für den Fall, Sie rennen zu Stabsfeldwebel Müller und schreien nach dem SD.«

»Wer ist noch eingeweiht? Und die entscheidende Frage ist: Macht Rommel mit?« Martin blieb ruhig, würdigte die geladene Pistole kaum eines Blickes.

»Ich habe ein paar Andeutungen gemacht, aber Rommel reagierte nicht darauf. Ihre erste Frage kann und darf ich nicht beantworten. Nur so viel: In Paris und Wien werden am Tag X Einheiten der Wehrmacht Beamte und Offiziere von SD, Gestapo und SS inhaftieren.« Bei den letzten Worten hatte Speidel die Stimme gesenkt und sich weiter nach vorn gebeugt.

»Entscheidend sind nicht Paris und Wien, sondern was in Berlin passiert«, flüsterte Martin.

»An besagtem Tag werden Fernschreiben an alle Kommandostellen der Wehrmacht rausgehen, Herr Hauptmann!«, sagte Speidel. »Ich freue mich, dass Sie auf unserer Seite sind!«

»Ich bin bereit, alles zu tun, um weiteres Blutvergießen zu verhindern«, antwortete Martin. »Gestatten Sie noch eine Frage, Herr Generalleutnant? Wie konnten Sie so sicher sein, dass ich zumindest den Kontakt nicht leugnen würde?« Im Hintergrund schwang die Frage mit, ob nicht auch Gestapo und SD dahintersteigen würden, wenn Speidel es herausgefunden hatte.

»Ganz einfach, ich habe Berthold Graf Schenk von Stauffenberg gefragt, der mir bestätigte, dass Sie im vergangenen Jahr an einer geheimen Besprechung in Berlin-Nikolasee teilgenommen haben. Er war als Jurist maßgeblich an der Änderung der ›Walküre‹-Pläne beteiligt. Möchten Sie noch mit Rommel sprechen, wenn Sie schon mal hier sind?«, fragte Speidel. »Der ist oben und genießt einen Schoppen Rotwein. Sie haben recht, Behrens. Es wäre gut, den Star der ›Wochenschau‹ auf unserer Seite zu haben«, seufzte Speidel.

»Ich habe heute bereits mit dem Generalfeldmarschall gesprochen. Wie Sie sagten, da ich einmal hier bin …« Martin salutierte und drehte auf den Hacken um.

»Auch einen Schluck Rotwein, Hauptmann Behrens?«, empfing ihn der ehemalige Wüstenfuchs. »Ich habe Ihren Wagen vor einer halben Stunde gehört. Lassen Sie mich raten. Speidel war wieder einmal die Neugierde in Person?« Rommel griff nach einem zweiten Glas und schenkte ein, obwohl sein Gast die Frage noch nicht beantwortet hatte. Bevor Martin die Hand heben und den Kopf schütteln konnte, weil er noch nach Hause fahren wollte, schob ihm Rommel das gefüllte Glas hin.

»Keine Widerrede, Herr Hauptmann! Sie schlafen heute hier. Platz haben wir genug. Ihre kleine französische Krankenschwester wird mal eine Nacht ohne Sie auskommen!« Der Generalfeldmarschall zwinkerte Martin zu.

»Sie hat Nachtschicht«, sagte Behrens und nippte am Glas. Der süffige Rotwein mit fruchtiger Note schmeckte nach mehr.

»Umso besser, Hauptmann, da werden Sie nicht vermisst!«, lachte Rommel, wurde umgehend wieder ernst. »Sie haben Speidel das Material übergeben?«

»Jawohl, habe ich, allerdings nur die Filmrolle. Ich habe erläutert, was drauf ist.« Martin leerte das Glas. Der Rebensaft schmeckte wirklich gut.

»Sie möchten wissen, wie der Herr Generalleutnant das einschätzt?«, fragte Martin.

Rommel nickte nur.

»Ein weiterer perfider Trick der Alliierten, um uns zu täuschen. Mit anderen Worten: Selbst Ihr Stabschef glaubt an eine Täuschung, um unsere Kräfte zu binden, um dann später im Sommer mit Divisionen bei Dover und Folkestone – die es gemäß meiner Aufklärungsarbeit gar nicht gibt – über den Pas de Calais in Nordfrankreich und Belgien einzufallen«, sagte Martin und schob Rommel das leere Glas über den Tisch.

»Genau das ist das Problem, Behrens.« Der Generalfeldmarschall goss Rotwein nach. »Weil alle so denken – darunter Keitel, Jodl und der Führer – muss ich alle Fronten verstärken. Ja, ich weiß, ich habe schon einmal auf Ihren Hinweis hin eine ganze Infanteriedivision in die Normandie verlegt. Ich habe das Hinterland überfluten lassen und Haubitzbatterien an geheimen Orten platziert. Ich muss aber auch in Betracht ziehen, dass es einen zweiten Landungsversuch weiter oben geben wird. Denken Sie nur an Dieppe 1942.«

»Ein Versuchsballon, wie wir auf eine Invasion reagieren, bei dem hunderte kanadische und britische Soldaten geopfert wurden. Die Alliierten haben daraus gelernt. Genau deshalb wird es in der Normandie gleich fünf Brückenköpfe geben«, sagte Martin, erhitzt vom Rotwein.

»Es gibt noch einen weiteren Grund, weshalb man dem erbeuteten Invasionsplan nicht Glauben schenken wird. Den Alliierten fehlt ein Überseehafen, um Panzer und Artillerie sowie Nachschub an Land zu bringen«, sagte Rommel. Er hatte einen Korkenzieher in der Hand und war im Begriff eine zweite Flasche zu entkorken. Martin hatte nichts dagegen.

»In den Plänen steht auf Seite sechs etwas von Mulberries. Sie werden Betonkais an die Küste schleppen, die als provisorische Häfen dienen, bis sie Cherbourg und Le Havre erobert haben – was wir verhindern werden.«

»In Ordnung, Behrens, Sie glauben an das Material und haben es studiert. Dazu müssten die Alliierten unsere Küstenartillerie ausschalten. Mit ein paar Schlachtschiffen und einer Bomberflotte nicht unmöglich«, sinnierte Rommel.

»Ein paar Kriegsschiffe? Sehen Sie es lieber realistisch, Herr Generalfeldmarschall, es werden am D-Day tausende sein. Darunter natürlich auch Schlachtschiffe, die aus großer Entfernung unsere Befestigungsanlagen beschießen werden«, sagte Martin, beflügelt vom Wein. »Ich habe meine Quellen, dass das Material echt ist!«

Rommel wechselte abrupt das Thema. »Kommen wir dazu, weshalb ich an die Rotweinvorräte des Schlosses gegangen bin. Vor zwei Stunden war Leo Geyr von

Schweppenburg hier, leider der Oberkommandierende der Panzergruppe West. Der ist noch auf einem Gaul in den ersten großen Krieg gezogen als Kommandeur einer Kavallerieeinheit. Wenn man ihn in den Süden geschickt hätte, wäre er auf einem Kamel geritten. Der hat soviel Ahnung von moderner Kriegsführung wie meine Schwiegermutter – nichts gegen die Mutter von Lucie!«
An diesem Punkt merkte Martin, dass der ehemalige Wüstenfuchs nicht ganz so trinkfest war, wie große Teile der Wehrmacht in Frankreich.

»Geyr von Schweppenburg will die strategische Panzerreserve im Hinterland behalten. Die Invasoren sollen eindringen, dann will er ihnen die Nachschubwege abschneiden und im flachen Gelände in eine Kesselschlacht verwickeln«, seufzte Rommel.
»Bei allem Respekt, Geyr von Schweppenburg verwechselt die weiten Steppen Russlands mit den Bocage in der Normandie. Zudem hatten wir damals in Russland noch gleiche Kräfteverhältnisse am Himmel, das heißt, die Luftwaffe konnte vorrückende Panzer schützen. Hier in Frankreich wird sich das schnell ändern. Panzer können nur nachts vorrücken, am Tage werden sie aus der Luft angegriffen. Die Jagdbomber der Alliierten werden die Tanklastwagen beschießen, dann bleiben die Panzer mangels Benzin stehen«, sagte Martin.
»Mit Ihrem Weitblick hätten Sie sich längst einen Majorsstern verdient, Behrens! Ich werde mich darum kümmern«, sagte Rommel mit einem Blick auf die zweite halbvolle Weinflasche.

Martin wollte höflich ablehnen – aber wer stellte sich schon gegen einen Generalfeldmarschall? So kam es, dass auch noch der Rest getrunken wurde.

»Sagen Sie mal, Behrens, wie bekommen Sie die Informationen?«, fragte er listig. Rommel hatte nicht umsonst seinen Spitznamen erhalten.

»Ich war meist in Zivil unterwegs und spreche einigermaßen Französisch, leider mit deutlichem Akzent, sodass ich mich manchmal als Elsässer ausgegeben habe. Ich beobachte genau. Zum Beispiel habe ich mich gewundert, dass Matrosen einen Sieg feierten, vom dem niemand etwas wusste. So bin ich auf die Korvettenkapitäne in Cherbourg gekommen. Die Tommys und Amis werden inzwischen alle Toten aus dem Kanal gefischt haben und sich fragen, wo die Kartentasche von Captain Miller geblieben ist«, sagte Martin. Da es sich um französischen Qualitätswein handelte, hoffte er, morgen nicht mit einem dicken Schädel nach Paris fahren zu müssen.

»Oder auch nicht«, sinnierte Rommel. »Ich meine, vielleicht vermisst niemand die Kartentasche.«

»Darauf würde ich mich nicht verlassen. Zumindest der Bataillonskommandeur musste wissen, wer die Pläne bei sich hat. Hoffen wir mal, dass der ebenfalls genügend Seewasser geschluckt hat.« Martin nahm einen weiteren Schluck Rotwein, ließ ihn im Mund kreisen. Hoffentlich kam der Wüstenfuchs nicht auf die Idee, eine dritte Flasche zu ordern.

»Glauben Sie, dass der Gegner wegen Slapton Sands seine Invasionspläne ändert?«, wollte Rommel wissen.

»Dafür ist alles zu detailliert ausgearbeitet. Sie kennen ja den alten Theaterspruch: ›Geht die Generalprobe schief, klappt die Premiere!‹ Wir alle hoffen, diesmal nicht! Ich habe noch eine Frage zu Ihrem Wortgefecht mit Geyr von Schweppenburg. Wenn die Panzerdivisionen im Hinterland stationiert bleiben, gehören Sie zur strategischen Reserve und dürfen nur …«

»Mit ausdrücklichem Befehl des Führers eingesetzt werden«, ergänzte Rommel den Satz und trank aus. »Gute Nacht, Behrens! Falls wir uns nicht mehr sehen, wünsche ich eine gute Rückfahrt. Wenn Sie wieder mal brisantes Material haben, rufen Sie an und vereinbaren einen Termin. Gerne auch an einem anderen Ort, damit Sie nicht jedes Mal nach La Roche-Guyon kommen müssen.«

»Gute Nacht, Herr Generalfeldmarschall! Vielen Dank für Ihr Vertrauen und Entgegenkommen!« Ungeachtet aller Weinseligkeit blieb es ein militärisches Untergebenenverhältnis.

Am nächsten Morgen spürte Martin kaum etwas von dem Umtrunk. Er ließ sich von einem Unteroffizier einen Kaffee servieren, lehnte die Einladung zum Frühstück ab und stiefelte zu seinem geparkten Horch. Es war ein strahlender Frühlingstag, bis das Zwitschern der Vögel in den Bäumen entlang der Straße verstummte. Eine Gruppe Jagdflugzeuge der Royal Air Force bildete die Vorhut. Das Führungsflugzeug ging über der Seine tiefer. Martin Behrens stoppte den Horch unter einem Baum, sprang heraus und hechtete in den Straßengraben. Keine Sekunde zu spät!

Die erste Salve aus den Bordwaffen peitschte das Wasser der Seine auf, die nächste traf das Kopfsteinpflaster. Wie durch ein Wunder wurden weder das Auto, noch Martin von Querschlägern oder Splittern getroffen. Zum Aufatmen war es zu früh. Eine Bomberflotte verdunkelte den Himmel. Falls überhaupt die wenigen einsatzfähigen Jäger der Luftwaffe aufgestiegen waren, hatte man sie weiter im Norden abgedrängt oder abgeschossen.

Mit Verwunderung stellte Martin fest, dass nur drei Bomber ihre Last über einer Brücke abwarfen. Die anderen drehten bei. Es war wie ein einstudiertes Luftballett. Die Lancaster-Bomber flogen dicht an dicht, behinderten sich aber nicht. Wahrscheinlich hatten die meisten weiter flussabwärts ihre tödliche Fracht abgeworfen. Martin zog den Kopf tiefer ein.
Nach dem Klang der Detonationen – sehen konnte er es nicht – trafen zwei Bomben die Brücke, zwei weitere schlugen in die Böschung am Ufer ein. Nachdem er sich vergewissert hatte, dass auch die Jagdflieger abdrehten, wagte er es, aus dem Graben zu krabbeln. Er hatte sich getäuscht. Eine Sprengbombe hatte nicht das Ufer umgepflügt, sondern zweihundert Meter weiter einen Kastanienbaum gefällt, der jetzt quer über der Straße nach Le Havre lag. Martin marschierte fluchend nach vorn, um zu erkunden, ob er mit seinem PKW das Hindernis umfahren könne. Das war leider nicht der Fall. Erst jetzt bemerkte er, dass die Brücke bewacht worden war. Die Wehrmachtssoldaten waren zwar an der Uferböschung in Deckung gegangen, aber den umherfliegenden Splittern mehr ausgesetzt gewesen, als er.

Ein Offizier kam ihm entgegengestolpert. »Leutnant Kleinert! Sind Sie verletzt, Herr Hauptmann?«

»Zum Glück nicht! Und Ihre Männer, Leutnant?«, keuchte Martin.

»Einer leicht- der andere schwerverletzt, Bombensplitter im Bein, sieht böse aus! Feldwebel Renner ruft gerade über Funk einen Sankra und die Pioniere, um die Straße freizuräumen!«, sagte der Offizier, schwer atmend. Der Mann war so jung, wahrscheinlich hatte er noch nie einen Bombenangriff erlebt. Martin wusste, es würde schlimmer kommen. Am D-Day, wie es in den erbeuteten Papieren stand, würden nicht nur Bomber am Himmel sein. Die Alliierten würden mit allem feuern, was sie hatten, darunter weitreichende Artillerie von Schlachtschiffen.

»Pioniere? Das ist gut, ich muss auf Befehl von Generalfeldmarschall Rommel dringend nach Le Havre, um zu sehen, was da los ist!«, übertrieb er. Womöglich hatten die Alliierten auch die Hafenstadt angegriffen. Er machte sich Sorgen um Julia.

»Kann nicht mehr lange dauern, Herr Hauptmann!«, versicherte ihm der junge Offizier, der gerade seine Feuertaufe erhalten hatte.

»Sie kommen klar?«, fragte Martin.

»Ja, wir haben einen Sani, der die verletzte Arterie abgebunden hat und die Blutung stoppen konnte!«

Es dauerte tatsächlich nicht lange, bis aus der nächstgelegenen Stadt Rouen ein Sankra sowie ein LKW mit einer Pioniereinheit auftauchten.

Wie es sich herausstellte, waren die Pioniere bestens ausgerüstet. Sie verfügten sogar über eine moderne

Kettensäge. Um die einzelnen Teile des zersägten Stammes der Eiche wurden Ketten gelegt und der LKW zog sie zum Straßenrand.

»Der Weg ist wieder frei, Herr Hauptmann!«, meldete der Oberfeldwebel der Pioniereinheit.

»Vielen Dank!« Martin lief zu seinem unversehrten Horch und startete den Motor. Auf der weiteren Fahrt gab es keine besonderen Vorkommnisse. Nur einmal sah Martin ein Aufklärungsflugzeug der Royal Air Force, scherte sich aber nicht darum.

Schon von weitem sah er dunkle Qualmwolken über Le Havre. »Scheiße!«, rief er und trommelte auf das Lenkrad. An der ersten Straßensperre wurde er sofort erkannt, musste sich nicht ausweisen.

»Treffer in der Innenstadt, Gefreiter Hermann?«, fragte er den Posten.

»Nein, Herr Hauptmann! Unsere Schnellboot-Flottille wurde beschossen und zwei Bomben trafen ein Treibstofflager im Hafen. Daher die dichten Qualmwolken im Norden!«

Die Alliierten wussten um die Treibstoffknappheit der Wehrmacht, weshalb gezielt Lager, aber auch Betriebe angegriffen wurden, die synthetisches Benzin aus Braunkohle herstellten, darunter Böhlen, Schwarzheide und Zeitz.

Martin schloss Julia in seine Arme, deren Knie immer noch zitterten. »Ich hatte Nachtschicht und wurde von den Sirenen tagsüber geweckt! In Morgenmantel und Pantoffeln rannte ich in den Keller. Dort rückten trotz der Enge einige Leute von mir ab und flüsterten ›Chienne des boches‹, aber so, dass ich es hören konnte!« Julias Schultern zuckten. Ihre Tränen benetzten den Mantel der Uniform.

»Es tut mir leid, Liebste! Sie dürfen nie erfahren, dass wir Kontakt zur Résistance haben, ich sogar zu Kreisen, die den Größenwahnsinnigen in Berlin beseitigen wollen.«
Martin tastete in den Weiten seiner Uniform nach einem sauberen Taschentuch, wurde fündig und reichte es Julia. Die Französin tupfte die Tränen von den Wangen, löste sich aus der Umarmung. Sie huschte zum Spiegel, um das zerlaufene Make-up in Ordnung zu bringen.
Dann heizte sie den Herd an, um Wasser für frischen Kaffee zum Kochen zu bringen.

Martin hatte sich inzwischen des unbequemen und für die Jahreszeit zu warmen Mantels entledigt und an einen Haken der Garderobe gehängt.
»Die werden jetzt jeden Tag aus der Luft angreifen! Sei vorsichtig, Julia! Ich muss herausfinden, was die Alliierten außer Brücken noch bombardieren. Du hast wieder Nachtschicht, Liebste?«
»Ja, habe ich!« Julia goss langsam heißes Wasser durch den Filter. Sofort verbreitete sich der belebende Geruch von Bohnenkaffee in der Wohnung. Die meisten Franzosen hatten nur Kaffeeersatz aus Zicchorie in der Tasse. Ein Flittchen der Deutschen zu sein, wie man sie im Luftschutzkeller genannt hatte, brachte auch Vorteile, wozu Kaffeebohnen und Roastbeef ohne Vorlage von Lebensmittelkarten gehörten.
Sie balancierte das Tablett zum Tisch. Martin hatte sich eine Zigarette angezündet und zurückgelehnt.

»Ich brauche einen Termin bei Richard«, nahm er den Gedanken wieder auf, ob Julia abends wieder im Krankenhaus sein würde, um seinen Wunsch weiterzuleiten.

»Ich werde versuchen, über Claire einen kurzfristigen Termin zu vereinbaren«, sagte Julia und nippte vorsichtig am heißen Kaffee. Den Gedanken, dass Martin keine konkreten Informationen ohne Gegenleistung erwarten durfte, äußerte sie lieber nicht. Das sollte ihr Geliebter selbst herausfinden. »Wie war dein Tag?«

»Die Tommys haben eine Brücke bombardiert, ich ging in Deckung. Ein Baum lag quer über der Straße, den deutsche Pioniere beräumten. Dann sah ich die Rauchwolken über Le Havre und befürchtete Schlimmes.« Martin huschte um den Tisch, um Julia einen Kuss auf die Wange zu hauchen. Sie versteckte einen Teil ihres Gesichts in der Kaffeetasse.

In den nächsten Tagen war Martin Behrens zur Untätigkeit verdammt. Wenn tagsüber die Sirenen heulten, konnte er unmöglich in einem zivilen Luftschutzkeller Zuflucht suchen, weshalb er sich häufig im Hafengelände aufhielt. Die Kräne und Kais waren noch intakt, ebenso die Treibstofftanks, die beim ersten großen Angriff nicht getroffen worden waren.

Bei Alarm verkroch er sich in den Bunkern der Marine, die im wahrsten Sinne des Wortes bombensicher waren. Da hatte man, wie bei vielen Befestigungsanlagen, nicht an Beton gespart.

Die Matrosen und der Maat, die den Sieg der Kameraden in Cherbourg gefeiert hatten, klopften ihm auf die

Schulter. »Herr Hauptmann, haben Sie auf den Sieg mit den anderen angestoßen?«

»Ja, habe ich. Wie durch ein Wunder wurde keines der Schnellboote damals getroffen oder gar versenkt!« Die vom Seewasser beschädigten Dokumente, die man einem toten Captain abgenommen hatte, verschwieg er. Das gehörte nicht hierher. Schlimm genug, dass man im OKW und Führerhauptquartier, was auf das Gleiche hinauslief, nicht daran glaubte.

Am dritten Tag war es endlich soweit. Oberschwester Claire hatte Julia mitgeteilt, dass Monsieur Richard geneigt sei, den deutschen Hauptmann zu empfangen. Martin machte sich abends auf den Weg. Wie beim ersten Mal wurde er im schwach erhellten Kellergang von Henri erwartet, der in einem Holster die antike Pistole verstaut hatte.

Inzwischen kannte Martin ein wenig den Weg durch die Kanalisation und folgte dem flackernden Licht des alten Mannes. Plötzlich kamen ihnen zwei Männer mit einer Trage entgegen. Ein dritter, noch sehr junger Bursche, leuchtete den Franzosen im Untergrund den Weg aus. Er hob die Lampe und blendete Martin direkt. Er musste sofort anhalten, um nicht fehlzutreten.

»Merde! Henri, was soll das? Du führst einen Hauptmann der Wehrmacht durch die Gänge, während wir hier einen verwundeten …«, fluchte ein Franzose, den Martin nicht erkennen konnte, weil er immer noch geblendet war. Ein Schatten huschte auf ihn zu und im nächsten Augenblick spürte er die kalte Mündung einer Schusswaffe an seiner linken Schläfe.

»Sie wissen, dass wir Sie umgehend aus dem Verkehr ziehen müssen, Herr Hauptmann? Das ist First Lieutenant Gordon McLeish. Hat zwar nach dem Abschuss seines Flugzeuges nur einen glatten Unterschenkelbruch, muss aber behandelt werden. Er hält sonst nicht den Marsch über die Pyrenäen durch.«

»Eine Fluchtroute über die Pyrenäen, Respekt!«, sagte Martin Behrens.

»Schnauze! Haben Sie mich verstanden?« Der Résistancekämpfer ging davon aus, dass ein deutscher Offizier nur soviel Französisch sprach und verstand, um einen Kellner herbeizurufen.

»J'ai beaucoup appris de Mademoiselle Bouchet«, sagte Martin, der endlich das unangenehme kalte Gefühl an der Schläfe loswerden wollte.

»Richard hat nicht gesagt, dass das Treffen ausfällt!«, jammerte Henri, aber niemand achtete auf ihn.

»Ihr macht so viel Lärm, dass entweder Gestapo, französische Polizei oder die Wehrmacht einen Gullydeckel anheben, um hineinzuleuchten!«, schnauzte Monsieur Richard, der aus dem Dunkel aufgetaucht war und Augen wie eine Katze haben musste. Er war ohne Lampe unterwegs. »Und du, Bruno, plapperst zuviel! Hauptmann Behrens hat ohne Fragen stellen zu müssen, erfahren, dass wir alliierte Piloten nach Spanien bringen! Was wollten Sie eigentlich von mir, Hauptmann?«, fragte Richard.

»Nur für den Fall, die Invasion findet nicht am 31. Mai statt – wie erfahren Sie aus England, wann Sie losschlagen müssen?«, fragte Martin direkt.

»Wir haben einen Vorlauf von 48 Stunden. Mehr kann und darf ich nicht sagen!«, antwortete Richard scharf.

»Was wird denn nun? Den Hauptmann umlegen, verstecken oder laufen lassen?«, fragte der Mann, der als Bruno angesprochen worden war. Zur Erleichterung von Martin nahm der endlich die Pistole vom Kopf. Ein weiterer Résistancekämpfer platzierte sich so, dass Martin unmöglich fliehen konnte, ohne in stinkende Abwässer zu stürzen.

»Letzteres! Der Herr Hauptmann braucht uns noch. Eine Gruppe deutscher Offiziere will Hitler beseitigen und einen Waffenstillstand vereinbaren. Er gehört dazu!«, sagte Richard.

»Von mir aus. Wenn die Frankreich räumen und General de Gaulle Präsident der Republik wird«, knurrte Bruno. Monsieur Richard wedelte mit einer Hand, als wolle er lästige Motten verscheuchen. »Henri, bring den Deutschen nach draußen!«

Martin Behrens war auf dem Weg zur Avenue René Coty, als er an einer Straßensperre angehalten wurde. Das war ungewöhnlich, denn die meisten Besatzungssoldaten waren schon lange hier und kannten ihn.

»Heil Hitler! Oberfeldwebel Conrad! Entschuldigen Sie die Nachfrage, Herr Hauptmann, aber Sie wurden des Öfteren beobachtet, wie Sie während der Sperrstunde zum Krankenhaus Flaubert liefen und wieder zurück!«

Martin grüßte mit erhobenem Arm zurück. Er hätte jetzt einfach seinen Ausweis zücken können, der ihn als Abwehroffizier auswies, der Generalfeldmarschall Rommel direkt unterstellt war. Er wusste nicht, welcher Teufel ihn ritt, eine Ausrede zu erfinden.

»Ich hatte einen leichten Autounfall«, log er, »und habe mir eine Zerrung im rechten Unterarm zugezogen, die sich nicht bessern will. Meine Freundin, die Krankenschwester Julia Bouchet, darf die lindernde Einreibung nicht mit nach Hause nehmen. Man befürchtet, die Medikamente kämen der Résistance zugute, weshalb es generell verboten ist. So muss ich mich persönlich dahin bemühen!«

»Könnte man auch nachmittags erledigen, Herr Hauptmann«, wandte der Unteroffizier ein.

»Mache ich ja nur, wenn Mademoiselle Bouchet Nachtschicht hat. Dann kann ich ihr noch ein Küsschen auf die Wange hauchen.« Martin zwinkerte den Soldaten zu. Der Oberfeldwebel lächelte nicht zurück.

»Bei allem Respekt, Herr Hauptmann, ich muss Sie auffordern, nur im äußersten Notfall hier nachts herumzulaufen! Auch zu Ihrer eigenen Sicherheit!«

Martin wurde es jetzt zu viel. Er zückte nun doch den Ausweis, den Rommel persönlich unterzeichnet hatte. »Oberfeldwebel Conrad! Ich darf herumlaufen und hinfahren, wo und wann ich will! Um Generalfeldmarschall Rommel die notwendigen Informationen zu beschaffen, bin ich ständig unterwegs, auch mal des Nachts in den Straßen von Le Havre!«

»Jawohl, Herr Hauptmann, angenehmen Heimweg!«

Kapitel 6

»Russensäge haben wir das MG 42 an der Ostfront genannt«, sagte Gerhard Bachmann und klopfte sanft auf das Maschinengewehr, als wäre es seine Geliebte.
»Hier heißt es Hitler-Säge«, fiel ihm der viel jüngere Gefreite Beier ins Wort. »Ich kann mir vorstellen, wie das Maschinengewehr im Osten zu seinem Spitznamen kam.«
»Nein, kannst du nicht!«, brauste der Gefreite Bachmann auf. »Du hast keine Ahnung, was da los war!« Für ihn waren die schon länger in Frankreich stationierten Soldaten verweichlichte, Wein trinkende Etappenhengste, die noch keinen richtigen Krieg erlebt hatten. Von ein paar Bombenabwürfen einmal abgesehen.
»Dann erzähl mal, Frontkämpfer. Zeit haben wir genug, heute greifen die Tommys und Amis noch nicht an!«, lachte Beier und zündete sich eine Zigarette an.

»Der Nebel aus Pulverdampf lichtete sich. Zwei Stunden hatten die Iwans unsere Stellungen mit schwerer Artillerie und den berüchtigten Raketenwerfern, den Stalin-Orgeln, beharkt. Zum Glück gab es nur wenige Verwundete. Dann hörten wir das Geschrei. ›Urra!‹ In der russischen Sprache gibt es kein ›H‹. Sie kamen über den Hügel. Die ersten zwei Reihen hatten Maschinenpistolen, wurden von uns niedergemäht. Die nachfolgenden nahmen die Waffen der Gefallenen auf und stürmten weiter auf uns zu.«
»Warum gingen die nicht in Deckung?«, fragte Beier gespannt.
»Hinter den Linien waren Politkommissare, die jeden, der sich umdrehte, erschossen. Die hatten mehr Angst vor den

eigenen Leuten, als vor uns. Irgendwann läuft so ein MG auch mal heiß. Bei 1500 Schuss pro Minute kein Wunder. Beim MG-Nest neben meinem dauerte der Laufwechsel zu lange. Es wurde von den Russen einfach überrannt. Ich warf eine Handgranate in deren Richtung und konnte wie durch ein Wunder entkommen«, sagte Bachmann.

»Dann genießen wir mal den Blick auf die See und zum Feierabend Cidre, Calvados und Rotwein, solange die Tommys und Amis noch am anderen Ufer sind«, sagte Beier.

»Ich hoffe auch auf eine Verlängerung des Fronturlaubs«, seufzte der Gefreite Bachmann. »Bei der langen Fahrt von Weißrussland hierher konnte ich in Hannover meine Frau Anne auf einem Bahnsteig nur kurz umarmen, dann ging es weiter.«

»Achtung!«, brüllte der Soldat Krämer, der sich bislang nicht an der Unterhaltung beteiligt hatte.

Der Zugführer Leutnant Richter hatte den Unterstand am Strand der Normandie betreten.

»Heil Hitler! Weitermachen! Kleiner Plausch zum Freitagnachmittag?«, fragte der Offizier.

»Ich habe den hier Anwesenden nur meine Erfahrungen von der Ostfront geschildert, Herr Leutnant«, sagte Bachmann und nahm Haltung an.

»Ihre Erfahrung werden wir noch brauchen, Gefreiter, wenn der Strand gestürmt wird und Räumpanzer angelandet werden. Gut, dass Generalfeldmarschall Rommel die etwas träge gewordenen Soldaten durch Leute wie Sie verstärken ließ«, sagte der Zugführer und ließ sich Feuer reichen.

»Ich glaube nicht, dass die träge sind, Herr Leutnant. Denen fehlt nur die Feuertaufe«, wagte der Gefreite Bachmann einzuwenden. »Verzeihen Sie die Frage. Was macht Sie so sicher, dass die Invasion hier stattfindet?«

Der Zugführer beugte sich nach vorn und nahm einen tiefen Zug aus seiner Zigarette.

»Neulich war ein Hauptmann der Abwehr hier, der Rommel persönlich unterstellt ist. Ich war zufällig zugegen, als er zu unserem Kompaniechef sagte, man habe erbeutetes Material, welches beweise, dass einer von fünf Landungspunkten genau hier ist«, flüsterte Leutnant Richter. Alle hielten die Luft an.

»Gibt es auch ein Datum, Herr Leutnant?«, wollte Beier wissen.

»Nein, kann aber nicht mehr lange dauern.« Der Zugführer warf einen Blick auf den wolkenlosen blauen Himmel über dem Ärmelkanal. »Ich wundere mich, warum die Tommys und Amis das schöne Wetter nicht ausnutzen. Wahrscheinlich haben die noch nicht genügend Landungsboote beisammen. Weiter die Augen offen halten, in zwei Stunden ist Ablösung. Zwei Gläschen sind gestattet, aber nicht besaufen, falls es morgen losgeht!«

»Jawohl, Herr Leutnant!«, rief der Gefreite Beier und knallte die Hacken zusammen.

»Im Osten haben die Offiziere mit uns in der Scheiße gelegen, da haben wir nicht solche Mätzchen gemacht, wie Hacken zusammenknallen.« Bachmann schüttelte den Kopf.

»Du musst immer das letzte Wort haben, du Frontkämpfer«, knurrte Beier und stützte sich auf seinen Karabiner.

»Ja, Kamerad!«, lachte Bachmann.

Die Alliierten hatten wochenlang Seine-Brücken, Lok-Depots und Eisenbahnknotenpunkte bombardiert und am 31. Mai sollte nach den Informationen der Résistance die große Invasionsflotte zu sehen sein.

Martin Behrens tröstete sich damit, dass womöglich die Nacht auf den ersten Juni gemeint gewesen war. Er hielt ständig Kontakt zur Marine, die wiederum Informationen von Aufklärungspatrouillen der Schnellboote und Küstenbatterien bei Le Havre hatten, die ihnen auch unterstellt waren. Niemand hatte eine kaum zu übersehende Invasionsflotte gemeldet.

Als letztes rief Martin Behrens bei der Radarstation an, die ebenfalls der Marine unterstellt war, obwohl sie nicht direkt an der Küste lag, sondern in Douvres-la-Délivrande nördlich Caen.

»Oberleutnant zur See Wesemann am Apparat!«, meldete sich der verantwortliche Offizier.

»Hauptmann Behrens, Abwehroffizier im Stab von Generalfeldmarschall Rommel! Haben Sie Auffälligkeiten festgestellt? Aus sicheren Quellen weiß ich, dass der Angriff der Alliierten unmittelbar bevorsteht. Es wurden aber nirgendwo erhöhte Aktivitäten gemeldet.«

»Ich erinnere mich, Herr Hauptmann, Sie waren schon mal hier. Nein, aktuell nur sieben Leuchtpunkte. Könnte ein kleinerer Geleitzug der Alliierten sein. Bei einer Invasionsflotte hätten wir hier ein Blitzlichtgewitter auf dem Schirm«, sagte Wesemann.

Martin lag auf der Zunge, nach Aufklärungsergebnissen der deutschen U-Boote zu fragen. Das fiel nicht den Verantwortungsbereich des Offiziers.

»Vielen Dank, Herr Oberleutnant zur See, weiterhin die Augen offenhalten! Irgendwas ist im Busch oder besser gesagt, auf dem Wasser!«, sagte Martin und wollte auflegen.

»Einen Moment noch, Herr Hauptmann! Uns wurde immer wieder versichert, die Tommys und Amis greifen bei Calais an. Wenn hier etwas passiert, dann wäre es ein Ablenkungsmanöver. Sie sind sicher, dass der Hauptstoß uns erwischt?«, fragte Wesemann besorgt.

»Als Abwehroffizier habe ich meine Quellen. Falls noch nicht geschehen, lassen sie Laufgräben ausheben und MG-Nester einrichten, bewehrt durch Sandsäcke. Sie liegen direkt nördlich von Caen, werden mit einem massierten Angriff der Tommys und Kanadier rechnen müssen, die X plus 1 Caen und den Flugplatz erobern wollen. Sie können auf Hilfe durch die Panzerdivision 21 hoffen, die einzige, die soweit nördlich stationiert ist. Ich wünsche Ihnen viel Glück, Oberleutnant! Für den Fall, dass Sie viele Leuchtpunkte auf dem Schirm haben, gebe ich Ihnen meine Telefonnummer.« Martin gab die Ziffernfolge durch. »Ich bin viel unterwegs. Die Nummer vom Stab von Rommel haben Sie?«

»Jawohl, habe ich! Für den Fall, dass ich Sie nicht erreiche, Generalleutnant Speidel anrufen! Danke für die Information, Herr Hauptmann!«

Julia hatte frei und war mit Brigitte und einer weiteren Kollegin unterwegs, um einen Kaffee oder Likör zu trinken.

Wegen der ständigen Luftangriffe der Alliierten ein nicht ganz ungefährliches Unterfangen. Die Sirenen hatten seit gestern nicht mehr geheult, weshalb sich viele Einheimische auf den Straßen befanden, um ein Baguette und weitere Lebensmittel zu ergattern. Soweit es mit den Lebensmittelkarten möglich war.

Julia kam mit einem Lied auf den Lippen die Treppe hinauf. Martin öffnete die Tür, bevor sie den Schlüsselbund aus der Handtasche nesteln konnte, und verneigte sich. »Entrez, Mademoiselle! Darf ich nach dem Grund Ihrer guten Laune fragen?«

»Es hilft nicht immer Trübsal zu blasen, auch wenn Bomben fallen - la vie continue!«

Julia zog ihren Mantel aus. Martin suchte nach den richtigen Worten, um seine Freundin zu erden. Er war sicher, die jungen Damen hatten nicht nur Café au lait getrunken, sondern auch Calvados.

»Ich kann nicht mehr durch die Kanalisation zu Monsieur Richard. Man ist misstrauisch geworden. Frage bitte Claire, wie die Résistance informiert wird, wann die Invasion startet«, sagte Martin.

Julia versuchte, ihren Mantel an den Haken der Garderobe zu hängen, was misslang. Das Kleidungsstück sank auf den Fußboden. Martin war inzwischen sicher, dass die Damen mehr als einen Calvados getrunken hatten.

»Ach du meinst Paul Verlaine mit seinem traurigen Gedicht ›Chanson d'autumne‹, Poesie, die jeder in Frankreich kennt. Haben wir noch etwas Wein oder Champagner im Haus, ich habe Durst, chérie!«, lachte Julia und warf sich aufs Sofa. Während Martin darüber nachdachte, was ein französischer Poet des vergangenen Jahrhunderts mit der ›Operation Overlord‹ zu tun hatte, suchte er nach etwas Trinkbarem, um die Zunge seiner Freundin zu lockern. Champagner war nicht vorrätig, dafür ein guter Weißwein von der Loire.

»Ist ein bisschen warm«, maulte Julia, nachdem Martin ihr ein Glas gereicht hatte.

»Excusez-moi, Eiswürfel haben wir nicht.«

»Claire hat mir zugeflüstert, wenn die ersten zwei Zeilen des Gedichts von der BBC kommen, ist die Résistance in Alarmbereitschaft zu versetzen, die Sprengung von Gleisen und Telegraphenleitungen vorzubereiten, denn in 48 Stunden geht es dann los«, sagte Julia und nippte am Wein.

Für Martin passte alles zusammen, auch wenn er seiner Freundin unter Alkoholeinfluss nicht alles glauben konnte. Monsieur Richard hatte auch etwas von 48 Stunden Vorlaufzeit gesagt. Die beiden Angaben deckten sich. Ihm blieb nur noch, der angeheiterten Julia aus der Oberbekleidung zu helfen und sie zum Bett zu führen. Während sie in die Kissen sank und etwas murmelte, bevor sie einschlief, lief Martin unruhig hin und her.

Der Nachrichtendienst Fremde Heere West hatte verstärkten Funkverkehr aus der Region Dover gemeldet. In England eingeschleuste Agenten meldeten ebenfalls Aktivitäten aus dem Osten des Landes. Martin Behrens glaubte, dass der britische Geheimdienst die meisten dieser Agenten entweder enttarnt oder umgedreht hatte. Beim Oberkommando der Wehrmacht blieb man bei der

Meinung, alle Aktivitäten deuteten auf ein Landemanöver am Pas de Calais hin. Dieses Täuschungsmanöver, wozu sogar Postkarten und Briefe von angeblich dort stationierten Verbänden der US-Amerikaner, Kanadier und Briten versendet wurden, hatte den Tarnnamen ›Fortitude‹. Das wusste niemand außerhalb Englands.

Martin war versucht, mit der Faust auf den Eichenholztisch zu hauen. Er unterließ es mit einem Blick auf die gerade entschlummerte Julia. Wenn er nur einen Beweis erbringen konnte, dass die ›Operation Overlord‹ nicht die Täuschung, sondern der großangelegte Angriff war! Um Deutschland zu retten, mussten die Alliierten am Strand festgenagelt werden.

Nach der Beseitigung Hitlers hätte man dann eine günstigere Ausgangslage für Waffenstillstandsverhandlungen. Martin war sich nicht einmal sicher, dass alle Verschwörer der ›Operation Walküre‹ ebenso dachten. Er konnte es nur hoffen. Für ihn gab es keine andere Alternative. Draußen heulten die Sirenen. Er konnte als deutscher Offizier nicht in den Luftschutzkeller zu den Franzosen gehen. Einen Moment dachte er daran, die Uniform anzuziehen und mit schussbereiter Waffe zusammen mit Julia in den Keller zu steigen.

Es blieb ihm nichts anderes übrig, als zu seiner Freundin unter die Decke zu schlüpfen und die wieder Erwachte in den Arm zu nehmen.

Warum sollten die Amis und Tommys ein Wohnviertel bombardieren? Der Hafen war nicht weit. Martin hörte die Detonationen der Sprengbomben. Die Alliierten griffen einen für sie wichtigen Hochseehafen an?

Martin erinnerte sich an die Dokumente, die man dem ertrunkenen amerikanischen Offizier abgenommen hatte. ›Mulberries‹ war das Stichwort. Sie würden eine provisorische Kaianlage schaffen, bis die Schäden an den Häfen Le Havre und Cherbourg ausgebessert waren. Martin hoffte, dazu würde es nie kommen. Die deutsche Front würde standhalten.

»Was ist los, chérie?«, murmelte Julia. Martin nahm sie fester in den Arm.

»Nichts weiter. Sie bombardieren den Hafen, kein Grund zur Beunruhigung!«

»Sollten wir nicht in den Keller, Martin?«

»Ganz ruhig. Solange ich dich halte, passiert dir nichts«, hauchte Martin Julia ins Ohr und küsste ihre Wange. Dass zwischen ihnen mehr als nur eine Zweckgemeinschaft war, machte die Sache nicht gerade einfacher.

Kapitel 7

Franzosen durften keine Radioempfänger besitzen, ein deutscher Offizier schon. Martin drehte am Regler und lauschte den Nachrichten von BBC London. Als die französische Lyrik verlesen wurde – allerdings nur zwei Zeilen – sprang er wie elektrisiert auf. Es ging los! Bevor er Julia wecken konnte, war es schon wieder vorbei. Es bedurfte nicht ihrer Übersetzung. Sie hatte ja gesagt, ein Gedicht von Paul Verlaine und in 48 Stunden beginnt die Invasion!

Martin berührte seine Freundin sanft an der Schulter, hauchte ihr Küsse auf die Stelle, wo der Träger des Nachthemds verrutscht war. »Wach auf, Liebste! Sie haben die ersten zwei Verse des ›Herbstliedes‹ zitiert! Hast du nicht selbst gesagt, dann geht es los?«

»Was geht los?« Julia wirkte noch sehr verschlafen. Martin rüttelte sie sanft weiter. Julia rieb mit den Zeigefingern über ihre Augenlider.

Er musste selbst nachrechnen. Heute war der zweite Juni 1944. Meinten die Alliierten nun den vierten Juni oder die Nacht zum fünften? Martin zog die Verdunkelungsvorhänge etwas zurück, in Erwartung, dass die Sonne ihn blendete. Das Gegenteil war der Fall.

Dunkle Wolken flogen über Le Havre. Weiter draußen peitschte der Wind schaumgekrönte Wellen an Land. Niemand mochte glauben, dass die Alliierten bei so einem Wetter angreifen würden.

Julia rekelte sich wie eine Katze. »Hoffentlich hört der Regen irgendwann auf, ich habe Nachtschicht«, maulte sie.

In diesem Moment klingelte das Telefon. Oberfeldwebel Müller war am Apparat.

»Hauptmann Behrens? Generalfeldmarschall Rommel wünscht Sie vor seiner Abreise noch einmal zu sehen! Spätestens morgen!«

Martin hielt den Apparat fünf Zentimeter vom Ohr, denn er glaubte, sich verhört zu haben. Die Alliierten griffen demnächst an, und der Inspekteur des Atlantikwalls und Oberbefehlshaber der Heeresgruppe B wollte verreisen?

»Sind Sie noch dran, Herr Hauptmann?«, insistierte der Oberfeldwebel.

»Ja, ja, natürlich. Morgen Mittag in La Roche-Guyon, habe verstanden! Alles klar!« Martin legte auf. Natürlich stand die Invasion der Alliierten kurz bevor. Was war so wichtig, dass er persönlich erscheinen musste? Befehle konnten auch über das neu installierte Telefon übermittelt werden. Am nächsten Tag machte sich Martin Behrens wieder einmal auf den Weg zum Schloss an der Seine. Julia schlief noch. Er hatte ihr keinen Kuss auf die Wange gehaucht, um sie nicht zu wecken.

Die Fahrt entlang der Seine war ein nicht ganz ungefährliches Unterfangen. Den ganzen Mai waren Bomberflotten am Himmel gewesen. Jetzt, am dritten Juni, donnerten wenige Kampfflugzeuge am Ufer entlang. Zum Glück riss die tiefhängende Wolkendecke nur gelegentlich auf. Dann wurde es gefährlich. Ein ums andere Mal musste Martin den Horch unter einem Baum parken und sich ins regennasse Gras werfen.

So kam es, dass er erst verspätet um 13 Uhr La Roche-Guyon erreichte. Oberfeldwebel Müller grüßte und blickte vorwurfsvoll auf die Armbanduhr an seinem linken Handgelenk. Martin deutete nach oben.

»Die modernen Jagdflieger lauern über der Wolkendecke. Reißt sie auf, können sie auf Sicht Ziele am Boden bekämpfen. Bin wieder einmal froh, hier angekommen zu sein«, sagte Martin.

Nächstes Ziel war nach der unfallfreien Fahrt ungesehen am neugierigen Generalleutnant Speidel vorbeizukommen. Die Tür war zu und Martin atmete auf. Er hörte eine erregte Stimme. Offensichtlich telefonierte Speidel mit jemandem. Oberfeldwebel Müller rannte die Freitreppe hinauf, als wolle er die Flamme bei den Olympischen Spielen entzünden. Martin stiefelte hinterher. Nach dem Anklopfen hörten die beiden vernehmbar ein »Herein!«

Der Unteroffizier riss die Tür auf und meldete: »Hauptmann Behrens mit Verspätung wegen feindlicher Flieger zur Stelle, Herr Generalfeldmarschall!«

»Sie können wegtreten, Müller, danke!« Der ehemalige Wüstenfuchs hatte auf seinem ausladenden Schreibtisch einen Karton stehen und betrachtete einen roten Schuh mit Absatz. »Was sagen Sie, Behrens? Gestern in Paris besorgt. Ist das ein angemessenes Geschenk für eine Frau zum 50. Geburtstag?«

Martin glaubte, nicht richtig zu sehen und zu hören. Rommel hatte ihn hierher bestellt, um Frauenschuhe zu bewundern?

»Diese Schuhe sind sicher geeignet, die Füße Ihrer Frau Gattin zu zieren!« Martin befahl seinen Nackenmuskeln, ruhig zu bleiben. Sie hätten sonst ein Kopfschütteln ausgelöst.

»Das glaube ich auch! Wie war die Fahrt hierher?«

»Wegen der dichten Wolkendecke kaum Feindflugzeuge. Sie lauern aber und stoßen herab, sobald die Sicht es zulässt. Wie der Oberfeldwebel bemerkte, musste ich gelegentlich anhalten und in Deckung gehen«, sagte Martin und verkniff sich die Frage, was er hier sollte.

»Schlechte Sicht ist das Stichwort. Sie haben sicher in Le Havre den Wellengang gesehen. Bei diesem Wetter greifen die Alliierten nicht an. Unsere Marine läuft nicht aus. Unsere Meteorologen gehen davon aus, dass die Invasion nicht vor dem zehnten Juni beginnt«, sagte Rommel.

Martin wollte einwenden, dass die BBC bereits vorgestern die ersten beiden Zeilen des ›Herbstliedes‹ von Paul Verlaine gesendet hatte, was die Résistance in Alarmbereitschaft versetzte, aber Erwin Rommel brachte ihn mit einer Handbewegung zum Schweigen.

»Ich weiß, was Sie sagen wollen, Behrens. Aber bei dem Wellengang würden die Truppentransporter der Alliierten voll Wasser laufen. Luftunterstützung ist auch nur bedingt gegeben, weshalb ich mich entschlossen habe, zum 50. Geburtstag meiner Frau Heimaturlaub zu nehmen. Am fünften Juni ist in Saint Germain eine Beratung bei von Rundstedt angesetzt, an der Sie für mich teilnehmen werden!«, sagte Rommel und es klang wie ein Befehl.

»Generalleutnant Speidel ist Ihre Vertretung, wenn mir die Bemerkung gestattet ist«, antwortete Martin.

»Ich weiß, ich möchte zwei unabhängige Meinungen haben von dem, was dort besprochen wird. Dazu gebe ich Ihnen meine Privatnummer in Herrlingen.« Rommel kritzelte etwas auf ein Notizblatt und reichte es Martin

Behrens. Dieser wusste nur, dass die Familie Rommel 1943 in das ehemalige jüdische Schullandheim gezogen war. Lucie Maria, die Ehefrau, die bald französische Schuhe tragen durfte, hatte polnische Wurzeln, was von der Nazi-Propaganda gern verschwiegen wurde.

»Wie Sie wünschen, Herr Generalfeldmarschall!«, sagte Martin zackig.

»Falls Ihnen das Hin- und Hergefahre zu gefährlich ist, was ich verstehen würde, übernachten Sie doch hier, Behrens. Von La Roche-Guyon ist es nicht ganz so weit«, sagte Rommel, umrundete den Schreibtisch und klopfte seinem Aufklärungsoffizier auf die Schulter.

»Vielen Dank für das Angebot, Herr Generalfeldmarschall, aber ich muss erst am fünften in Saint Germain sein.«

»Wie Sie meinen, Behrens! Im Schutze der Dunkelheit sollten Sie sicher nach Hause kommen. Ach, noch etwas. Stand in den Dokumenten, die uns in die Hände gespielt wurden, etwas von Luftlandeoperationen vor der eigentlichen Invasion?«, wollte Rommel wissen.

Martin kannte die ›Operation Overlord‹ inzwischen auswendig. »Gehört leider zu den Teilen, die durch das Seewasser am meisten gelitten haben. Wenn ich mich recht entsinne, sollen die 101. und die 82. amerikanische Airborne Division im Westen operieren, sich mit den Landungstruppen am Abschnitt Utah vereinigen und die Zufahrtswege zur Halbinsel Cotentin besetzen. Die 6. britische Luftlandedivision soll die Brücken über die Orne und den Orne-Kanal erobern sowie die Batterie Merville ausschalten.«

»Hm, gleich drei Fallschirmjägerdivisionen, gefällt mir gar nicht. Wenn es denn stimmt. Ihnen als mein Aufklärungsoffizier dürfte nicht entgangen sein, dass seit dem ersten des Monats verstärkt Calais bombardiert wird. Unsere Radarstationen im Norden melden unzählige Signale auf den Bildschirmen!«

»Natürlich nicht, Herr Generalfeldmarschall! Dafür gibt es sicher eine natürliche Erklärung, zum Beispiel Gewitter.«

Weder Martin noch Rommel wussten, dass im Rahmen der ›Operation Fortitude‹ alliierte Bomber tonnenweise Stanniolpapierstreifen abwarfen, um genau diesen Eindruck zu erwecken.

Gerade jetzt wäre ein Agent im Osten Englands äußerst hilfreich gewesen, der die Täuschungsmanöver nach Frankreich meldete.

»Sie sind bei der Besprechung am fünften nur Beobachter. Halten Sie sich zurück, Behrens! Zitieren Sie um Himmels Willen nicht aus den Dokumenten, die man einem Ertrunkenen abgenommen hat. Man würde Sie auslachen. Wir sehen uns dann am siebten Juni wieder, alles Gute für Sie, Behrens, Sie können wegtreten!«, sagte Rommel, verpackte den Schuh im Karton und suchte nach einem roten Band, das er zu einer Schleife binden konnte.

Zurück in Le Havre legte sich Martin ins Bett, konnte nicht einschlafen. Erst gegen Morgen übermannte ihn die Müdigkeit. Gefühlt hatte er nur wenige Minuten geschlummert, als er durch einen Kuss geweckt wurde. Am liebsten hätte er Julia gefragt, ob sie seine Frau werden möchte.

Dazu musste Hitler beseitigt und die Alliierten durch erfolgreiche Gegenschläge zu Waffenstillstandsverhandlungen gezwungen werden. Dann stellte sich immer noch die Frage nach dem gemeinsamen Wohnsitz in Le Havre oder Berlin, woher er stammte.

»Ich weiß, was du mich fragen willst, chérie«, flüsterte Julia.

›Konnte die Frau jetzt Gedanken lesen?‹, schoss es Martin durch den Kopf.

»Du möchtest wissen, ob die BBC die nächsten zwei Zeilen des Gedichts von Paul Verlaine zitiert hat! Claire hat es angeblich an einem Radio gehört, das Henri im Keller des Krankenhauses versteckt hält!«

Martin war jetzt hellwach und sprang aus dem Bett. Das konnte nicht sein! Ein Blick durch das Fenster genügte, um festzustellen, dass es nicht stimmen konnte! Er schob die Verdunkelungsvorhänge wieder zurück. Bei dem Wetter jagte man nicht einmal einen Hund vor die Tür.

»Ich glaube, Schwester Claire hat sich geirrt. Schau selbst, Liebste! Die Landungsboote der Angreifer haben kein Dach, würden voll Wasser laufen. Morgen muss ich übrigens als Beobachter von Rommel nach Saint Germain bei Paris. Bis dahin haben wir noch Zeit.« Martin krümmte den rechten Zeigefinger zweimal. »Husch, ins Körbchen, chérie!«

Martin Behrens hatte die Fahrt zum Hauptquartier des Oberbefehlshabers über die drei westlichen Heeresgruppen ohne Fliegeralarm überstanden. Am Eingang stellte sich ihm ein SS-Offizier in den Weg. »In wessen Auftrag sind Sie hier, Herr Hauptmann?«

»Generalfeldmarschall Rommel als Aufklärungsoffizier persönlich unterstellt, Herr Sturmbannführer!« Martin zeigte sein Sesam-Öffne-Dich und durfte eintreten.

Ein Unteroffizier, diesmal der Wehrmacht, kam ihm mit einem Tablett entgegen. Martin entnahm ihm ein Häppchen und ein Glas Mineralwasser.

Sicher hatten die hier auch Champagner, aber er wollte ja so schnell wie möglich wieder zurück. Zu Julia und der möglichen Invasion, an die selbst er nicht mehr glaubte, zumindest nicht heute und morgen.

»Guten Abend, Herr Hauptmann! Der alte Fuchs traut mir nicht und hat Sie zusätzlich geschickt«, sagte Speidel und nippte an seinem Glas.

›Der hat mir gerade noch gefehlt‹, dachte Martin und lächelte zurück. »Heil Hitler, Herr Generalleutnant!« Eigentlich standen sie auf derselben Seite, dennoch mochte er Speidel nicht. Wenn er in die Runde schaute, war er hier der niedrigste Dienstgrad – von den herumwuselnden uniformierten Kellnern einmal abgesehen.

»Schon den neuesten Tratsch gehört, Behrens?«, murmelte Speidel mit Verschwörermiene.

»General Feuchtinger hat sich entschuldigen lassen wegen Unpässlichkeit. In Wahrheit ist er hier ganz in der Nähe in Paris bei seiner Geliebten, einer Nachtclubtänzerin, die aus Südamerika stammt«, lachte Speidel.

Martin versteifte sich. Feuchtinger war der einzige Befehlshaber einer Panzerdivision, die nahe genug am Ufer der Normandie war, um einzugreifen.

Alle anderen Panzerdivisionen, vor allem der Waffen-SS, waren weit im Hinterland stationiert. Leo Geyr von Schweppenburg hatte sich leider durchgesetzt.

»Übrigens heiratet heute Gretel Braun, die Schwester von Eva, SS-Gruppenführer Fegelein, der Führer ist Trauzeuge. Falls etwas passieren sollte – vor morgen Mittag braucht niemand im Berghof anzurufen. Man wird es nicht wagen, den Führer zu wecken!«, kicherte Speidel.

Die Abneigung gegen den Generalleutnant wuchs mit jeder Minute. Andererseits waren das Informationen, die kriegsentscheidenden Charakter haben konnten. Genau deshalb war er hier.

Wegen des gegen die Windschutzscheibe seines Horchs peitschenden Regens während der Fahrt hierher war Martin sicher, dass sobald nichts passieren würde.

Generalfeldmarschall Gerd von Rundstedt klopfte mit einem Teelöffel gegen sein Glas und ermahnte zur Ruhe.

»Ich habe Sie, meine Herren, heute eingeladen, weil die Invasion der Alliierten in Frankreich unmittelbar bevorsteht. Um Sie zu beruhigen, es wird nicht vor dem zehnten Juni der Fall sein! Ich bitte Herrn Professor Oberst Stöbe, unseren Chefmeteorologen, ums Wort.«

Oberst Stöbe räusperte sich. Ihm war klar, dass er nur wenige Daten zur Verfügung hatte. Alle Bemühungen, Wetterstationen im Nordwestatlantik zu etablieren, waren gescheitert. Selbst die Iren, die wegen ihres Hasses auf Großbritannien mit dem Deutschen Reich kooperierten, hatten aktuell nichts gemeldet. Stöbe wollte sich keine Blöße geben und sagte: »Zunehmende Bewölkung, starker Wind, Regen und im Kanal Windstärke 6.«

»Vielen Dank, Professor Oberst Stöbe! Damit ist eine Invasion in den nächsten Tagen vom Tisch«, sagte von Rundstedt und bekam verhaltenen Applaus.

Die Alliierten hingegen hatten Wetterstationen von Island über Schottland bis Cornwall.
Der Oberkommandierende der Invasionsstreitmacht, General Eisenhower, der den Angriff verschoben hatte, verließ sich auf eine Meldung, dass in der Nacht vom fünften auf den sechsten Juni 1944 ein Zwischenhoch über dem Ärmelkanal für eine vorübergehende Wetterberuhigung sorgen würde. Eisenhower gab den Angriffsbefehl.
General Omar Bradley war für die US-amerikanischen Verbände zuständig, General Bernard ›Monty‹ Montgomery für die britischen und kanadischen. Die beladenen Schiffe dümpelten seit Tagen auf Reede, jetzt nahmen sie Kurs Süden.

Bei der Debatte in Saint Germain machte von Rundstedt noch einmal klar, was alles zur strategischen Führerreserve gehörte. »Im Falle einer Invasion soll zunächst die 15. Armee allein die Angreifer bei Calais bekämpfen«, dozierte er.
»Nur für den unwahrscheinlichen Fall, der Hauptstoß zielt auf die Normandie – ist dann die 7. Armee allein auf sich gestellt und die 15. wird automatisch zur Führerreserve?«, fragte ein Oberst aus dem Stabe von Stülpnagels. Carl-Heinrich von Stülpnagel war der eigentliche Militärbefehlshaber Frankreichs, dem alle Wehrmachtseinheiten unterstanden.

Hinter vorgehaltener Hand wurde er meist ›Stadtkommandant von Paris‹ genannt, weil in der Praxis von Rundstedt und Rommel die Truppen führten.

Martin hatte lautlos Beifall geklatscht. Endlich mal ein Realist, der die richtigen Fragen stellte.

»Das ist richtig, Herr Oberst«, sagte von Rundstedt mit Nachdruck. »Bevor Sie weiter fragen – die Panzerverbände sind taktisch so klug aufgestellt, dass sie sowohl nach rechts wie auch bei Bedarf nach links Richtung Normandie schwenken können!« Die kontroverse Debatte darüber verschwieg er.

›Taktisch klug?‹, dachte Martin Behrens und schüttelte leicht den Kopf. Manche Panzerdivisionen mussten dreihundert Kilometer durch offenes Gelände, viele Brücken waren zerstört. Bei der Luftüberlegenheit der Alliierten ein Selbstmordkommando.

In einer Nische klingelte ein Telefon. Ein Unteroffizier suchte verzweifelt nach jemandem, der ranging. Bei den vielen Lamettaträgern wusste er nicht, wen er ansprechen sollte. Martin war in der Nähe, nickte dem jungen Unteroffizier zu, der froh war, dass sich jemand um den hartnäckig klingelnden Apparat kümmerte.

»Hauptmann Behrens, Abwehr, im Hauptquartier des OB West. Was kann ich für Sie tun?«

»Oberleutnant zur See Wesemann am Apparat! Sind Sie das, Hauptmann Behrens? Ich habe versucht in Le Havre und La Roche-Guyon anzurufen, leider vergeblich!« Der Atem des Anrufers ging stoßweise. »Ich sollte mich melden, sobald wir unzählige Blips auf dem Schirm haben.

Das ist jetzt der Fall! Eine Störung ausgeschlossen. Sieht aus wie viele schwimmende Einheiten auf dem Meer!«

»Vielen Dank für die Information, Wesemann! Ich danke Ihnen und werde umgehend die anwesenden Herren Generäle in Kenntnis setzen!«, sagte Martin und wollte auflegen.

»Das ist noch nicht alles«, rief der Marineoffizier durchs Telefon. »Mein Stellvertreter meldet gerade, dass wir beschossen werden!«

»Angreifende Flugzeuge mit ihren Bordwaffen oder Schiffsartillerie?«, fragte Martin erstaunt. Ersteres konnte er sich nicht vorstellen. Dafür war die Sicht zu schlecht.

»Weder noch! Von Land! Leutnant Friedrich, fragen Sie nach, was unsere Männer im Dunkeln sehen können! – Einen Augenblick, Hauptmann Behrens, Sie bekommen sofort eine Antwort!«

Martin hörte eindeutig das Hämmern von Maschinengewehren und einzelne Schüsse, die aus Karabinern abgegeben wurden.

»Danke, dass Sie mich gewarnt haben, Hauptmann! Wir haben Laufgräben, Sandsäcke und zwei MG-Nester. – Scheiße, was ist mit Ihnen los, Leutnant?«, hörte Martin. Offensichtlich war der zweite Offizier der Radarstation Douvres-la-Délivrande bei dem Versuch, draußen zu erkunden, verletzt worden. Martin verstand die Worte nicht, die gewechselt wurden, nur, dass Wesemann nach einem Sani schrie.

»Sie müssen entschuldigen, Behrens, aber Leutnant Friedrich hat einen Oberarmdurchschuss erlitten. Soweit ich ihn verstanden habe, greifen englische Fallschirmjäger die

Station an, weil die Bomben der letzten Tage uns verfehlt haben! Ich weiß nicht, wie viele es sind, aber dank Ihrer Hinweise werden wir uns halten können!«, keuchte Wesemann.

»Danke, Oberleutnant, halten Sie durch! Wir schicken Verstärkung!«

Inzwischen war Generalleutnant Speidel näher getreten. Martin starrte den Ranghöheren aus graublauen Augen so durchdringend an, sodass diesem die Worte im Hals steckenblieben.

»Das war Oberleutnant zur See Wesemann, Kommandant unserer Radarstation Douvres-la-Délivrande! Die unzähligen Blips auf den Radarschirmen würden alle hier mit einem Lächeln quittieren. Aber die Station wird angegriffen – von Land!«, sagte Martin mit Nachdruck.

Speidel wurde blass. »Der großangelegte Scheinangriff! Luftlandeeinheiten, die Radarstationen, Brücken und Eisenbahnknotenpunkte angreifen! Danke, Hauptmann! Ich informiere die Anwesenden, anschließend Rommel in Herrlingen!«

»Der gerade seiner holden Gattin ein schickes Paar Schuhe überreicht«, murmelte Martin.

Er wagte es nicht, als Randniedrigster auch nur den Versuch zu machen, von Rundstedt und all die anderen davon zu überzeugen, dass dies nur die Ouvertüre zur ›Operation Overlord‹ war. Passte alles ins Bild. Drei Fallschirmjägerdivisionen, die im Schutze der Nacht wichtige Punkte besetzen sollten. Da war Douvres-la-Délivrande nur ein Nebenkriegsschauplatz.

Die entscheidenden Aktionen würden viel weiter im Westen stattfinden. Gemäß den erbeuteten Plänen sollten die beiden amerikanischen Luftlandedivisionen die Wege zur Halbinsel Cotentin abschneiden, um die spätere Eroberung des Hochseehafens Cherbourg zu ermöglichen.

Generalleutnant Speidel versuchte, sich Gehör zu verschaffen, was zunächst misslang. Er musste mehrfach mit einem Löffel gegen ein Glas klopfen.
»Meine Herren! Soeben wurden Luftlandeoperationen der Alliierten gemeldet! Unter anderem wird eine unserer Radarstationen in der Normandie von Land aus angegriffen. Ich schlage als Stellvertreter des abwesenden Oberbefehlshabers der Heeresgruppe B vor, umgehend ein Infanteriebataillon von Caen nach Douvres-la-Délivrande zu schicken, um die dortige Besatzung zu entlasten! Die 7. Armee ist in Alarmbereitschaft zu versetzen, um Fallschirmjäger zu bekämpfen und gegebenenfalls gefangen zu nehmen!«
»Stattgegeben!«, sagte von Rundstedt militärisch knapp.

Alle rannten zu den wenigen Telefonen, aber die Leitungen blieben stumm. Die dritte und vierte Zeile des Gedichts von Paul Verlaine hatte die Résistance veranlasst, Telefon- und Telegrafenleitungen zu unterbrechen, sowie Bahngleise zu sprengen.
Martin wollte heute Nacht noch an der Front sein, um Rommel, wenn er zurückkam, detailliert berichten zu können.

Kapitel 8

Sainte-Mère-Église war die erste Kleinstadt, die in der Nacht vom fünften auf den sechsten Juni 1944 auf französischem Festland befreit wurde. Im Jahr zuvor hatten die Alliierten bereits Ajaccio auf Korsika eingenommen.
Die Fallschirmjäger der 82. und 101. Airborne Division wurden wegen des Windes weit verstreut, mussten hohe Verluste hinnehmen, weil viele Kameraden in der Luft abgeschossen worden waren. Einige landeten in den Gebieten, die Rommel hatte überfluten lassen. Lastensegler wurden von den sogenannten ›Rommel-Spargeln‹ regelrecht aufgespießt.

Ungeachtet der unübersichtlichen Lage konnten sich einige Einheiten wieder versammeln, um die Befehle auszuführen. Von der Easy-Kompanie der 101. Airborne Division war nach der Bruchlandung eines Lastenseglers nach Beschuss nur noch ein Offizier übrig. Lieutenant Winter konnte nur wenige Männer um sich scharen.
Er wunderte sich, dass ein Damm über das überflutete Gelände weder bewacht, noch vermint war. Unter Ausnutzung des Überraschungsmoments und der Schützengräben, welche die Wehrmachtssoldaten angelegt hatten, konnten sie beim Gut Brécourt Manor nach und nach eine ganze Haubitzbatterie ausschalten. Die weitreichende Artillerie hatte zuvor den Landungsbereich Utah Beach beschossen.

»Schau dir das mal an!«, sagte Soldat Hermann zum eben eintreffenden Gefreiten Bachmann und reichte ihm das Fernglas. Im Osten konnte man das Morgenrot erahnen. Über ihnen war der Himmel von einer Bomberflotte verdunkelt. Gerd Bachmann schaute durch den Sichtschlitz der Bunkeranlage hoch über dem Strand.
»Heilige Scheiße! Wie viele mögen das sein?« Der Sturm hatte nachgelassen. Im immer noch hohen Wellengang dümpelten womöglich tausende Schiffe auf dem Ärmelkanal. Die Schlachtschiffe feuerten über Kilometer hinweg auf den Atlantikwall. Minensuchboote hatten Gassen freigeräumt, durch die erste Landungsboote durch den hohen Wellengang schlingerten. Viele der jungen amerikanischen Soldaten, die aus dem Mittelwesten stammten und zuvor noch nie zur See gefahren waren, kotzten das reichhaltige Frühstück aus, das sie in England genossen hatten.

»Beier, Krämer! Schafft mir alles an MG-Patronengurten herbei, was da ist! Gleich rieselt hier der Putz von der Decke und am Strand wird der Teufel los sein!« Bachmann hatte nicht mal den Dienstgrad eines Unteroffiziers. Alle hörten auf ihn, weil er Ostfronterfahrung hatte.
Die alliierten Bomberpiloten befürchteten, die eigenen Schiffe und Landungsboote zu treffen, weshalb sie ihre tödliche Fracht erst drei Sekunden später als geplant ausklinkten. Es wurde kein einziger deutscher Bunker getroffen, sondern die Wiesen des Hinterlandes umgepflügt. Die französischen Bauern der Normandie waren nicht so gut informiert, wie die Résistance oder Hauptmann Behrens. In Unkenntnis des Angriffs hatten sie die Milchkühe auf den Weiden gelassen, was einigen Wiederkäuern zum

Verhängnis wurde, weil sie von Bombensplittern getroffen wurden.

Die ›Operation Overlord‹ sah eigentlich vor, bereits in der ersten Welle Räumpanzer an Land zu schaffen, weil der Strand gespickt mit Hindernissen war. Dafür hatte man eigens aufblasbare, schwimmfähige Quader aus Gummi entwickelt, die voll Wasser liefen. Die meisten Räumpanzer soffen deshalb ab. Damit nicht genug, bekamen es die ersten Landungsboote mit Unterwasserhindernissen zu tun, weshalb vor dem Strand angehalten werden musste. Als die Klappe nach vorn abgesenkt wurde, empfing die amerikanischen Infanteristen ein Trommelfeuer aus MG 42-Nestern. Viele Soldaten versuchten, dem sicheren Tod zu entgehen, indem sie über die Bordwand ins brusthohe Wasser sprangen.
Die Maschinengewehrpatronen wurden zwar unter Wasser abgebremst, dennoch gab es viele Tote und Verletzte. Das salzige Seewasser am Omaha-Beach schwappte mit roten Schaumkronen an Land.

Einigen Infanterieeinheiten war es unter hohen Verlusten gelungen, sich am Strand festzukrallen. Die von den Deutschen errichteten Hindernisse boten kaum Schutz vor dem Geschosshagel. Den gab es erst, wenn man den toten Winkel unterhalb der deutschen Bunker, die auf Klippen thronten, erreicht hatte. Das gelang zunächst nur wenigen. Nachdem die Bombenangriffe nichts gebracht hatten, feuerten die Schlachtschiffe umso verbissener auf die deutschen Bunker.

Wie Gerd Bachmann es vorausgesagt hatte, rieselte nun der Kalk von der Decke. Noch war man von einem Volltreffer verschont geblieben, konnte weiter mit den MG 42 den Strand beharken.

»Wie lange reicht die Munition noch, Beier?«, schrie Bachmann, um den ohrenbetäubenden Lärm zu übertönen.

»Höchstens eine Stunde, Gerd, dann ist Sense!«

»Sag rechtzeitig Bescheid, dann setzen wir uns ab!«, brüllte der Gefreite.

»Wann der Absetzbefehl erteilt wird, entscheide immer noch ich!«, rief Leutnant Richter. Er zog den Kopf ein, weil wieder einmal ein Schiffsartilleriegeschoss ganz in der Nähe eingeschlagen war.

»Zu Befehl, Herr Leutnant!«, schrie Bachmann. »Sie sehen ja selbst, was hier los ist! Einige Amis sind unterhalb unserer Position. Wenn sie Pioniere mit Sprengstoff dabeihaben, sind wir am Arsch!«

»Stellung halten, Gefreiter! Ich schau draußen nach, ob Sie recht haben!« Der Zugführer huschte durch die stabile Stahltür. In diesem Moment gab es einen Treffer genau neben dem Bunker.

Der Gefreite Beier sollte Munitionsnachschub holen, zog am schweren Riegel, aber nichts rührte sich. »Die Bunkertür klemmt! Was jetzt, Gerd?«

»Geballte Ladung an die Tür, Zündschnüre, los!«

»Geballte Ladung?«, fragte Soldat Krämer mit aufgerissenen Augen.

Gerd Bachmann schüttelte den Kopf, ermunterte Soldat Kreuzer, unbeirrt weiter auf die Landungsboote der Amis zu schießen.

»Muss man euch Frankreich-Urlaubern alles erklären? Drei Handgranaten zusammenbinden, unter die Tür, Zündschnur und alle ab in die Ecken! Ohren zuhalten!«

Der Gefreite Beier verstand zuerst und versuchte mittels eines Benzinfeuerzeugs die Zündschnur zu entzünden und brüllte dann: »Deckung!«

Seine Hand zitterte so sehr, dass es erst im zweiten Anlauf klappte. Mit einem ohrenbetäubenden Lärm sprang die massive Stahltür aus den Angeln, aber nur so weit, dass sich schlanke Menschen durch den Spalt quetschen konnten.

Gerd Bachmann warf einen Blick durch die Öffnung. Von Leutnant Richter war nicht mehr viel übrig. Kein schöner Anblick, aber Bachmann kannte das. Wenn russische Geschosse der Raketenwerfer in die Schützengräben einschlugen und Menschenleiber zerfetzt wurden.

»Soll ich nun weiterschießen?«, fragte Soldat Kreuzer.

»Munition reicht wie lange?«, wollte Bachmann wissen.

»In zwei Minuten alle!«

»Alle raus hier!«, brüllte Gerd Bachmann. »In Ermangelung eines Offiziers übernehme ich das Kommando! Wenn ihr überleben wollt, haltet jetzt die Klappe!«

Einer nach dem anderen schob sich mit Mühe durch den schmalen Spalt der schief in den Angeln hängenden Bunkertür. Draußen tobte das Inferno.

Sie konnten nicht sehen, dass es einer stark dezimierten Infanteriekompanie der Amerikaner gelungen war, den Weg frei zu sprengen und die Anhöhe hinauf zu klettern. Beim Nachbarbunker hatte offensichtlich nur einer überlebt.

Soldat Lehmann streckte die Hände nach oben und wollte sich ergeben. Er wurde umgehend erschossen und fiel in einen Laufgraben.

»Scheiße! Die Amis machen keine Gefangenen! Sie haben nicht genug Leute, um sie zu bewachen«, flüsterte Beier.

»Schnauze«, sagte Bachmann. »Ich hoffe, niemand von euch Blödmännern kommt auf die beschissene Idee, den Tod eines Kameraden zu rächen! Es sei denn, ihr wollt alle auf den Heldenfriedhof!«

Niemand wagte es, zu widersprechen. Die Amerikaner waren mit zehn Mann klar in der Überzahl. Im Schutz der Laufgräben gelang den Soldaten die Flucht ins Hinterland.

Mitten in der Nacht hatte Generalmajor Feuchtinger von einem befreundeten Offizier aus dem Stab des OB West telefonisch den diskreten Hinweis erhalten, die Amerikaner und Engländer würden mit mehreren Luftlandedivisionen in der Normandie operieren und eine großangelegte Landung stünde unmittelbar bevor. Der Kommandeur der einzigen Panzerdivision, die nicht der Führerreserve angehörte, stieg sofort in die Unterhosen und schlüpfte in seine Uniform. Vom Regimentskommandeur des 22. Panzerregiments, Oberst von Oppeln-Bronikowski, erfuhr er, dass dieser seine Einheit in Alarmbereitschaft versetzt habe und man bereit sei, in den Raum nördlich von Caen vorzustoßen.

Um das Maß der Verwirrung noch zu steigern, wurde die 21. Panzerdivision einem anderen Armeekorps unterstellt. Wertvolle Stunden verstrichen, bevor klar war, welchen Befehlen man nachzukommen hatte.

Als dann endlich ein Regiment entlang der Orne an die Küste geschickt wurde, mussten die Panzer umgehend beidrehen. Das Feuer aus hunderten Schiffsgeschützen und Jagdbomber am Himmel zwangen sie zum Rückzug. An ein Abschneiden der Versorgungslinien der an diesem Abschnitt gelandeten Briten und Kanadier war nicht zu denken.

General Montgomery hatte den Befehl erteilt, zeitnah die strategisch wichtige Stadt Caen mit ihrem Flugfeld westlich davon zu erobern.

Der Angriff lief sich fest und scheiterte am hartnäckigen Widerstand.

Martin Behrens ließ den Motor seines Horch aufheulen. Einen Moment spielte er mit dem Gedanken, kurz Le Havre anzusteuern, um Julia wenigstens einen Zettel zu hinterlassen. Nein, er durfte keine Zeit verlieren. Er musste sich selbst ein Bild über die Lage verschaffen, um Rommel nach seiner Rückkehr Bericht zu erstatten.

Wie durch ein Wunder gelangte er ohne Luftangriffe und Unfall in die Normandie. Je näher er der Küste kam, umso heftiger wurde das einem Gewittergrollen gleichende Donnern der alliierten Schiffsartillerie. Wäre er nach Le Havre gefahren, hätte Martin vielleicht Kenntnis davon erhalten, dass die dort stationierte Schnellbootflottille unter Korvettenkapitän Hoffmann zwar ausgelaufen war, die abgeschossenen Torpedofächer jedoch nur einen norwegischen Frachter versenkt und Zerstörer der Briten verfehlt hatten.

Er musste unbedingt den Strandabschnitt Omaha errei-
chen, dessen Befestigungsanlagen auf dreißig Meter hohen
Klippen thronten und die beste Verteidigungsposition im
Atlantikwall war. Hier bestand die größte Chance, die An-
greifer am Strand zu bekämpfen. Hier konnte er mit Wehr-
machtsangehörigen sprechen und die Informationen an
Rommel weitergeben.
Martin ahnte nicht, in welcher Gefahr er sich befand.
Wehrmachtssoldaten würden nicht auf einen PKW Horch
schießen, amerikanische Fallschirmjäger schon.

Ohne es zu wissen, war Martin Behrens weiter nach Westen gefahren, als geplant. Am Strandabschnitt Utah hatten
die deutschen Truppen bereits um sieben Uhr kapituliert.
Im Hinterland operierten amerikanische Fallschirmjäger,
die von einzelnen Kompanien der Wehrmacht erbittert
verfolgt und bekämpft wurden.
Martin trat auf die Bremse. Mitten auf der holprigen Straße
stand plötzlich ein Mann. Martin atmete tief durch.
›Gottseidank, ein deutscher Soldat!‹, dachte er. Hauptmann Behrens fuhr rechts ran, drehte den Zündschlüssel
nach links und kurbelte das Fenster nach unten.
»Hauptmann Behrens, Abwehr, Generalfeldmarschall
Rommel persönlich unterstellt!«, stellte er sich vor. »Und
Sie sind?«
»Gefreiter Bachmann, 352. Infanteriedivision, drittes Re-
giment, viertes Bataillon, Herr Hauptmann!«
»Wo haben Sie zuletzt Feindkontakt gehabt, Gefreiter?
Nordöstlich oder nördlich von hier?«, wollte Martin Beh-
rens wissen. »Omaha oder Utah Beach?«

Im gleichen Moment wusste er, dass diese Frage blöd war. Die einfachen Soldaten kannten nicht die Codenamen der Alliierten für die Landung. Er auch nur, weil eine Übung daneben gegangen war.

»Omaha, was?«, fragte Gerd Bachmann, das Gewehr im Anschlag. Wenn sich dieser Hauptmann so gestelzt ausdrückte – vielleicht war er ein verkleideter amerikanischer Spion, der gut Deutsch sprach?

Martin hatte plötzlich einen Gewehrlauf an der Schläfe, erinnerte sich an eine ähnliche Situation in der Kanalisation von Le Havre. ›Ruhig bleiben, Martin!‹

»Wer sagt uns, dass Sie kein Spion sind, Hauptmann? Wo wurden Sie geboren?«

»Berlin! Schluss jetzt mit dem Theater, Gefreiter! Wir haben ein gemeinsames Ziel! Die angelandeten Truppen der Alliierten müssen aufgehalten werden, um jeden Preis!« Martin nestelte den Ausweis aus der Innentasche seiner Uniformjacke und reichte ihn dem Gefreiten.

»Die Unterschrift vom Wüstenfuchs sieht echt aus«, sagte Bachmann und senkte zur Erleichterung von Martin endlich den Gewehrlauf. »Ich habe zwar keine Vergleichsmöglichkeit, da ich nicht in Afrika, sondern der Ukraine war, glaube Ihnen aber! Steigen Sie aus, Hauptmann!«

Martin gehorchte einem Gefreiten, obwohl er vor ein paar Stunden nur Generäle um sich versammelt gesehen hatte.

»Wir sind auf der Suche nach versprengten Einheiten von der Küste gleich uns, um, wie Sie richtig bemerkten, die Amis zu bekämpfen!«, sagte Gerd Bachmann. Im Straßengraben hatten die anderen vier Soldaten in Deckung gelegen und stellten sich jetzt auf.

»Nur ihr fünf seid übrig vom am besten verstärkten Punkt des Atlantikwalls?«, stellte Martin fest. Diesmal vermied er es, den Decknamen ›Omaha Beach‹ in den Mund zu nehmen.

»Ist leider so, Herr Hauptmann! Der Beschuss durch Schiffsartillerie war so heftig – so etwas habe ich nicht einmal an der Ostfront erlebt. Als die ersten Amis auf den Klippen waren, mussten wir wegen Munitionsmangel flüchten und haben es bis hierher geschafft!«

»Und was schlagen Sie vor, Gefreiter Bachmann?« Martin schielte auf seinen PKW.

Ein Zufallstreffer durch eine Granate oder Beschuss durch amerikanische Fallschirmjäger und inzwischen auch Infanteristen – und er würde nie wieder in direkten Kontakt mit Rommel treten können.

»Wir steigen jetzt alle in den schicken Wagen und machen uns auf die Suche nach Kameraden. Das Gelände mit seinen Erdwällen, Büschen, Hecken und Bäumen ist bestens geeignet, um die Amis aus dem Hinterhalt anzugreifen!«, sagte Bachmann. Seine Kameraden jubelten. Jetzt hatte man einen Truppentransporter und musste nicht mehr zu Fuß durch die Normandie stiefeln.

»Einverstanden, Gefreiter! Aber nur, bis wir Anschluss an eine Kompanie gefunden haben! Ich habe noch eine höhere Aufgabe!«, sagte Martin und es klang selbst in seinen Ohren etwas gestelzt.

»Ich weiß, Rommel Bericht erstatten, was für ein Durcheinander hier herrscht! Die Franzosen haben die Telegrafenmasten gesprengt, sodass niemand wirklich weiß, was nur zehn Kilometer entfernt geschieht!«, seufzte der

Gefreite Bachmann. »Los, Männer, alle einsteigen! Der Hauptmann ist so freundlich, uns ein Stück des Wegs mitzunehmen!«

Alle zogen die Bäuche ein, um auf der hinteren Sitzbank und dem Beifahrersitz Platz zu finden.

Martin startete zwar den Motor, blieb aber im Schatten stehen, weil über ihnen ein Jagdbomber hinweg donnerte.

»Wo solls denn hingehen, meine Herren?«, fragte Martin, als handele es sich um eine Männerpartie zu Himmelfahrt.

»Na, ja, unsere Feldflaschen sind leer«, meldete sich Soldat Herrmann. »Und wir müssten dringend die Luft rauslassen!«

Martin fuhr los und folgte einer Straße nach Nordwesten. Von amerikanischen oder deutschen Soldaten keine Spur. Das musste nichts heißen. Er war darauf gefasst, dass sie jederzeit aus einem Straßengraben beschossen werden konnten. Der Schutz durch die Résistance in Le Havre galt hier nichts mehr, es sei denn, Monsieur Richard hatte die Widerstandsgruppen am Fuße der Halbinsel Cotentin angewiesen, nicht auf dieses Fahrzeug zu schießen.

Nach wenigen Kilometern kam ein Bauernhaus in Sicht. Martin stoppte. Von dem Chaos, was die lang erwartete und dann doch überraschend gekommene Invasion der Alliierten ausgelöst hatte, keine Spur. Es war so ruhig, dass man die Singvögel in den Bäumen zwitschern hörte. Martin traute der Idylle nicht, der kampferprobte Gefreite Bachmann auch nicht.

»Beier und Herrmann – raus zur Erkundung! Wir brauchen Wasser, zur Not machts auch Cidre«, flüsterte er und

die Genannten stiegen aus dem Wagen und sicherten den Hof. Es gab einen Ziehbrunnen. Auf einem Gestell lagerten zwei Fässer, die offenbar etwas anderes enthielten.
Der Gefreite Beier traute dem Ziehbrunnen nicht. Es konnte sein, dass die Résistance den vergiftet hatte. Er untersuchte das Spundloch eines der Fässer und versuchte, den Holzsplint herauszuziehen, was misslang. Er hob sein Gewehr, um ein Loch in das Fass zu schießen.

In diesem Augenblick eilte ein alter Mann auf den Hof, bewaffnet mit einer Mistgabel und schrie: »Non, non!«
Der Soldat Kreuzer wollte aus dem Auto heraus auf den Mann schießen, aber Martin legte eine Hand auf den Gewehrlauf.
»Boire du cidre? Je t'aide!«, rief der Bauer. Er holte einen Eimer und entfernte den Pfropfen. Beier und Herrmann griffen nach ihren Feldflaschen und füllten diese mit dem sprudelnden Apfelwein. Martin stieg aus, sagte »Merci!« und drückte dem überraschten Bauern hundert Franc in die Hand. Dann fragte er in dem Französisch, das er von Julia gelernt hatte, nach amerikanischen Soldaten.
»Keine Ahnung. Mein Nachbar, der alte Cruchot, hatte in der Nacht Fallschirmjäger in seinem Garten, die wieder verschwunden sind! Waren wohl Américain.«
»Merci beaucoup, Monsieur!«, sagte Martin und lüftete die Kopfbedeckung.

Ein Sonnenstrahl stahl sich durch die schnell dahinfliegenden Wolken. Die Alliierten hatten nur ein Zwischenhoch für ihre ›Operation Overlord‹ ausgenutzt. Jetzt bestimmten wieder Tiefdruckgebiete vom Atlantik das Wetter.

›Von welcher Oberfläche war gerade der Sonnenstrahl reflektiert worden?‹, schoss es Martin durch den Kopf. War da nicht auch das Knacken eines trockenen Astes zu hören gewesen?

Der Gefreite Bachmann hatte in Russland Hinterhalte durch Partisanen und die Rote Armee erlebt und brüllte: »Deckung!« Die wenigen Soldaten waren der Meinung, der PKW Horch wäre der beste Schutz und hockten hinter dem Automobil.

Martin Behrens erwartete jeden Augenblick, dass die Karosserie seines Wagens von Schüssen durchsiebt wurde.

»Nicht schießen!«, wurde vom Waldrand gerufen. »Feldwebel Kolbe mit einer versprengten Einheit der 352. Infanteriedivision!«

Der Bauer Bertrand freute sich. Noch mehr durstige Deutsche. Das könnte heute das Geschäft des Jahres werden, wenn die auch den Apfelwein bezahlten.

»Mann, Kolbe, endlich ein Unteroffizier, der die schwere Last der Verantwortung von meinen Schultern nimmt«, rief Bachmann und gab mit einer Handbewegung Entwarnung.

»Bachmann? Wir haben uns doch mal an einer Feldküche in Winniza getroffen. Der Erbseneintopf mit Speck war lecker!«, lachte der Unteroffizier und trat mit seinen Männern aus dem Schatten der Bäume.

»Hier gibt es nur Apfelwein. Mit Mittagessen kann ich nicht dienen«, sagte Gerd Bachmann und machte eine einladende Armbewegung.

»Meine Herren! Ich habe eine schlechte Nachricht! Der Truppentransporter Horch steht ab sofort nicht mehr zur Verfügung. Ich muss Generalfeldmarschall Rommel Bericht erstatten, sobald er wieder in Frankreich ist«, sagte Martin strenger als beabsichtigt. Bei den Mannschaftsgraden musste man manchmal den Hauptmann herauskehren, um überhaupt ernst genommen zu werden.

»Feldwebel Kolbe! Ich übertrage Ihnen das Kommando! Das unübersichtliche Gelände des Bocage wird Ihnen helfen, den Feind aufzuhalten!« Martin legte die rechte Hand an den Mützenschirm und der Unteroffizier grüßte zurück.

»Zu Befehl, Herr Hauptmann! Ich wünsche Ihnen bei der Rückfahrt viel Glück«, sagte Feldwebel Kolbe.

Martin stieg in den Wagen und hoffte, unbehelligt von feindlichen Jagdflugzeugen nach Le Havre zu gelangen, um Julia endlich wieder in den Arm nehmen zu können.

»Rommel ist in Deutschland, während hier die Amis und Tommys einfallen?«, fragte sich der Feldwebel verwundert. Martin hörte es nicht mehr. Er war bereits auf dem Weg nach Osten.

Einen Augenblick überlegte er, die Radarstation anzufahren, die von britischen Fallschirmjägern angegriffen worden war. Julia war ihm wichtiger. Er drückte auf das Gaspedal. Südlich von Caen sah er eine Straßensperre mit Stacheldrahtverhauen, konnte aus der Entfernung nicht erkennen, wer diese angelegt hatte. Als er erkannte, dass die Soldaten keine Wehrmachtsuniformen trugen, war es fast zu spät. Im letzten Moment riss er das Lenkrad rum und fuhr in einen Feldweg.

Der Befehl, der erteilt wurde, war auf Englisch. Wie durch ein Wunder verfehlten die abgegebenen Schüsse die Reifen und die Scheiben des Horch.

›Die Engländer so weit im Süden?‹, dachte er. Offenbar hatten einige Einheiten die strategisch wichtige Stadt Caen umgangen. Das musste er Rommel melden! Vermutlich würde der erst morgen eintreffen. ›Dann eben Speidel‹, seufzte Martin.

Irgendwann traf er wieder auf die Hauptstraße und gelangte ohne weitere Zwischenfälle nach Le Havre.

Julia empfing ihn mit vorwurfsvollen Blicken, drehte den Kopf, sodass sein Kuss nur die Wange streifte. »Wo hast du so lange gesteckt? Ich habe mir Sorgen gemacht!«

»Ich war bei einer Besprechung in Saint Germain und anschließend an der Front!«, sagte Martin und zog die Uniformjacke aus. »Ist noch etwas Rotwein da? Nach dem Beschuss durch britische Einheiten könnte ich einen Schoppen vertragen!« Martin fläzte sich auf das abgewetzte Sofa.

»Du bist beschossen worden? Mon dieu!«, rief Julia und wurde in der Speisekammer fündig. Sie goss Rotwein in zwei bauchige Gläser und prostete Martin zu.

»Auf deine unversehrte Heimkehr, chérie! Ehe ich es vergesse, wenn du etwas von Monsieur Richard willst – der residiert nicht mehr in der Kanalisation, sondern woanders. Die Gestapo ist der Résistance auf den Fersen seit den Anschlägen Anfang des Monats.« Julia nippte an ihrem Glas.

Martin nickte und trank.

Man hatte Gebirgsjäger und SS-Einheiten abgestellt, die Jagd auf Résistancekämpfer im Zentralmassiv und den Alpen machte. Aber nicht nur dort, auch in den Städten.
Von den Ereignissen des Tages und dem Rotwein schläfrig geworden, nickte er ein. Julia führte ihn zum Bett und zog die Uniformhose nicht aus.

Nur kurze Zeit später heulten wieder die Luftschutzsirenen. Julia wollte Martin wecken, besann sich aber, dass ein deutscher Offizier unten im Keller so beliebt wie eine Ratte sein musste.
Weil man sie schief angeguckt hatte, blieb sie auch gleich oben, in der Hoffnung, die Alliierten würden wieder nur den Hafen bombardieren und das naheliegende Wohngebiet verfehlen.
Martin träumte nicht von Julia, sondern von Claus Schenk Graf von Stauffenberg. Ausgerechnet der Mann, der in Nordafrika die rechte Hand, zwei Finger der linken und ein Auge verloren hatte, sollte die diffizile Aufgabe übernehmen, zwei Sprengladungen scharf zu machen.
Immerhin hatten die Verschwörer um Olbricht es geschafft, Stauffenberg zum Stabschef des Ersatzheeres zu machen. Der Führer und einige hohe Offiziere wurden in Stücke gerissen. Stauffenberg hatte gerade erst die Besprechung unter einem Vorwand verlassen und eilte nach draußen zu seinem Wagen. Ein unverletzter Offizier der Wachmannschaft der ›Wolfsschanze‹ sah, dass Stauffenberg ohne Aktentasche und Mütze unterwegs war, zählte eins und eins zusammen und schoss ihm in den Rücken. Martin wachte schweißgebadet auf.

Das Attentat hatte ja noch gar nicht stattgefunden! Das würde bei einer Beratung in der ›Wolfsschanze‹ in Ostpreußen stattfinden. Wenn er den Termin wissen wollte, musste er nur Speidel oder von Stülpnagel fragen, die zum Kreis der Verschwörer gehörten. Claus Schenk von Stauffenberg kannte er nur flüchtig, dafür dessen Bruder und General Olbricht, die bei einer geheimen Beratung in Berlin erläutert hatten, wie die Änderung der ›Walküre‹-Pläne ihnen zugute kommen würde. Das alles war so geheim, am besten, er dachte gar nicht weiter darüber nach.

Martin fand nach dem Bombenangriff noch eine Mütze Schlaf.

Julia setzte gerade Wasser für den Morgenkaffee auf, als überraschend das Telefon schrillte.

›Da haben die Jungs vom Fernmeldebataillon mal wieder ganze Arbeit geleistet und die wichtigsten Leitungen repariert. Ich werde sie nie wieder Kabelaffen nennen‹, nahm sich Martin vor. Er versuchte gleichzeitig, in die Pantoffeln zu schlüpfen und nach dem Telefonhörer zu greifen, was zunächst misslang. Er wäre beinahe gestolpert und auf dem Bettvorleger gelandet.

»Herr Hauptmann! Sie waren bei der Besprechung so schnell weg. Ich hatte gehofft, dass Sie in Ihrer Funktion als Abwehroffizier mich gleich morgens als Erster über die Lage im Norden informieren!«, blaffte Generalleutnant Speidel durch die Hörmuschel. Martin hielt den Hörer ein paar Zentimeter von seinem rechten Ohr entfernt. Dass Julia mithörte, und damit im weitesten Sinne die Résistance, war nun auch egal.

»Entschuldigen Sie, Herr Generalleutnant! Nach einem nächtlichen Bombenangriff hatte ich nur wenig Schlaf. Habe gestern zwei unserer Infanterieeinheiten wieder zusammengeführt, die nun den Kampf gegen vorrückende Amerikaner aufnehmen und in der von Hecken und Wällen geprägten Landschaft gute Chancen haben!« Dass es sich nur um wenige Soldaten gehandelt hatte, musste er dem Stabschef von Rommel nicht auf die Nase binden.

»Gut gemacht, Hauptmann Behrens! Und weiter?«, fragte Speidel.

»Auf dem Rückweg wurde ich von britischen Einheiten beschossen.« Martin machte eine bedeutungsschwangere Pause, weil er wusste, dass Speidel neugierig wie eine Ziege war.

»An einer Kreuzung südwestlich von Caen!«

»Das kann nicht sein, Behrens! Der Angriff auf Caen durch kanadische Verbände wurde zurückgeschlagen, Sie müssen sich irren! Vielleicht Fallschirmjäger?«

»Hätte ich an den Uniformen erkannt, obwohl ich in Eile war und abbiegen musste. Zum Glück haben sie die Reifen nicht getroffen. Dann säße ich jetzt in britischer Kriegsgefangenschaft!«, konterte Martin.

»Also gut, nehmen wir mal an, Sie haben es richtig gesehen. Dann werde ich es an von Rundstedt und die anderen so weitergeben, dass einzelne Einheiten, vielleicht nur eine Kompanie von Engländern, Caen umgeht. Der Spuk hat ein schnelles Ende, wenn erst unsere SS-Panzerdivisionen vorrücken! Falls Sie Generalfeldmarschall Rommel vermissen – der ist noch unterwegs!«, sagte Speidel.

»Einen Moment noch, Herr Generalleutnant! Wann und wo darf ich Herrn Generalfeldmarschall Rommel persönlich Bericht erstatten?«, fragte Martin.

»Das entscheiden wir operativ, wenn er zurück ist! Er wird sich gern selbst ein Bild von der Lage machen wollen. Idealerweise wäre das der Punkt, wo Sie eine Straßensperre der Engländer bemerkt haben wollen! Wir melden uns. Funktioniert ja wieder! Ende!«

»Klugscheißer! Ich bin beschossen worden!«, knurrte Martin und warf den Hörer auf die Gabel.

»Julia, Liebes? Kaffee fertig? Wenn du einiges mitgehört hast - gib nur das weiter an Claire, was du für notwendig hältst.«

»Viel war es nicht, chérie. Monsieur Richard hätte sicher gern gewusst, wann welche SS-Divisionen nach Caen verlegt werden. Meine Tante lebt dort. Wenn das eine umkämpfte Stadt wird ...«, schluchzte Julia und kämpfte gegen aufsteigende Tränen.

Martin nippte am heißen Kaffee, der im Unterschied zu anderen Haushalten in Le Havre aus gerösteten Kaffeebohnen bestand. Er verschwieg lieber, dass sich die Waffen-SS in Caen eingraben und bis zum letzten Blutstropfen Widerstand leisten würden, was zur Folge hätte, dass die Alliierten die Stadt in Schutt und Asche legen.

Kapitel 9

Inzwischen wurde es immer schwieriger, von einem Ort zum nächsten zu gelangen. Die alliierten Jagdbomber der USAF und RAF beherrschten den Himmel über Nordfrankreich. Ein ums andere Mal musste Martin Behrens den Horch unter einem Baum abstellen und in Deckung gehen.

Generalfeldmarschall Rommel dürfte es nicht anders ergangen sein, der mit einem auffälligen Benz unterwegs war. Martin hatte eigentlich Begleitfahrzeuge mit mehr Sicherheitspersonal erwartet. Aber das war nicht der Fall. Im Benz nur der Chauffeur und ein Oberleutnant, der die Aktentasche trug.

»Gehen wir ein Stück, Herr Hauptmann! Speidel hat mich informiert. Hier ist also die Kreuzung, wo die Engländer Sie beschossen haben?«, fragte Rommel.

»Jawohl, Herr Generalfeldmarschall!«, sagte Martin und nahm Haltung an.

»Lassen Sie den Titel mit den vielen Silben weg, Behrens, und nennen Sie mich Erwin Rommel. Wir kennen uns jetzt lange genug!«

»Jawohl, Herr General ... Entschuldigung, Herr Rommel!« ›Woher plötzlich diese Leutseligkeit?‹, fragte sich Martin.

»Ich habe den Führer angerufen und drei Punkte zur Sprache gebracht: Mehr Unterstützung durch die Luftwaffe, auch wenn man dazu Einheiten von der Ostfront und zur Reichsverteidigung abziehen muss. Einbeziehung der 15. Armee in den Abwehrkampf gegen die Invasion und

Drehen der Abschussrampen für die Flügelbombe V 1 in Richtung des Ärmelkanals. Wissen Sie, was der Führer geantwortet hat, Behrens?«, fragte Rommel.

»Punkt 1 mit Einschränkungen genehmigt, Punkte 2 und 3 abgelehnt!«, sagte Martin und straffte sich.

»Genau deshalb sind Sie mein Abwehroffizier! Alles richtig. Bei den Flügelbomben wurde der Führer fuchsteufelswild. ›Die heißen Vergeltungswaffe, weil wir damit den Engländern die Bombardierung unserer Städte heimzahlen! Die werden nicht gegen schwimmende Ziele eingesetzt, sondern gegen London!‹, schrie er.« Rommel machte eine Pause.

»Ich sprach dann mit General Warlimont, einem Stabsoffizier des OKW. Der sagte, man vertraue einem Agenten namens Arabel, der über Portugal wichtige Informationen liefern würde. Die First U.S. Army Group und Kanadier würden für die eigentliche Invasion am Pas de Calais bereitstehen! «

Martin winkte ab. »Bei allem Respekt, wer ist dieser Arabel und wer sein Führungsoffizier? Hatten wir das nicht schon? Das Stück Gummi mit dem Emblem der RAF, das ich Ihnen präsentierte? Die Attrappen aus Holz und Gummi in der Nähe von Dover? Herr Rommel, wer auch immer dieser Arabel sein mag, ist ein Doppelagent! Bisher läuft alles so, wie es in den erbeuteten Dokumenten steht. Fünf Brückenköpfe, Schwenk nach rechts aus der Sicht der Angreifer, um die Halbinsel Cotentin abzuschneiden, Eroberung von Cherbourg, Bombardierung der Häfen von Le Havre bis Calais«, sagte Martin im Brustton der Überzeugung. »Was kann ich weiter für Sie tun?«

»Ich habe eine äußerst diffizile Aufgabe für Sie, die Ihnen nicht schmecken wird. Es mehren sich die Anzeichen, dass Teile der französischen Bevölkerung, vor allem im Norden, nicht mit dem Vorgehen der Invasionstruppen einverstanden sind. Bauern beklagen den Verlust von Nutzvieh, Bürger die massive Bombardierung ihrer Städte. Wenn es möglich ist, gehen Sie zurück zu den Truppenteilen, die Sie zusammengeführt haben! Erkunden Sie die Lage, schüren Sie das Misstrauen der ländlichen Bevölkerung, dass die Amerikaner und Engländer nicht nur als Befreier auftreten, sondern auch viel kaputt machen. Wenn wir Glück haben, werden die Alliierten nicht nur von uns, sondern auch von französischen Schrotflinten unter Feuer genommen!«, sagte Rommel.

In Martin sträubte sich alles. Wenn Julia und vor allem die Résistance herausbekamen, womit Rommel ihn betraut hatte … Das Hintertürchen, welches er mit Monsieur Richard aufgetan hatte, würde man umgehend schließen! »Bei allem Respekt, selbst wenn ich ein paar unzufriedene Bauern anstifte, ihre Schrotflinten zu entmotten, würden das nur Nadelstiche sein. Die Vergeltungsmaßnahmen gegen die Familien und Gehöfte würden alle anderen abschrecken«, versuchte Martin, sich herauszureden.
»Sie verwechseln die U.S. Army mit der SS, Behrens! Wenn in einer Ortschaft zwei deutsche Offiziere in einem Hinterhalt der Résistance sterben, rückt die SS an und stellt hundert Einwohner an die Wand – egal, ob die davon wussten, oder nicht. Anfangs hatte man Listen mit Kommunisten und Juden, inzwischen ist es denen egal, sie greifen sich einfach ein paar Leute! Unter uns gesagt, gefällt

mir das Vorgehen auch nicht!«, seufzte Rommel. »Was ich sagen wollte, die Amerikaner werden nur die unmittelbar Beteiligten hinrichten, nicht die Familienangehörigen. Ich weiß, was ich von Ihnen verlange, Behrens, aber wir müssen mit allen Mitteln kämpfen und den Vormarsch aufhalten. Ich wünsche Ihnen viel Erfolg!« Rommel drehte sich um und stiefelte zu seinem Benz.

Martin hätte bei der Rückfahrt nach Le Havre beinahe einen Unfall gebaut. Im letzten Moment riss er das Lenkrad herum, als sein Horch auf die linke Fahrbahnseite schlingerte und ein deutscher LKW ihm entgegen raste.
Noch nie hatte er sich in so einem Dilemma befunden! Natürlich würde er versuchen, Kontakt zum Gefreiten Bachmann und zu Feldwebel Kolbe aufzunehmen. Er wusste ja ungefähr, wo die operierten. Aber französische Bauern aufstacheln, auf Amerikaner und Engländer zu schießen? Was sollte das bringen, außer dass die Angreifer kurzzeitig irritiert waren und Wehrmachtseinheiten sich neu aufstellen konnten?

Zurück in Le Havre wich er den Fragen von Julia aus. Er gab sich wortkarg und nur das Notwendigste preis.
Rommel habe ihn beauftragt, die versprengten deutschen Einheiten im Bocage am Fuße der Halbinsel Cotentin zu sammeln und die Angreifer mit allen Mitteln zu bekämpfen.
»Du willst schon wieder an die Front? Du bist Aufklärungsoffizier. Die deutschen Truppen sammeln können doch andere Offiziere übernehmen! Warum ausgerechnet du?«

Julia hatte sich nüchtern geäußert. Ihre Stimme klang brüchiger als sonst, was Martin veranlasste, sie in den Arm zu nehmen. Sie machte sich Sorgen um ihn. Das war mehr als Zuneigung, es war Liebe.

»Ich weiß auch nicht, was sich Rommel davon verspricht. Du hast recht. Als Aufklärungsoffizier sollte ich eigentlich einen mutmaßlichen Doppelagenten jagen, der sich Arabel nennt und Hitler unerschütterlich an eine weitere Landung der Alliierten am Pas de Calais glauben lässt. Dazu müsste ich nach Madrid oder Lissabon reisen, für London bräuchte ich eine komplett neue Identität. Da dies niemand unterstützt und genehmigt, muss ich wohl wieder zur Halbinsel Cotentin – ob es mir passt, oder nicht«, seufzte Martin und küsste Julia.

In dieser Nacht liebten sie sich, als wäre es das letzte Mal. Es war Krieg und jeden Moment konnte man einen geliebten Menschen verlieren. Überall auf der Welt bangten Frauen um ihre Männer, Väter und Brüder.

Martin Behrens machte sich früh auf den Weg. Südlich von Caen waren nirgendwo englische Einheiten zu sehen. Die Straßensperre hatte er allerdings nicht geträumt. Sie waren dagewesen und wieder zurückgezogen worden, um Caen direkt anzugreifen. Martin kam ohne Zwischenfälle bis Carentan. Ab hier war der Frontverlauf völlig unklar. Jederzeit konnten am Straßenrand amerikanische Fallschirmjäger oder Infanterie auftauchen und ihn beschießen. Inzwischen hatten die Alliierten zwar am Omaha Beach einen provisorischen Anlegeplatz, um Fahrzeuge, Artillerie, Panzer und Nachschub zu entladen.

Ein Kriegsziel musste die Eroberung des wichtigen Hafens Cherbourg sein, der ganz im Norden der Halbinsel Cotentin lag. Alle anderen Häfen hatten die Alliierten heftig bombardiert, darunter Le Havre, Dieppe und Calais.

Martin überlegte, wohin sich die Wehrmachtssoldaten um Feldwebel Kolbe und den Gefreiten Bachmann zurückgezogen haben könnten. Er hatte sich von ihnen südlich von Beuzeville-La-Bastille verabschiedet. Um den Amerikanern den Weg nach Norden abzuschneiden hatten sich die Soldaten wahrscheinlich nach Nordwesten, Richtung Picauville, durchgeschlagen. Martin stoppte am Straßenrand, um noch einmal auf der Straßenkarte nachzusehen. Es konnte nicht anders sein. Der Weg weiter östlich über Sainte-Mère-Eglise wäre zu gefährlich. Das Städtchen, das amerikanische Fallschirmjäger als Erstes eingenommen hatten.

Diese Gegend war geprägt von Sümpfen entlang des Flusses Douve, aber auch den für die Normandie typischen Bocage. Felder und Wiesen, die von Wällen, Hecken, Büschen und Bäumen gesäumt waren. Jetzt im Frühsommer grünte und blühte alles. Bei der Weiterfahrt kam sich Martin wie im Frieden vor. Weiter im Osten donnerten alliierte Jagdbomber über den Himmel, Geschütze grollten.
Wenn der Motor des Horch nicht gewesen wäre, hätte Martin vielleicht das Quaken von Fröschen hören können. Der Frieden täuschte. Hier waren eigene und feindliche Truppen unterwegs. Er hoffte, er würde zunächst auf erstere treffen.

Plötzlich sprang ein Wehrmachtsangehöriger auf die Straße, das Gewehr im Anschlag. »Stopp!«

Martin hielt an, kurbelte das rechte Fenster nach unten und zeigte seinen Ausweis.

»Unteroffizier Brauer! Wenn mir die Bemerkung gestattet ist, Herr Hauptmann, ziemlich leichtsinnig, hier mit einem zivilen ungepanzerten Fahrzeug unterwegs zu sein!«, sagte der Mann und salutierte.

»Ich bin auf der Suche nach versprengten Einheiten der 352. Infanteriedivision unter dem Kommando von Feldwebel Kolbe! Haben Sie eine Ahnung, wo die sind, Unteroffizier Brauer?«

»Kolbe und Bachmann? Ja, die haben sich mit uns vereinigt, sind nur einen Kilometer nördlich von hier! Hören Sie das, Herr Hauptmann? Die M 4 Sherman-Panzer klingen anders als unsere. Geben Sie Gas und machen Sie, dass Sie davonkommen!«, sagte der Unteroffizier und verschwand hinter einer Hecke.

Nach einem Kilometer wurde Martin tatsächlich fündig. Sein Horch wurde von den Soldaten erkannt und mit Applaus begrüßt. »Unser ehemaliger Truppentransporter! Was verschafft uns die Ehre? Schickt Sie der Wüstenfuchs persönlich hierher?«, wurde Martin vom Gefreiten Bachmann lärmend empfangen.

»Deckung!«, schrie der Gefreite Beier. Über die Halbinsel donnerte ein Jagdbomber, der noch eine Sprengladung übrig hatte. Die Bombe schlug zwar neben dem Fahrzeug ein, aber die Splitter zerfetzten Scheiben, Reifen und das Motorgehäuse.

Als das Flugzeug abdrehte, versammelten sich alle um das rauchende Wrack, als wäre der Tod eines Kameraden zu beklagen. Für Martin brach eine Welt zusammen. Er würde hier ausharren müssen, bis sie die Amerikaner besiegt hatten oder tot waren. Würde er Julia jemals wiedersehen?

Es blieb keine Zeit, das Auto länger zu betrauern. Unteroffizier Brauer hatte es angedeutet. Man hörte das Geräusch von Ottomotoren und Panzerketten. Die Amerikaner griffen von Osten an!

Martin erkannte die Soldaten kaum wieder. Sie hatten sich Lehm ins Gesicht geschmiert und Laub an die Helme gesteckt. Damit verschmolzen sie mit der sie umgebenden Landschaft.

Die amerikanische Vorhut erkannte die Gefahr nicht, die beiderseits des Hohlwegs lauerte. Der Gefreite Bachmann huschte nach vorn und feuerte eine Panzerfaust ab. Sie traf genau die empfindliche Stelle unterhalb des Turmes. Der Sherman kam sofort zum Stehen. Damit nicht genug, robbte der Gefreite Beier auf den Wall und warf einen Molotow-Cocktail auf den zweiten Panzer. Das brennende Benzin erreichte den Motorraum und auch dieser Panzer blockierte den Hohlweg. Die begleitende Infanterie erkannte, dass sie womöglich in eine Falle getappt war und ging in Deckung, als ein MG 42 sie beharkte. Die amerikanischen Soldaten, die weder hinter dem dritten Panzer noch dem Wall Deckung gefunden hatten, wurden verletzt oder getötet.

»Ideal wäre gewesen, wenn eine Einheit die auch noch von hinten und der Flanke angegriffen hätte«, schnaufte Bachmann, der sich neben Martin ins Gras warf.

Martin dachte an den Auftrag, den er von Generalfeldmarschall Rommel erhalten hatte, aber nicht auszuführen gedachte. Er konnte und wollte nicht gegen die Résistance agieren, die er später in einer Notlage vielleicht brauchen würde.

Die Soldaten Herrmann, Kreutzer und Fliege wurden zur Aufklärung losgeschickt.

Man hörte eine ganze Weile nichts, weder vom Spähtrupp, noch den Amerikanern, die sich angesichts des Widerstandes zurückgezogen hatten.

Dann hörte Martin ein Hupen. »Sie wollen doch heute noch zurück ins warme Nest in Le Havre, Herr Hauptmann! Gehe ich richtig in der Annahme, dass da eine süße Französin wartet?« Der Soldat Fliege saß am Steuer eines US-Jeeps und grinste über beide Backen. »Hier ist Ihr neues Transportmittel!«

»Es geht Sie zwar nichts an, Soldat, aber Sie liegen auch nicht völlig daneben«, sagte Martin mit einem Schmunzeln im Gesicht. Gleichzeitig wog er das Für und Wider ab. Wenn er hier nicht auf einer taunassen Wiese ohne Zelt und Schlafsack übernachten wollte, musste er das Geschenk annehmen. Das bedeutete auch, dass Wehrmachtseinheiten ihn beschießen konnten, weil sie ihn für einen amerikanischen Offizier hielten. Das gleiche war der Fall, wenn alliierte Truppen durch das Fernglas eine Wehrmachtsuniform erkannten. ›Hoffentlich ist noch genug Benzin im Tank‹, dachte er.

Bis Le Havre war es ein Stück des Wegs, zumal er Bayeux und Caen weiträumig umfahren musste. Die eine Stadt war besetzt, die andere umkämpft.

Martin stieg in den Willys MB ein und machte sich mit der fremden Technik vertraut. Zum Glück hatte man kein englisches Fahrzeug erbeutet. Da saß man auf der rechten Seite.

Er winkte den Soldaten zu, die einen Angriff auf die Zufahrtswege nach Cherbourg zurückgeschlagen hatten.

Wegen der beginnenden Schlacht um Carentan musste Martin große Umwege fahren. Zu seiner Überraschung kam er unbehelligt bis in die Gegend südlich von Caen. Plötzlich stotterte der Motor. Martin hoffte, dass es kein nicht zu reparierender Schaden sei, sondern schlicht Treibstoffmangel. Der US-Jeep hatte hinten einen Kanister. Martin löste die Schlaufen und schüttelte daran. Es war nichts mehr drin.

»Hände hoch! Hands up!«, kam wie aus dem Nichts eine Stimme. »Stopp!«

Martin erkannte in der Dämmerung die Uniform eines SS-Hauptscharführers. Er und zwei SS-Schützen hielten die Maschinenpistolen schussbereit in Hüfthöhe.

»Hauptmann Behrens, Generalfeldmarschall Rommel persönlich unterstellt! Dies ist ein Beutefahrzeug!«

Der SS-Unteroffizier trat näher und leuchtete Martin direkt ins Gesicht. »Hauptmannsuniform der Wehrmacht, was nichts heißen muss! Papiere!«

Martin stieg aus und zeigte den Wisch vor, den Rommel einst persönlich gezeichnet hatte und ihn als Abwehroffizier auswies.

»So, so, Abwehr. Falls Sie Rommel und von Rundstedt treffen, sagen Sie ihnen, dass es eine scheiß Idee war, uns jetzt erst in die Normandie zu verlegen! Wir haben zehn Prozent unserer Panzer verloren, hohe Verluste in den Mannschaftsgraden und fünfzig Prozent unserer Tanklastwagen!«, schimpfte der SS-Mann. »Wir konnten nur bei bedecktem Himmel und in der Nacht marschieren! Ständige Angriffe durch feindliche Jagdbomber!«, meckerte der SS-Hauptscharführer.

»Um Ihre Beschwerde weiterzugeben, muss ich zunächst wissen, welche Einheit, Herr Hauptscharführer?«

»SS-Panzerdivision ›Hitlerjugend‹, Herr Hauptmann! Wir und die Panzerlehrdivision werden Caen bis zum letzten Blutstropfen verteidigen!«, ereiferte sich der SS-Mann.

»Das glaube ich Ihnen aufs Wort, Herr Hauptscharführer! Ich habe ein kleines Problem. Der erbeutete Jeep ist durstig, verlangt nach Benzin. Haben Sie welches?«

Der SS-Unteroffizier und seine zwei jugendlichen Begleiter, die Martin nicht älter als neunzehn Jahre schätzte, lachten.

»Guter Witz, Herr Hauptmann! Haben Sie mir nicht zugehört, von wegen Luftangriffe auf unsere Tanklastwagen? Wir brauchen das Benzin, welches noch nicht in Flammen aufgegangen ist, selber! Für Sie als Abwehroffizier der glorreichen Wehrmacht könnte ich ausnahmsweise etwas organisieren. – Jungs, fragt mal bei Oberscharführer Riedel nach, ob der zufällig noch einen Kanister Benzin hat!« Die beiden SS-Schützen gehorchten umgehend dem Befehl und kamen nach drei Minuten mit einem Benzinkanister zurück. Gemeinsam suchten sie an dem fremden Fahrzeug nach dem Einfüllstutzen.

»Verbindlichsten Dank, Herr Hauptscharführer«, sagte Martin, als er den Motor des Jeep erfolgreich startete.

»Dafür müssen Sie uns versprechen, dass Sie mit den Lamettaträgern der Wehrmacht reden! So geht es nicht, die sollten schneller entscheiden, wenn wir die Invasion abwehren wollen! Heil Hitler!«

Martin schwenkte den rechten Arm etwas nachlässig nach oben und murmelte den Gruß, der ihm zuwider war. Noch in diesem Sommer würde der Spuk Geschichte sein, hoffte er.

Am Stadtrand von Le Havre die übliche Straßensperre. Als die Wehrmachtssoldaten sahen, dass sich ein Jeep näherte, blendeten sie Martin mit einem Suchscheinwerfer. Wahrscheinlich rissen sie auch die Gewehre von den Schultern, aber das konnte Martin nicht sehen.

»Hände hoch!« Die Waffen-SS hatte sich wenigstens die Mühe gemacht, das zu übersetzen, schmunzelte Martin. Ein Posten senkte den Scheinwerfer tiefer, sodass er langsam wieder etwas erkennen konnte. Wieder einmal hatte ein Feldwebel das Kommando, den Martin noch nicht kannte. Inzwischen hatte man auch die Offiziersuniform erkannt. Einer der Soldaten hatte hier schon einmal Wache geschoben.

Da ein Unteroffizier dabei war, sagte er nicht freundlich ›Guten Abend, Herr Hauptmann!‹, sondern brüllte »Heil Hitler!« Die Frage, woher der Herr Hauptmann den US-Jeep habe, überließ er dem Ranghöheren.

»Darf ich fragen, woher Sie die amerikanische Klapperkiste haben, Herr Hauptmann?«, wollte der Feldwebel wissen und erfüllte damit die Erwartungen der Umstehenden.

»Auf der Halbinsel Cotentin, nördlich der Sümpfe des Flusses Douve, haben sich versprengte Einheiten von uns ein Gefecht mit den Amis geliefert. Sie rückten in einem Hohlweg vor. Wir haben zwei Sherman-Panzer abgeschossen und die Infanterie zurückgeschlagen. Bei einem Luftangriff war zuvor mein Horch so schwer beschädigt worden, dass ich ein Ersatzfahrzeug brauchte, was wir auch gefunden haben. Die Kameraden von der Waffen-SS bei Caen waren so freundlich, es aufzutanken!«

»Die Einheiten, die von den Unterständen an den Küsten noch übrig sind, wurden meines Wissens nach der 275. Infanteriedivision unterstellt. Und Sie sind mit dem Beutefahrzeug unbehelligt an Carentan und Bayeux vorbei bis hierher gelangt? Alle Achtung, Herr Hauptmann! Ich gebe Ihnen einen guten Rat: Lassen Sie sich auf beide Seiten der Karosserie ein Hakenkreuz malen. So sind Sie vor Beschuss durch unsere Truppen sicher. Für alliierte Piloten sieht es von oben wie Führungsfahrzeug der US-Armee aus, das sich zu weit vorgewagt hat. Lassen Sie die Schirmmütze weg und tragen Sie einen Ami-Helm!« Der Feldwebel salutierte. »Angenehme Weiterfahrt, Herr Hauptmann!«

Martin fragte sich, wo man die Hakenkreuze anbringen sollte. Viel Platz gab es da nicht. Ansonsten war der Tipp goldrichtig. Mit dem US-Jeep war er vor feindlichen Luftangriffen relativ sicher. Es machte die Trauer um den Verlust des Horch erträglicher.
Martin war darauf gefasst, Julia in den Arm nehmen zu können und den späten Abend mit einem Gläschen

Rotwein ausklingen zu lassen. Niemand öffnete. Martin nestelte nach dem Schlüsselbund. Er zündete eine Kerze an, um das Verdunkelungsgebot zu beachten, und fand einen Zettel auf dem Schreibtisch: ›Schwester Jeanette wurde verhaftet! Man fand im Innenfutter ihrer Handtasche ein Bündel Flugblätter, auf dem stand, dass General de Gaulle noch in diesem Jahr Präsident der Republik sein wird. Ich musste für sie den Nachtdienst übernehmen! Kuss, Julia.‹

Martin durchsuchte die Speisekammer und wurde schnell fündig. Julia hatte Sandwiches mit Schinken und Mayonnaise bereitgestellt, dazu eine Flasche Rotwein.

»Muss ich es eben ohne dich genießen, chérie«, murmelte er und ließ es sich schmecken.

Am nächsten Morgen kam Julia todmüde aus dem Krankenhaus zurück. Martin hatte gut geschlafen und schon mal Kaffeewasser aufgesetzt. Nach dem Begrüßungskuss ließ sich Julia aufs Bett fallen. »Wir stehen unter Beobachtung der Gestapo und der französischen Polizei! Die Flugblattaktion hat nicht direkt mit uns zu tun, aber Jeanette war eine Mitarbeiterin. Wir überlegen, die geheime Krankenstation im Keller aufzulösen. Wie ist es dir ergangen, chérie? Ich habe nirgendwo dein Automobil gesehen, dafür so einen komischen offenen Kübelwagen am Straßenrand?«

»Horchi wurde durch Bombensplitter zerstört, mein neuer motorisierter Freund nennt sich Willy«, sagte Martin und goss heißes Wasser durch einen Kaffeefilter. Er blickte in ein fragendes Gesicht.

»Willys Jeep MB nennt sich das offene amerikanische Fahrzeug. So ein Cabrio ist für den Sommer genau das richtige«, versuchte er zu scherzen.

Als Julia den gereichten Kaffee getrunken und sich nach der Nachtschicht zu Bett begeben hatte, überlegte Martin, wer in Le Havre akkurat Hakenkreuze auf die wenigen freien Flächen malen könnte. Richtig! Die deutsche Marine hatte unter den Matrosen ehemalige Werftarbeiter, welche die Schnellboote instand hielten, Rost klopfen und Farbanstriche anbringen konnten. Er machte sich umgehend auf den Weg zum wegen der Bombenangriffe etwas lädiert wirkenden Hafen.

Die Posten an der Einfahrt, die sich ebenfalls über den US-Jeep wunderten, den der Hauptmann jetzt fuhr, verwiesen Martin an Kapitänleutnant Kurt Johannsen. Der war ein Seebär wie aus dem Bilderbuch mit qualmender Pfeife und Bart. »Wir haben auch noch anderes zu tun, als erbeutete Fahrzeuge zu bemalen«, knurrte er, sodass es Martin kaum verstand. Dank des Ausweises, der schon Desöfteren Türen geöffnet hatte, ließ er sich herab, zwei Matrosen herbeizurufen. »Schneider und Feldmann! Malt zwei ordentliche Hakenkreuze auf die freien Flächen des Jeep, damit der Herr Hauptmann von der Abwehr nicht von uns beschossen wird!«
»Zu Befehl, Herr Kaleu!«, sagte der eine Matrose und fuhr den Jeep in einen Bunker.
»Sie haben Ihre Schnellboote in bewässerten Bunkern. Sind die auch bombensicher – im Sinne des Wortes?«, wollte Martin wissen, nur, um die Zeit zu überbrücken.

»Na, ja«, sagte der Seebär. »Die Amis haben Bomben entwickelt, die angeblich Beton durchschlagen. Damit nicht genug, setzen sie im Pazifik gegen die Japaner Bomben ein, die ein spezielles Benzingemisch enthalten, das sich nicht löschen lässt. Die Amis nennen es Napalm.«
»Wollen wir mal hoffen, dass es uns nicht erwischt, Herr Kapitänleutnant!«, sagte Martin unverbindlich.
»Da wäre ich mir nicht so sicher. Die Alliierten wollen Cherbourg, alles andere wird plattgemacht, vermutlich auch wir.« Johannsen klopfte die Pfeife am Stiefelabsatz aus. Selbst in Martins Ohren klang das zu fatalistisch.

Martin Behrens ließ den Kapitänleutnant für den Moment einfach stehen und rannte in den Bunker. Einer der Matrosen rührte rote Farbe in einem Kübel um, der andere griff nach einem Pinsel und einer Schablone.
»Gottseidank habt ihr noch nicht angefangen!«, keuchte Martin. »Ich habe es mir anders überlegt!«, rief Martin den Matrosen zu.
»Ja, wat denn nu, Herr Hauptmann? Rin in die Kartoffeln, raus aus die Kartoffeln!«, empörte sich der Matrose mit dem Pinsel.
»Berlin, wa? Komm ick ooch her!«, lachte Martin und ließ zwei verblüffte Matrosen zurück. Den Kapitänleutnant konnte er nicht so einfach ein zweites Mal stehen lassen.
»Ohne die Hakenkreuze habe ich die Möglichkeit, hinter die feindlichen Linien zu gelangen und dem Generalfeldmarschall einen einmaligen Blick hinter die Kulissen zu ermöglichen«, sagte Martin, euphorisch gestimmt.

Der Kaleu nuckelte am kalten Pfeifenstiel. »Wenn Sie es überleben, Herr Hauptmann! Das richtige Fahrzeug haben Sie, fehlt nur …«

»Die richtige Uniform! Ich habe da eine Idee …« Wenn Martin sich hinterfragte, war der ganze Plan, eigentlich eine spontane Idee, nicht wirklich durchdacht.

»Do you speak English like me, Captain?«, rief ihm Johannsen hinterher.

»My English is better than my French, Lieutenant at sea, see you later, Sir!«

Beide Einwände des Seebären waren mehr als berechtigt. Selbst wenn ein Kommandotrupp eine Offiziersuniform der Amerikaner erbeutete, brauchte er eine Identität, im Idealfall Papiere, damit er unabhängig von Befehlsstrukturen hinter den Linien operieren konnte.

Im amerikanischen Englisch gab es ein paar Begriffe, die er noch einmal rekapitulieren müsste. Im Notfall konnte er sich damit herausreden, dass seine Vorfahren noch nicht lange in den USA lebten und er deshalb mit Akzent sprach. Desweiteren musste er die Kommandostrukturen der US-Army in diesem Frontabschnitt kennen. Und der wichtigste Punkt: Er musste es sich von höchster Stelle absegnen lassen. Rommel würde ausrasten.

Martin parkte den Jeep in der Lücke, wo einst der Horch gestanden hatte, dessen Wrack auf der Halbinsel Cotentin vor sich hin rostete. Er eilte die Treppen empor, schloss die Tür auf, weil er nicht wusste welchen Dienst Schwester Julia hatte. Sie war zu Hause, erhob sich aus einem Sessel und umarmte ihn.

»Ich weiß, du darfst mir nicht alles sagen. Darf ich wenigstens ansatzweise erfahren, was du als nächstes vorhast?« Martin blickte in verschleierte blaue Augen. ›Verdammter Krieg! Im Frieden hätte ich ihr längst einen Ring an den Finger gesteckt!‹, dachte er und erwiderte den Kuss.

Als Julia die ganze Wahrheit hörte, obwohl der Plan noch nicht ausgegoren und schon gar nicht genehmigt worden war, brach sie in Tränen aus. »Nicht dein Ernst, Martin! Wenn du Glück hast, landest du in einem Kriegsgefangenenlager, wenn du Pech hast, stellen sie dich als Spion an die Wand!«, schluchzte sie.

»Gieß uns etwas von dem leckeren Rotwein ein. Ich brauche noch die Absegnung von oben.«

Martin griff nach dem Telefonhörer, schickte ein Stoßgebet nach oben, nicht Speidel, sondern Rommel möge rangehen. Nach dreimaligem Klingeln meldete sich Oberfeldwebel Müller.

»Hauptmann Behrens am Apparat! Stellen Sie mich bitte zum Generalfeldmarschall durch, es ist dringend!«

»Jawohl, Herr Hauptmann!« Martin hörte ein Klacken in der Leitung. Im gleichen Augenblick wurde ihm bewusst, dass jemand mithören würde. Nur wer? Speidel? Der gehörte zu den Verschwörern um Olbricht und von Stauffenberg. Solange es weder die Gestapo noch die Alliierten waren …

»Rommel am Apparat! Guten Abend, Behrens. Ich hoffe, Sie sind etwas vorangekommen bei der Aktivierung der ländlichen Bevölkerung?«

»Leider nein, Herr Rommel! Die Gehöfte, die ich aufsuchte, waren wie leergefegt«, log Martin.

»Wegen der Kämpfe um Carentan sind die Bauern geflohen. Da meine Dienste als Abwehroffizier nicht mehr gefragt sind, bitte ich darum, als Aufklärer hinter den Linien unterwegs zu sein! Einen US-Jeep habe ich bereits.« Martin lauschte gespannt am Hörer, aber zunächst kam nichts.
»Sind Sie wahnsinnig, Behrens? Sie brauchen eine Uniform, Sprachkenntnisse und eine Identität! Kommt gar nicht in Frage!«, rief Rommel.
»Das Gleiche hat Kapitänleutnant Johannsen von der Schnellbootflottille Le Havre auch schon gesagt. Mein Englisch ist gut, eine Uniform besorge ich vor Ort, selbst wenn dazu ein Kommandotrupp notwendig ist.«
»Es gehört nicht zu Ihren Aufgaben, als Spion hinter den feindlichen Linien unterwegs zu sein. Ich werde Aufwand und Nutzen abwägen und rufe Sie in zehn Minuten zurück!«, rief Rommel und legte auf.

Julia hatte sich inzwischen beruhigt und Rotwein in zwei Gläser gegossen. Dazu servierte sie mit Käse belegte Baguettes. Im Vergleich zu anderen Haushalten in Le Havre der pure Luxus.
Nach exakt zehn Minuten klingelte das Telefon. Martin nahm mit klopfendem Herzen ab.
»Vorab: Ich habe mit niemand darüber geredet, auch nicht mit Speidel«, sagte Rommel mit gesenkter Stimme. »Sie haben recht, Behrens. Wir haben niemand hinter den feindlichen Linien. Sie bekommen für einen einmaligen Einsatz bis übermorgen grünes Licht. Wenn Sie gefasst werden, berufen Sie sich nicht auf mich. Ich wünsche Ihnen viel Erfolg, Behrens!«, seufzte Rommel und legte auf.

Martin trank das Glas in einem Zug leer. »Die einmalige Gelegenheit, die Stärke des Gegners zu erkunden! Julia, schenk nach!«

Die Angesprochene wirkte längst nicht so euphorisch, wie ihr deutscher Geliebter.

»Sie werden dich fassen, einsperren oder erschießen, chérie!«

»Keine Sorge, mit der richtigen Identität komme ich da durch, Liebes!«

Kapitel 10

Aus dem Tagesbericht der Wehrmacht, herausgegeben vom OB West, hatte Martin erfahren, dass sich die deutschen Verteidiger an einem Zufahrtsdamm nach Carentan und südwestlich der Ortschaft verschanzt hatten. Südwestlich?

Martin fand, dass die Position weiter nördlich, welche Kolbe, Bachmann und deren Männer eingenommen hatten, strategisch viel besser geeignet war, den Vorstoß der Amerikaner nach Norden zu beobachten und zu stoppen. ›Ist der Weg zu den Männern, die ich suche, eben kürzer‹, dachte er.

Wieder einmal musste er größere Umwege fahren. Er hörte das Grollen der Artillerie, welche die Stellungen der Waffen-SS rund um Caen beschoss.

Als er nach drei Stunden endlich die deutschen Stellungen bei Carentan erreichte, war der Benzintank des durstigen Geländefahrzeugs fast leer. Bei der allgegenwärtigen Treibstoffknappheit der Wehrmacht würde er eben bei den Amis tanken müssen.

Martin fragte sich durch und kam tatsächlich zu der Stellung, die Kolbe, Bachmann und Kameraden neu bezogen hatten.

»Na, Sehnsucht nach uns, Herr Hauptmann?«, flachste der Gefreite Bachmann. Im gleichen Moment zogen alle die Köpfe ein, weil eine Mörsergranate nur zweihundert Meter entfernt einschlug.

»Heute sprechen die Granatwerfer«, erklärte Bachmann. »Die Hauptlast des Kampfes tragen die Fallschirmjäger –

auf beiden Seiten. Und die haben nun mal keine schweren Kanonen dabei.«

Martin hatte keine Lust zu erörtern, dass eine deutsche Infanteriedivision mehrere Artillerieeinheiten dabeihaben musste. Vielleicht waren die irgendwo in dieser sumpfigen Gegend steckengeblieben oder die Zugfahrzeuge von Jagdbombern beschädigt worden.

»Mein eigentliches Anliegen ist, ich brauche eine amerikanische Offiziersuniform, möglichst unbeschädigt«, sagte Martin und Bachmann lachte auf.

»Nicht Ihr Ernst, Herr Hauptmann! Sie wollen verkleidet hinter die feindlichen Linien?«

»Das richtige Fahrzeug habe ich dank Eurer Hilfe ja schon«, sagte Martin.

»Wie gesagt, wir sind hier nur Reserve. Es gab einen Häuserkampf vor drei Stunden, weiter oben, am Stadtrand. Ich bringe Sie zu unserem 6. Fallschirmjägerregiment, brauche dazu eine Erlaubnis«, sagte der Gefreite und stieg auf den Beifahrersitz. »Auf gehts nach Osten!«

»Benzin brauche ich auch«, stöhnte Martin.

»Noch so ein Witz, Herr Hauptmann. Hören Sie mich lachen? Wir müssen da entlang! Gute Lust, in einem US-Jeep mit einem Hauptmann. Da werden wir zur Zielscheibe von allen«, unkte Bachmann.

Nach vierhundert Metern ließ er stoppen. »Leutnant Kehrer! Hauptmann Behrens von der Abwehr braucht eine amerikanische Uniform für eine Erkundungsmission!«

»Sie verwechseln uns mit der SS-Spezialeinheit von Otto Skorzeny, die sowas im Schrank hängen hat, und zwar mit allen erdenklichen Rangabzeichen!«, sagte der sichtlich genervte Leutnant.

»Hier ist das Papier, dass ich Generalfeldmarschall Rommel persönlich unterstellt bin! Um ehrlich zu sein, der Oberbefehlshaber der Heeresgruppe B war nicht begeistert, hat aber zugestimmt. Nicht Sie, sondern die Fallschirmjäger sollen eine Uniform besorgen! Stellen Sie bitte den Gefreiten Bachmann für eine Stunde frei, um mich zu begleiten!«, sagte Martin und ließ keinen Zweifel offen, dass er hier der Ranghöhere war.

»In Ordnung! Aber seien Sie um Himmels Willen vorsichtig! Hier fliegen überall 81-mm-Mörsergranaten durch die Luft«, rief der Leutnant und salutierte.

Nach kurzer Fahrt wären sie beinahe von Fallschirmjägern des 6. Regiments beschossen worden, die zunächst nur einen US-Jeep sahen.

»Kameraden, wir sinds, die Infanterie!«, brüllte Bachmann rechtzeitig.

Martin stoppte den Wagen, um Benzin zu sparen. Er konnte es sich nicht leisten, den Motor im Leerlauf zu betreiben. »Wer führt hier das Kommando?«

»Oberleutnant Brückner, Herr Hauptmann!«, sagte der Fallschirmjäger.

»Dann holen Sie ihn herbei!«, befahl Martin Behrens. Als der Offizier erschien, wiederholte er seinen Spruch, dass Rommel die Operation genehmigt habe, aber nur telefonisch.

»Sehen Sie die Häuserzeile da drüben? Hielten wir besetzt, als ein Bataillon der Ami-Fallschirmjäger angriff. Konnten wir zurückschlagen, mussten aber die Stellung wechseln. Sie haben Glück, Hauptmann Behrens. Der Kommandeur des Frontabschnitts von der Heydte hatte um eine

Feuerpause gebeten. Die Amerikaner haben ihre Verwundeten geborgen. Ein Captain hatte seinen Helm abgenommen. Einer unserer Scharfschützen wusste nichts von der Feuerpause und erledigte den Offizier mit einem Kopfschuss. Der Tote müsste noch da drüben sein.«

»Kommen Sie mit, Bachmann? Wir holen uns die Uniform!«, sagte Martin.

»Ich muss Ihnen einen meiner Männer mitgeben. Sie wissen nicht, wo der Tote liegt«, sagte Brückner. »Freiwillige vor!«

Sofort meldete sich einer der Fallschirmjäger, die am Gefecht beteiligt waren.

»Der Gefreite Renner wird Sie führen, viel Glück!«, sagte der Oberleutnant.

»Die Amis sind nicht weit weg, höchstens vierhundert Meter. Wie Sie bereits wissen, schießen sie mit Mörsergranaten auf unsere Stellungen«, flüsterte Renner und robbte los. Martin und dem Gefreiten Bachmann blieb nichts anderes übrig, als hinterher zu kriechen.

Unbehelligt durch Beschuss von Mörsern oder Gewehren erreichten sie die andere Straßenseite und drangen in ein halb zerstörtes Haus ein.

»Wenn wir Glück haben, wurden nur die Verwundeten weggetragen und die Leichen sind noch da«, sagte Renner. »Ist im oberen Stockwerk!«

Im gleichen Moment rieselte Kalk von der Decke. Eine Mörsergranate hatte in der Nähe eingeschlagen. Alle zogen die Köpfe ein.

Im oberen Stockwerk lagen drei Leichen.

Zwei Fallschirmjäger und ein Offizier, der ein Einschussloch in der Stirn hatte. Auch wenn es keiner schöner Anblick war, Martin kam seinem Ziel immer näher.

»Wenn die Leichenstarre noch nicht eingesetzt hat, können wir die Uniform problemlos ausziehen«, sagte Renner
und winkte Bachmann als Hilfe hinzu.

Als sie den US-Offizier von der Uniformjacke befreit hatten, suchte Martin umgehend nach etwas, womit er eine
neue Identität begründen könnte. Die Blechmarke war da
und auch eine Brieftasche. Martin klappte das Lederetui
auf und sah zunächst ein etwas vergilbtes Foto mit einem
Mädchen und einer jungen Frau mit braunen Haaren und
blauen Augen. Die beiden würden leider bald erfahren,
dass sie Witwe und Halbwaise waren.

›Bernard Bouwens‹, las er. Seine neue Identität. Der Name
deutete auf niederländische Vorfahren hin. Damit konnte
er seinen Akzent erklären, wenn er befragt wurde.

Renner und Bachmann hatten inzwischen den Toten auch
von der Hose und den Schnürstiefeln befreit. Martin hielt
die Uniformhose an die Hüften und murmelte: »Müsste
passen!«

Jetzt mussten sie nur noch mit der Uniform wieder über
die Straße zu den deutschen Stellungen.

Sie hatten den Weg robbend fast überwunden, als ein MG
zu hämmern begann.

»Scheiße, mein Knöchel!«, schrie Renner.

»Kannst du noch kriechen? Ich helfe dir rüber«, schnaufte
Bachmann.

Martin war vorausgeeilt und erreichte als Erster den rettenden Straßengraben, wo sie vor direktem Beschuss sicher waren. Mit Sorge beobachtete er, wie die beiden Soldaten die letzten Meter zurücklegten.

»Sani!«, rief Bachmann.

Der Sanitäter der Fallschirmjägereinheit war umgehend zur Stelle und zog Renner den Stiefel aus.

»Zum Glück nur ein Streifschuss! Da reicht ein einfacher Verband! Übermorgen kannst du wieder laufen!«, sagte der Sanitäter.

Martin schlich hinter den Jeep und kleidete sich um. »Passt wie angegossen, Captain Bouwens!«

Es gab nur das kleine Problem, dass es keine Uniform der US-Infanterie war, sondern der 101. Airborne Division. Damit musste er jetzt leben.

»Wie komme ich ungesehen von hier weg und zu den amerikanischen Stellungen?«, fragte Martin.

»Sie wollen jetzt sofort durch die amerikanischen Linien, Herr Hauptmann?«, fragte der Gefreite entsetzt.

»Klar, ich mache gleich Nägel mit Köpfen! Zudem brauche ich Benzin, davon haben die Amis mehr als wir«, sagte Martin. Die umstehenden Fallschirmjäger schüttelten die behelmten Köpfe. Der Hauptmann musste wahnsinnig sein.

»Also gut. In Deckung des Walls, den Feldweg nach Osten. Dann treffen Sie nach fünfhundert Metern auf einen Damm, der links wieder nach Carentan führt und nach rechts geradezu in die Arme der Amis. Viel Glück!«, sagte Renner.

»Und wie komme ich jetzt wieder zurück zu meiner Einheit?«, maulte Bachmann.

»Auf Schusters Rappen«, rief ein kleiner belustigter Chor von Fallschirmjägern.

»Hauptsache, die Amis haben am Ende des Dammes eine Tankstelle«, sagte Martin und stieg in den Jeep. Er winkte den Männern zu, die sicher waren, den Hauptmann nie wiederzusehen.

Martin zog den Kopf ein, als ein Jagdflieger über ihn hinweg donnerte. Dann fiel ihm ein, dass der Pilot ein amerikanisches Fahrzeug und, da er tief genug war, auch eine amerikanische Uniform erkannt haben musste.

Als der Feldweg eine Kurve beschrieb und auf den beschriebenen Damm mündete, wurde ihm mulmig. Es war offenes Gelände, jeder konnte ihn aus großer Entfernung sehen. Was war, wenn er auf einen Posten stieß, der den echten Captain Bouwens kannte?

Wie beschrieben, lagen amerikanische Stellungen am Ende des Dammes. Martin schickte ein Stoßgebet zum Himmel, dass es nicht eine Kompanie der 101. Airborne Division war.

»Stopp! Wo kommen Sie denn her, Captain?«, rief ein Soldat und hob das Gewehr. Es war der Moment, vor dem Martin sich gefürchtet hatte. Gemäß den Kragenspiegeln und den Uniformen handelte es sich nicht um Fallschirmjäger, sondern vermutlich um die 2nd Armored Division.

»Captain Bouwens! Aufklärungsmission nahe den feindlichen Linien! Es gibt eine Zufahrt zum Damm, welche die Deutschen nicht kontrollieren. Ich konnte geradeso entkommen! Ach, so – Kennwort ›Idaho‹«, sagte Martin im Brustton der Überzeugung. Heute war der neunte des Monats und Idaho der neunte Bundesstaat der USA in alphabetischer Reihenfolge. Falls die Amis diese simple Formel geändert hatten, war er geliefert. Der Soldat winkte ihn durch und Martin atmete auf.

Am Straßenrand stand ein Tanklastfahrzeug mit Schlauchleitung. Endlich die erhoffte provisorische Tankstelle.
»Mein Jeep ist durstig und verlangt nach Benzin!«
»Etwas näher ran, Captain, Sir!«, rief der Mann. Martin war so in Gedanken versunken, dass er die erste Aufforderung nicht gehört hatte. Er fuhr den Beutejeep näher an den Tankschlauch.
Ein Lieutenant war auf die Szene aufmerksam geworden und schlenderte herbei. Ungeachtet des Rauchverbots am Tankwagen hatte er eine glimmende Zigarette im Mundwinkel. ›Auch das noch!‹, seufzte Martin.
»Ich habe Sie hier noch nie gesehen, Captain! Wohin so eilig des Wegs?«, fragte der Offizier. »Entschuldigen Sie, ich habe mich noch gar nicht vorgestellt! Lieutenant Anderson mein Name, Sir!«
»Captain Bouwens, Lieutenant!« Martin sagte, dass er General Omar Bradley Bericht erstatten müsse, weil die Deutschen die Kommunikation unterbrochen hatten.
»Erstaunlich, dass man einen Offizier schickt, ein Sergeant hätte es auch getan. Gute Weiterfahrt, Captain!«, sagte Anderson und Martin atmete wieder einmal auf. Bisher war alles gutgegangen. Man kaufte ihm den Amerikaner ab. Kleider machen Leute. Zudem war sein Englisch doch so gut, dass er damit durchkam.

An den Straßensperren wurde er als Offizier durchgewunken. Martin hatte keinesfalls vor, Bayeux anzusteuern, um General Bradley zu treffen. Dort wäre er vermutlich umgehend aufgeflogen.

Dann erreichte er den Strandabschnitt, an dem die Gefreiten Bachmann und Beier und die anderen mehr als 4000 Soldaten niedergemäht hatten. Nur ein paar Autominuten weiter sah er die verankerten Betonkais, die sogenannten Mulberries. Exakt so, wie es in den erbeuteten Papieren zur ›Operation Overlord‹ beschrieben worden war.
Wie viele LKW, Geschütze, Panzer, Jeeps und Versorgungsgüter wurden hier pro Stunde angelandet? Martin gab nach fünf Minuten das Zählen auf.
›Wir können den Krieg nicht gewinnen‹, stellte er resigniert fest. ›Für jeden Sherman-Panzer, den wir abschießen, landen sie drei neue an, während unsere Panther und Tiger repariert werden müssen, weil kein Ersatz da ist.‹ Martin schaute sich das noch weitere zehn Minuten an. Umso wichtiger war jetzt, dass die Männer um Olbricht und von Stauffenberg zeitnah Erfolg hatten.
Der Krieg konnte nur beendet werden, wenn man den Führer beseitigte und ein Militärputsch gelang. Dann würde man einen Waffenstillstand im Westen abschließen, Divisionen nach Osten verlegen, um die Russen ebenfalls zum Einlenken zu bewegen.
Eine andere Chance sah Martin nicht. Er wünschte, einige der Entscheidungsträger im Dritten Reich würden das sehen, was er gerade vor Augen hatte. Die Amerikaner und Briten brauchten keine zweite Invasion am Pas de Calais.

Sie würden von hier aus ganz Frankreich erobern - und das in den nächsten Wochen.

Martin war so in Gedanken versunken, dass er zunächst nicht bemerkte, als ihm jemand auf die Schulter klopfte.
»Beeindruckender Anblick, nicht wahr?«, sagte eine Stimme auf Deutsch. Das musste eine Falle sein, weshalb Martin, ohne sich umzublicken, auf Englisch antwortete: »Indeed, Sir!«
»Barry Flintstone, Office of Strategic Services! Beenden wir die Charade, Herr … Entschuldigen Sie, meine Mitarbeiter brauchen noch einen Moment, bis wir Ihre wahre Identität haben!«, sagte der Mann. Martin drehte sich um und sah einen Herrn in Uniform der US-Army im Rang eines Majors.
»Flintstone ist nicht Ihr richtiger Name?«, fragte Martin und blieb konsequent in der englischen Sprache.
»Natürlich nicht. Mein Großvater hieß Becker und kam aus Deutschland. Ich gebe Ihnen eine Stunde Zeit, mich davon zu überzeugen, dass ich Sie nicht als Spion an die Wand stellen lasse!«, sagte Becker. Er winkte zwei Soldaten herbei, die Martin entwaffneten und im Hinterland zu einem provisorischen Verhörraum brachten, der aus einem Zelt bestand.

Martin wurde ungefesselt auf einen Stuhl gedrückt. An Flucht war nicht zu denken. Rechts und links neben ihm stellten sich zwei US-Soldaten auf. Becker legte demonstrativ eine Pistole auf den Tisch. »Die Uhr tickt. Sagen Sie es mir – in wenigen Minuten weiß ich es ohnehin!«

Um sein Leben zu retten, musste Martin alle Trümpfe ausspielen, die er hatte.

»Okay, Hauptmann Martin Behrens, Abwehr, Generalfeldmarschall Rommel persönlich unterstellt! Ich habe Kontakt zur Résistance und zu den Verschwörern, die Adolf Hitler beseitigen wollen – Stichwort ›Operation Walküre‹. Genügt Ihnen das fürs Erste, Sir?«

Ein Mann in Zivil kam in das Zelt und flüsterte dem Geheimdienstmann etwas ins Ohr.

»Ich höre gerade, die Leiche von Captain Bouwens wurde am Stadtrand von Carentan geborgen, in Unterwäsche! Haben wir das schon mal geklärt. Sie haben ein Kommandounternehmen angeführt, nur um an eine Uniform von uns zu gelangen? Alle Achtung!«, sagte Becker. »Da das OSS vorrangig die Widerstandsbewegungen in ganz Europa unterstützt, greife ich gern das Stichwort ›Résistance‹ auf. Wer war Ihr Ansprechpartner, Herr Behrens?«

»Der Deckname war Richard, verantwortlich für die Region am Unterlauf der Seine und Le Havre«, sagte Martin.

»Wie haben Sie Kontakt bekommen?«, wollte Becker wissen.

»Über Krankenschwestern des Hospitals in Nähe des Hafens. Meine Lebensgefährtin ist dort Angestellte«, sagte Martin mit gesenktem Kopf. Was musste er noch alles preisgeben, um den Kopf aus der Schlinge zu ziehen?

»Was wurde vereinbart?« Becker beugte sich vor.

»Gegenseitige Information und Unterstützung! Für den Fall, dass meine Freundin und ich auffliegen, garantiert uns die Résistance einen Fluchtweg nach Süden«, seufzte Martin.

»Kommen wir auf die ›Operation Walküre‹ zurück. Darüber weiß ich noch zu wenig.« Major Becker nahm einen Notizblock und einen Stift zur Hand.

»Sie erwarten jetzt nicht, dass ich Ihnen alle geänderten Dokumente erkläre und wer alles zum Kreis der Verschwörer zählt?« Martin versuchte, Zeit zu gewinnen.

»Dann sitzen wir heute Abend noch hier!«

»Ist Ihnen zu warm im Zelt? Wir können Sie gern nach Bayeux verlegen, es uns in einem Hotel gemütlich machen und Sie erzählen mir bei Sandwiches und einem kühlen Bier alles. Ich habe Zeit!«, sagte Becker mit vor der Brust verschränkten Armen.

»Für mich kein Bier, ich muss noch fahren!« Martin grinste über den Tisch.

»Netter Versuch! Ich habe nur gesagt, dass Sie mich überzeugen müssen, warum wir Sie laufen lassen sollten.«

»Zählt die Fahrt nach Bayeux mit zu der Stunde Gnadenfrist?«

»Angesichts der Situation, dass Sie als Spion standrechtlich erschossen werden können, haben Sie ein erstaunlich lockeres Mundwerk, Herr Hauptmann! – Carter! Wir verlegen nach Bayeux! Organisieren Sie einen Fahrer für den Jeep des Herrn Hauptmann, nur für den Fall, wir lassen ihn laufen!«

»Okay, Sir, wird gemacht!«, sagte der Mann in Zivil, der offensichtlich auch zum OSS gehörte.

»Ehrlich gesagt, ich mag die Hitze im Zelt auch nicht, dazu der dauernde Lärm durch unsere Schiffsartillerie«, sagte Becker und stand auf.

Nach kurzer Fahrt erreichte der kleine Konvoi die nahezu unversehrte mittelalterliche Stadt Bayeux. Martin dachte an den Besuch zurück und den berühmten langen Wandteppich mit dem Sieg des Herzogs der Normandie über den englischen König Harold.

Das Hotel wurde offensichtlich von der US-Army und dem OSS als Stabsquartier genutzt. Ungeachtet der herumwuselnden Offiziere herrschte eine ruhige Atmosphäre. Von einem Grammophon wurde sogar dezent Musik abgespielt. Klänge, die im Deutschen Reich verboten waren, amerikanischer Jazz.
Becker orderte beim herbeieilenden französischen Kellner belegte Baguettes, Bier und Mineralwasser.

»Wir waren bei der ›Operation Walküre‹ stehengeblieben. Ich lasse mir das von unserem Agenten in Berlin übermitteln, gehe mal davon aus, dass nach einem Ableben Hitlers die Wehrmacht das Ruder übernimmt?«, fragte Becker. Inzwischen hatte der Kellner Bier und Wasser gebracht. Der OSS-Mann nippte an seinem beschlagenen Glas.
»Richtig! Nach dem Ableben des Führers gehen Fernschreiben an alle Wehrkreiskommandos raus, dass die Armee das Kommando übernimmt. Führende Vertreter des Regimes, Offiziere von SS und Gestapo sind festzunehmen. Dies gilt auch für einige Hauptstädte besetzter Länder, also Wien, Prag und Paris.« Martin lehnte sich erschöpft zurück und trank einen Schluck Wasser. Der Gaumen war inzwischen trocken geworden. Es stand immer noch im Raum, dass man ihn erschoss oder in ein Kriegsgefangenenlager brachte.

Andererseits – warum hatte ihn Becker dann hierhin bringen lassen und bewirtete ihn sogar? Das machte man doch nur mit einem Mann, den man noch brauchte! Die Zuversicht wuchs wieder, Julia demnächst wiederzusehen.

Becker beugte sich über den Tisch und riss beinahe sein Bierglas um. Für Martin das sichere Zeichen, dass dieser eine von vielen Geheimdiensten der USA nicht alles wusste.

»Wenn zum Beispiel in Paris die Offiziere von SS, Gestapo und Parteifunktionäre verhaftet werden sollen, dann muss …«

»… der Militärbefehlshaber General von Stülpnagel zu den Verschwörern gehören«, ergänzte Martin den Satz.

»Erläutern Sie mir, wie das genau vonstatten gehen soll?«, wollte Becker wissen. »Voraussetzung wäre ja, dass Hitler ermordet wird, damit das Ersatzheer in diesem Krisenfall aktiv wird.«

»Hitler wird im Juli in der ›Wolfsschanze‹ bei Rastenburg in Ostpreußen sein, weil die Russen in Koordination mit Ihnen eine Offensive starten werden. Claus Schenk Graf von Stauffenberg wird als Stabschef des Ersatzheeres Bericht erstatten. Zuvor wird er in einer Aktentasche zwei Sprengsätze scharf machen. Die bleistiftgroßen Zünder kommen übrigens aus England. Dann wird er sich unter einem Vorwand aus dem Staub machen, die Bunkerwände verstärken die Explosion noch. Hitler und etliche Generäle werden tot sein. Wenn wir Glück haben, ist der Reichsführer SS, Himmler, auch dabei und unter den Toten. Danach müssen in Berlin nur noch Göring und Goebbels verhaftet werden und wir haben dank ›Walküre‹ die

Kontrolle über das Deutsche Reich«, sagte Martin. Im gleichen Moment wurde ihm bewusst, dass dies alles Becker nicht genügen würde. Man würde ihn erst gehen lassen, wenn er sich bereiterklärte, den Amerikanern weitere Informationen zu liefern. Stichwort Doppelagent.

»Ein mutmaßlicher Doppelagent, wenn ich richtig informiert bin, ein Spanier, liefert ständig Informationen über eine zweite Invasion am Pas de Calais. Das macht er so glaubhaft, dass ihm das gesamte Oberkommando der Wehrmacht einschließlich Hitler bedingungslos glaubt. Die 15. Armee wird daher in nächster Zeit nicht in der Normandie eingreifen. Ich habe Rommel immer wieder Beweise geliefert, dass die jetzige Invasion die entscheidende ist. Was nutzt es, wenn man höheren Orts nicht davon überzeugt ist«, seufzte Martin.

»Sorry, jetzt muss ich Sie doch noch erschießen lassen, weil Sie sogar Garbo kennen«, sagte Becker.

»Nein, ich meinte Arabel.« Martin schwitzte und trank noch ein Glas Wasser.

»Ich fürchte, wir meinen beide denselben Mann! Nicht mein Thema, aber ich gebe das an die Engländer weiter, die den Spion feiern. Wie sagt man auf Deutsch? Nun mal Butter bei die Fische! Ich lasse Sie laufen, am Stadtrand von Bayeux wechseln Sie die Uniform und geben die gestohlene für eine würdige Beerdigung von Captain Bouwens zurück. Einer unserer Männer und zwei Soldaten werden das überwachen. In regelmäßigen Abständen berichten Sie, was Rommel befiehlt«, sagte Becker und trank sein Bier aus.

»Wie soll das vonstatten gehen?«, fragte Martin verblüfft.

»Das OSS lenkt die Résistance. Sie fragen einfach Oberschwester Claire nach der neuen Adresse. Ich könnte sie Ihnen aufschreiben, aber Zettel können in falsche Hände gelangen. Monsieur Richard und seine Männer funken mich dann an! Auf eine erfolgreiche Zusammenarbeit, Herr Behrens!« Die beiden Männer stießen an. Nicht ganz korrekt mit einem Bier- und einem Wasserglas. Martin atmete tief durch. Das hätte ganz anders enden können.

»Wissen Sie, warum ich Sie nach Bayeux verbracht habe? Am Strand, wo so viele unserer Soldaten starben, wird es immer einen Lieutenant Colonel oder gar General geben, der mich überstimmt und Sie an die Wand stellt. Es geschah zu Ihrem Schutz!«
»Vielen Dank, Major Becker, ich weiß es zu schätzen!«

Martin durfte sich wieder in den Beutejeep setzen. Außerhalb von Bayeux achteten Agent Carter und zwei Soldaten darauf, dass er die unter dem Beifahrersitz versteckte Uniform anzog und die des Captain Bouwens zurückgab.

Erst kurz vor Caen stieß er wieder auf eine deutsche Vorhut. Hier hatten sich Einheiten der Waffen-SS eingegraben, die Panzerdivision ›Hitlerjugend‹.
Wegen des Jeeps warfen sich die SS-Männer, eher Jungen, in ihre Schützenmulden und visierten das Fahrzeug und den Lenker an.
»Hauptmann Behrens in einem Beutefahrzeug unterwegs!«, brüllte Martin wieder einmal, damit man ihn nicht anschoss.
Als Erster rappelte sich ein Offizier wieder auf.

»Untersturmführer Neitzel! Sie kommen direkt aus Nordwesten, von den feindlichen Linien. Ich habe nicht übel Lust, unseren SD zu verständigen!« Der SS-Offizier, dessen Rang einem Leutnant in der Wehrmacht entsprach, baute sich breitbeinig vor dem Jeep auf.

»Aussteigen, Papiere, Herr Hauptmann!« Martin kam der Aufforderung nach und zeigte das inzwischen etwas zerfleddert wirkende Dokument.

»Entschuldigen Sie, Herr Untersturmführer, der Passierschein hat etwas gelitten, da ich ihn schon so oft aus der Innentasche der Uniformjacke holen musste. Ich lasse mir von Generalleutnant Speidel einen neuen ausstellen und eine Schutzhülle dazu.«

Die Namen Rommel und Speidel wirkten auch diesmal. Die Waffen-SS hatte zwar eigene Kommandostrukturen, aber Befehle von Generalfeldmarschällen der Wehrmacht konnte strenggenommen nur der Reichsführer SS widerrufen – und das auch nur nach Rücksprache mit Hitler.

»Gestatten Sie noch eine Frage, Herr Hauptmann! Waren Sie hinter den feindlichen Linien? Können Sie uns etwas über die Truppenstärke sagen?«, wollte der SS-Offizier wissen.

»Ja, in der Uniform eines amerikanischen Offiziers, die ich mit Kameraden von der Wehrmacht und den Fallschirmjägern bei Carentan besorgt hatte. Ein Ami wurde misstrauisch. Ich konnte gerade noch in den Jeep springen und entkommen, obwohl sie hinter mir her schossen«, log Martin. »Was die an provisorischen Kais anladen, möchten Sie lieber nicht wissen. Wenn wir alle Kräfte bündeln, können wir die Tommys und Amis hier festnageln. Sie beweisen ja gerade, dass es geht. Ich werde Rommel über Ihren Heldenmut berichten«, übertrieb er.

Der Untersturmführer straffte sich. »Danke, Herr Hauptmann! Heil Hitler und angenehme Heimfahrt!«

An der unbeschädigten Seinebrücke und vor Le Havre das gleiche Prozedere, nur das diesmal Unteroffiziere und Mannschaftsgrade der Wehrmacht an der Straße standen.

›Langsam brauche ich tatsächlich einen neuen Passierschein‹, dachte Martin und parkte todmüde den Jeep vor dem Haus, in dem er Julia anzutreffen hoffte.

Sie war natürlich nicht da, hatte aber fürsorglich Baguette, Butter, Käse und Rotwein bereitgestellt.

Martin war klar, dass er seine Vorgesetzten informieren musste und griff, nachdem er zur Beruhigung einen Schluck Rotwein im Mundraum kreisen ließ, zum Hörer.

»Speidel am Apparat!«, meldete sich der Stabschef des Befehlshabers der Heeresgruppe B.

Da hier außer Gestapo und wer weiß noch mithören konnte, musste sich Martin sehr gewählt ausdrücken.

»Hauptmann Behrens! Herr Generalleutnant, ich brauche einen Termin bei Rommel. Wann ist er in der Gegend von Le Havre?«

»Ah, der Behrens! Ich habe mich schon gefragt, wo Sie stecken. Rommel ist am sechzehnten des Monats in Margival, um dem Führer Bericht zu erstatten. Ich werde auch zugegen sein. Verstehe, Sie wollen auch eingeladen werden, Behrens. Ich werde das veranlassen! Wo waren Sie nun eigentlich?«, wollte der stets neugierige Speidel wissen.

»Ich war an der Front bei Carentan und nahe der feindlichen Linien bei Bayeux.«

Es war diesmal nur eine halbe Lüge. »Wir hätten die Reste unserer Infanteriedivisionen weiter nördlich Stellung beziehen lassen sollen, um die Wege nach Cherbourg zu kontrollieren. So wird den Amis der Durchbruch nach Westen gelingen und sie schneiden die Halbinsel Cotentin ab«, seufzte Martin.

»Unsere Fallschirmjäger haben heldenhaften Widerstand geleistet«, insistierte Speidel.

»Richtig, die Amis haben trotzdem Carentan eingenommen«, sagte Martin und war froh, dass der Generalleutnant nicht nachhakte.

»Ich erwarte Sie dann am sechszehnten im Führerhauptquartier ›Wolfsschlucht II‹, Behrens! Wir haben einiges zu bereden!«, sagte Speidel.

Es war eines von insgesamt achtzehn Führerhauptquartieren, die nicht alle fertiggestellt wurden. ›Wolfsschlucht I‹ befand sich in Belgien an den Ausläufern der Ardennen.

»Vielleicht könnte man unseren Kameraden in Berlin etwas Arbeit abnehmen«, sagte Martin und hörte sekundenlang nichts. Fast befürchtete er, die Leitung wäre unterbrochen.

»Sind Sie wahnsinnig geworden, Behrens? Es ist wirklich an der Zeit, Sie wieder zu erden. Träume sind das eine – die Realität sieht anders aus. Haben wir uns verstanden, Behrens? Keine Alleingänge bis zum Treffen! Heil Hitler, Ende!«

Den geknurrten Gruß konnte man auch so deuten, dass Speidel ein Ende von Hitler wünsche. Martin hoffte, die Mithörenden deuteten es nicht so wie er. Vielleicht überschätzte er auch die Möglichkeiten der Gestapo und die hatten die Leitung gar nicht angezapft.

Nach einigen wenigen Stunden unruhigen Schlafes wurde Martin von einem Kuss geweckt.

»Ist es nicht umgekehrt? Der Prinz muss die Prinzessin wachküssen?«, lachte er.

»Ich mache mir Sorgen um dich, wie so oft in letzter Zeit. Wo hast du gesteckt, chérie?«

»Nichts Besonderes, meine Liebe! Ich war an der Front und in der Uniform eines amerikanischen Captains hinter den Linien. Leider hat mich ein Agent des OSS erwischt. Um mein Leben zu retten, muss ich regelmäßig Bericht erstatten, der dann wieder über Monsieur Richard läuft. Schwester Claire weiß, wo ich ihn finde?«

»Doppelagent, mon dieu! Natürlich weiß sie das, ich werde sie gleich morgen informieren«, flüsterte Julia und setzte Wasser für Kaffee auf.

»Adolf Hitler kommt nach Frankreich, um den Generälen den Kopf zu waschen, weil sie die Landung der Alliierten nicht verhindert haben. Ironie der Geschichte. Der Führer wollte nicht geweckt werden, die Freigabe strategischer Reserven konnte nur durch ihn erfolgen. Ich überlege, die Gelegenheit zu nutzen, um den Größenwahnsinnigen …« Weiter kam Martin nicht.

Julia ließ die Kaffeetasse, die sie gerade in der Hand hielt zu Boden fallen, wo sie in ein Dutzend Scherben zerbarst.

»Ich will dich nicht verlieren, Martin! Überlass es den Leuten, die es jahrelang geplant haben«, schluchzte Julia.

»Wenn sich die Gelegenheit ergibt, werde ich nicht zögern«, sagte Martin und sank zurück aufs Bett. Was sprach dagegen, ›Walküre‹ einen Monat früher auszulösen?

Etwas sprach dagegen: Er würde Julia nie mehr in den Arm nehmen können, wenn die SS ihn exekutiert hatte.

Kapitel 11

Damit der Jeep nicht gleich vom Führerbegleitkommando, das aus erfahrenen SS-Offizieren bestand, beschossen wurde, hatte er widerstrebend an der Kühlerhaube zwei Flaggen angebracht. Die schwarz-rot-goldene Fahne war bereits 1935 durch eine rote mit weißem Kreis und schwarzem Hakenkreuz ersetzt worden.

Auch so sorgte der Willy MB für Aufsehen, als er am 16. Juni vor den in einem Wald versteckten Bunkeranlagen des Führerhauptquartiers ›Wolfsschlucht II‹ auftauchte.

»Obersturmführer Beermann! Sie wurden uns avisiert, Hauptmann Behrens. Der Kübelwagen – wo erbeutet?«, wollte der SS-Mann wissen.

»Halbinsel Cotentin, als wir einen Vorstoß der Amis zurückschlugen. Mein Auto wurde durch einen Tiefflieger schwer beschädigt. Seither muss ich mit diesem Jeep vorliebnehmen«, sagte Martin, der sich wunderte, dass diesmal nicht nach dem zerfledderten Passierschein gefragt wurde. Wahrscheinlich ließen die SS-Männer nur jemand durch, dessen Foto sie gesehen und Lebenslauf gelesen hatten.

»Cotentin? Wie Sie sich denken können, hat der Führer denkbar schlechte Laune, was das betrifft. Inzwischen sind die Amis nach Westen durchgebrochen. Keine Sorge, das Donnerwetter geht auf die Herren Generalfeldmarschälle runter! Lenken Sie das Fahrzeug zum letzten Bunker, dort ist es vor Bombenangriffen sicher! Heil Hitler!«

Martin grüßte zurück. Auch wenn er wusste, dass die Anlage gebaut worden war, damit der Führer die ›Operation Seelöwe‹ leiten konnte, war er erstaunt.

›Operation Seelöwe‹ war der Codename für die Invasion Englands nach dem Sieg über Frankreich 1940. Dazu musste in der Luftschlacht um England die Lufthoheit gewonnen werden. Die deutsche Luftwaffe erzielte anfänglich Erfolge, weil sie erfahrene Piloten einsetzen konnte, die bei der ›Legion Condor‹ in Spanien gedient hatten. Sie wurden nach und nach abgeschossen und durch unerfahrene ersetzt. Die Engländer behielten – damals auf sich allein gestellt – die Oberhand. Die Invasion wurde abgeblasen, nur London wurde weiter bombardiert.

Linkerhand sah Martin einen Eisenbahntunnel, aber nirgendwo einen Zug. Hieß das, der Führer war noch gar nicht da? Dann waren Hauptsturmführer Beermann und seine Männer nur ein Vorauskommando?

Martin fand den angewiesenen Stellplatz für den Jeep. Anhand der Fahrzeuge, zumeist schwarze Benz-Limousinen, erkannte er, dass sowohl Rommel als auch Speidel schon da sein mussten. Er fragte sich bei den SS-Männern durch, die ihm den Weg zu dem Bunker wiesen, indem sich die Besprechungsräume befanden.

Martin grüßte mit erhobenem rechten Arm. »Hauptmann Behrens zur Stelle!«

»Noch sind wir unter uns«, sagte Rommel mit gesenkter Stimme. »Sagen Sie, Behrens, sind Sie jetzt völlig übergeschnappt? Speidel teilte mir gerade mit, Sie waren hinter den feindlichen Linien? In gestohlener Uniform?« Der ehemalige Wüstenfuchs schüttelte den Kopf. »Speidel! Stutzen Sie dem jungen Mann die Flügel, ich habe anderes zu tun! Ich muss den Führer davon überzeugen, endlich die 15. Armee einzusetzen, die V 1-Rampen nach Westen zu drehen, um Versorgungsschiffe zu versenken. Wir werden auch Divisionen aus Zentral- und Südfrankreich abziehen müssen«, murmelte Rommel, über eine Karte gebeugt. Plötzlich wollte Rommel nichts mehr davon wissen, dass er dem Einsatz zugestimmt hatte?

»Stichwort Versorgungsschiffe. Ich habe gesehen, wie viele Versorgungsgüter die in einer Viertelstunde …« Weiter kam Martin nicht.

»Raus hier!«, brüllte Rommel.

»Kommen Sie!« Speidel packte Martin bei der Schulter und drückte ihn auf den Gang. »Gehen wir in mein Quartier.« Dort angekommen, untersuchte der Generalleutnant die Füße von Stehlampen und Vasen. »Eigentlich müssten wir noch die Gardinenstange kontrollieren. Das Führerbegleitkommando ist nicht die Gestapo. Wahrscheinlich kennen sich die alten Haudegen, die seit den zwanziger Jahren in der Partei sind, gar nicht mit Abhöreinrichtungen aus«, seufzte Speidel. »Ich weiß, was Sie von mir hören wollen, Behrens, und die Antwort lautet nein. Rommel weiß von den Aktivitäten in Berlin, wird aber nicht mitmachen. Wenn wir Glück haben, stellt er sich nicht in den Weg!« Speidel beendete zunächst seinen Monolog, öffnete die Stahltür und rief nach einer Ordonnanz. Erst nachdem ein Unteroffizier Mineralwasser in zwei Gläser gegossen hatte, fuhr er fort.

»Zu Ihrer wahnwitzigen Idee, die Sie andeuteten, Behrens! Haben Sie Plastiksprengstoff PE 808, Spezialzünder aus England? Haben Sie nicht! Wenn Sie eine Waffe ziehen, erschießt Sie das Führerbegleitkommando. Von denen kommen heute noch ein paar mehr. Bis jetzt sind nur die hier, welche die Anlage und die Gegend kontrollieren. Überlassen wir das unseren Kameraden in Berlin, die das sorgfältig planen«, sagte Speidel.

Martin musste einsehen, dass der von ihm bisher wenig geschätzte Speidel recht hatte und sich zudem als väterlicher Freund gab. Er hatte weder einen Sprengsatz mit verzögerter Auslösung dabei, noch die Chance, mit einer Waffe in die Nähe des Führers zu kommen. Um sicher zu gehen, hakte er nach: »Die Pistole nimmt man uns vorher ab?«

»Ja, sicher! Die SS will sicherstellen, dass niemand durchdreht, die Waffe nimmt und um sich schießt«, sagte Speidel. »Der Führer scheint sich zu verspäten!«

In diesem Moment kam der Obersturmführer vorbei, der für die Sicherheit des Geländes zuständig war.

»Wie mir gerade mitgeteilt wurde, kommt der Sonderzug des Führers erst am späten Abend. Die Beratungen finden morgen statt! Angenehmen Abend, meine Herren von der Wehrmacht!«

Der SS-Offizier spielte darauf an, dass man die Offiziere der Wehrmacht im besetzten Frankreich für weintrinkende Waschlappen hielt.

»Hoffentlich hat sich die Laune von Rommel verbessert. Immerhin gibt es bis zum Rüffel fast vierzehn Stunden Aufschub«, sagte Speidel leise und grinste. Eine Ordonnanz wies er an, das Abendessen für den Generalfeldmarschall, ihn und Hauptmann Behrens in einer halben Stunde servieren zu lassen.

»Sind Generalfeldmarschall von Rundstedt und General Blumentritt auch zugegen?«, fragte der Unteroffizier.

»Nein. Wir haben noch etwas mit Hauptmann Behrens zu besprechen! Sie können wegtreten!«, sagte Speidel.

»Jawohl, Herr General! Wünschen die Herren vorab einen Aperitif, Wein, Wasser?«

»Wein und Wasser genügen«, rief Rommel. »Wobei man beim Ernst der Lage nur noch Alkoholfreies zu sich nehmen sollte.«

Erst als der Unteroffizier die Getränke gebracht hatte und man am Tisch saß, bat Martin Behrens darum, sein Anliegen nochmals vorzutragen.

»Wenn es denn unbedingt sein muss«, seufzte Rommel.

»Ich wurde Ihnen als Abwehroffizier zur besonderen Verwendung zur Seite gestellt. Meine Ermittlungen und Erkenntnisse wurden bestätigt – aber darauf will ich gar nicht eingehen. Ich würde gern weiter als Aufklärer arbeiten. Der Führer wird morgen darauf beharren, dass es eine zweite Invasion am Pas de Calais geben wird von fünfzig Divisionen, die nicht existieren! Das OKW stützt sich dabei auf den spanischen Agenten Arabel, der als Garbo für die Engländer arbeitet …« Weiter kam Martin nicht.

»Woher zum Kuckuck wollen Sie wissen, unter welchem Decknamen Arabel für den MI 5 arbeitet?«, wollte Rommel wissen und riss beinahe sein halbvolles Weinglas um. Martin konnte seinem Vorgesetzten unmöglich sagen, dass er die Information von Major Becker vom OSS hatte.

»Gehört zu meinen Aufgaben, das zu wissen!«, konterte er.

»Ich würde gern diesen Arabel alias Garbo enttarnen, müsste dazu allerdings nach Madrid, vielleicht sogar

Lissabon reisen. Dazu könnte ich meine alte Identität als Ingenieur Klaus Winkler nutzen«, sagte Martin und atmete tief durch.

»Zum einen dauert das seine Zeit, der Führer trifft in der nächsten Stunde ein. Bis Sie es zweifelsfrei herausgefunden haben, könnte die Front bereits durchbrochen worden sein, die Amis marschieren nach Paris und von da nach Belgien und die Reichsgrenze bei Aachen! Für die Spionageabwehr sind nicht Sie, sondern das Reichssicherheitshauptamt und der Geheimdienst Fremde Heere West zuständig, Behrens!« Rommel trank zur Beruhigung einen Schluck Weißwein.

Martin war schon froh, dass Rommel ihn überhaupt angehört hatte.

Der Unteroffizier kam mit einem Servierwagen und brachte das Abendessen: Rindersteak mit Kartoffelpüree, welches mit Trüffeln verfeinert worden war, dazu geschmortes Gemüse aus Karotten, Blumenkohl und Erbsen.

»Wirklich vorzüglich, das Steak. Nicht zu blutig, aber auch nicht ganz durchgebraten«, sagte Speidel, um die Stimmung zu lockern. »Ist zwar nicht unser Koch vom Schloss La Roche-Guyon, aber er versteht auch sein Handwerk!«

»Wenn ich den Gedanken wieder aufnehmen darf«, sagte Martin zwischen zwei Bissen. »Der Geheimdienst Fremde Heere West ist nicht einmal in der Lage, Rundfunkdurchsagen der BBC richtig zu deuten. Dabei war es doch eindeutig: Kommen die ersten beiden Verse von Paul Verlaines Gedicht ›Herbstlied‹, ist die Résistance in

Alarmbereitschaft zu versetzen. Nach den nächsten zwei Zeilen Sabotageakte gegen uns, um die unmittelbar bevorstehende Invasion vorzubereiten! Befehlsketten wurden unterbrochen, weil die Résistance Telefon- und Telegrafenmasten gesprengt hatte!«, rief Martin. »Das Ergebnis ist bekannt. Weit entfernte Panzerdivisionen mussten am Tage marschieren und hohe Verluste durch Luftangriffe hinnehmen!«

Sowohl Rommel als auch Speidel ließen unisono das Besteck klappernd neben die Teller fallen.
»So detailliert haben Sie uns das nie geschildert, Behrens!«, rief Speidel. »Sie können Französisch, ihre Freundin ist Französin … da liegt der Gedanke nahe, Mademoiselle Bouchet habe Kontakt zur Résistance!«, sagte Speidel.
Generalfeldmarschall Rommel stand jetzt auch auf. »Ruhe, meine Herren! Nur zur Erinnerung – da draußen schleichen SS-Offiziere durch die Gänge! Wir alle wollen dasselbe – diesen unsäglichen Krieg beenden und Deutschland retten! Warum wollten Sie, Speidel, Behrens ans Messer liefern?«, fragte Rommel.
»Verzeihung, es war Übereifer! Vermutlich hat Behrens seine Fühler überallhin ausgestreckt. In Wahrheit stehen wir auf derselben Seite, dem nationalen Widerstand, der eine neue Regierung anstrebt, die einen Separatfrieden mit den USA und Großbritannien aushandelt!«, sagte Speidel.

»Eigentlich müsste ich jetzt den Obersturmführer Beermann rufen. Wissen Sie, warum ich es nicht mache? Oberstleutnant Caesar von Hofacker hat in Paris ein paar Andeutungen gemacht, was das betrifft. Ich stimme zu,

den Krieg im Westen zu beenden, aber nur unter der Voraussetzung, dass Hitler verhaftet und nicht ermordet wird!«, sagte Rommel mit gesenkter Stimme. »Sind wir uns da einig? Jetzt möchte ich mein Steak verspeisen – was von dem noch übrig ist!«
Durch Betonwände gedämpft erklang das Pfeifen einer Dampflok. Der Führer traf ein.
»Keine unüberlegten Aktionen, meine Herren!«, ermahnte Rommel seine Offiziere.

Nach dem Frühstück am 17. Juni wollte Martin Behrens schnell in seiner Unterkunft verschwinden, als er im Gang jede Menge schwarze Uniformen erspähte, welche den etwas kleineren Hitler verdeckten.
»Warten Sie, Herr Hauptmann! Sie gehören zum Stab von Rommel? Dann kommen Sie doch mit in den Besprechungsraum, Sie können noch etwas lernen!« Hitler schälte sich aus der Traube der ihn absichernden SS-Männer und klopfte Martin auf die Schulter.
Viele andere hätten die Uniformjacke nie mehr reinigen lassen, weil sie vom Führer höchstpersönlich berührt worden war. Martin hingegen verhinderte gerade so ein Schütteln.

So jovial wie der Mann in der schlichten Uniform sich auch gab – je länger er Reichskanzler und Oberbefehlshaber aller Streitkräfte war, würde weiteres Blut vergossen werden, deutsche Städte in Asche und Rauch versinken. Hoffentlich konnte der Plan, ihn zu beseitigen, im nächsten Monat umgesetzt werden.

Hier und heute wäre eine Gelegenheit gewesen – wenn man als Märtyrer enden wollte.

»Ihre Waffe, Herr Hauptmann!«, sagte Obersturmführer Beermann. Martin händigte ihm die Pistole aus.

Der Pulk bewegte sich in Richtung eines großzügig bemessenen Besprechungsraumes mit einem drei Meter langen Kartentisch. Die Stabschefs des OB West und des Oberbefehlshabers der Heeresgruppe B, Blumentritt und Speidel, hatten Karten Nordfrankreichs ausgebreitet und den Frontverlauf eingezeichnet.

Hitler hielt sich nicht mit Begrüßungsformeln auf und kam gleich zur Sache.

Er zeigte auf einen Punkt südwestlich von Caen, das erbittert umkämpft wurde. Martin war da mehrfach durchgefahren, hielt aber lieber die Klappe.

»Ihnen sagt die Ortschaft Villers-Bocage etwas? Vor vier Tagen wollten hier die Engländer durchbrechen, um die Panzerlehrdivision zu umgehen! Ein einziger Mann, Obersturmführer Michael Wittmann, verhinderte mit einem Tiger, ich wiederhole, mit einem Panzer, den Durchbruch und vernichtete höchstselbst 27 Fahrzeuge des Gegners! Das ist der Heldenmut, den ich an der Westfront wünsche! Sie sollten sich ein Beispiel daran nehmen, meine Herren, und nicht immer nur Zaudern«, sagte Hitler und stützte sich an der Kante des Kartentisches ab.

Martin wusste, dass Wittmann nicht allein gehandelt hatte, sondern die 101. Schwere SS-Panzerabteilung zur Verfügung hatte, von der weitere vier Panzer IV eingriffen.

»Jetzt sind Sie dran, meine Herren!«, sagte Hitler und richtete sich auf.

Generalfeldmarschall von Rundstedt räusperte sich. »Wegen der absoluten Luftherrschaft des Gegners und der weitreichenden Schiffsartillerie ist eine Offensive bis zum Strand, wie von Ihnen gefordert, mein Führer, nicht realisierbar!«

»Haben Sie mir nicht zugehört, von Rundstedt? Kein Zaudern, Handeln! Ihre Einschätzung der Lage, Rommel!«, forderte Hitler.

»Wenn wir im Tal des Flusses Orne die Infanterieeinheiten verstärken, an den Flanken starke Panzerverbände vorrücken lassen, könnten wir die Alliierten in eine Falle locken. Ich habe es ›Operation Mausefalle‹ genannt«, sagte Rommel.

»Und wie soll das funktionieren?«, wollte Hitler wissen.

»Ganz einfach. Wir ziehen unsere Infanterie zurück, die Alliierten folgen, und wir können sie in einer Kesselschlacht besiegen! Das muss weitab von der Küste erfolgen, damit die Schiffsartillerie nicht eingreifen kann«, sagte Rommel.

»Der erste vernünftige Vorschlag, den ich seit Tagen höre. Ich werde es erwägen, bin aber immer noch der Meinung, dass wir Kräfte für die zweite Invasion in Reserve halten müssen!«, sagte Hitler. Damit war keine Entscheidung für die ›Operation Mausefalle‹ getroffen worden.

Martin plagte ein starker Hustenreiz. Er hielt die linke Hand vor den Mund gepresst. Was für ein Unfug! Die Alliierten hatten alle Kräfte gebündelt und in der Normandie angelandet.

Vielleicht würde es weitere Landeunternehmen geben, aber doch nicht hier, sondern in Südfrankreich, um den wichtigen Hafen Marseille zu erobern. Am liebsten hätte er seine Erkenntnisse herausgeschrien, aber er war hier nur das kleinste Licht.

»Zudem werden unsere Vergeltungswaffen V 1 England zermürben und um Frieden betteln lassen!«, konstatierte Hitler.

Rommel unternahm einen letzten Versuch. »Mein Führer, wenn wir die Rampen der V 1 nach Westen drehen, könnten wir die provisorischen Anlegekais zerstören und zudem ein paar Schlachtschiffe versenken. Selbst wenn einige Raketen im Wasser versinken …« Der ehemalige Wüstenfuchs wurde unterbrochen.

»Ich untersage hiermit die zweckentfremdete Nutzung der Vergeltungswaffe! Das ist die Rache für die Zerstörung deutscher Städte, Rommel!«, ereiferte sich Hitler.

Martin war sicher, dass die Raketen V1 erheblichen Schaden bei der Versorgung der angelandeten Truppen anrichten würden, selbst wenn viele davon im Wasser landeten. Er hatte selbst gesehen, was da in wenigen Minuten ausgeladen wurde.

Was machte es für einen Sinn, ein paar Häuser in London zu treffen, wenn man die Alliierten viel empfindlicher stören konnte?

Umso wichtiger erschien ihm, diesen beratungsresistenten Alleinherrscher zu vernichten. Das war leider erst in ein paar Wochen möglich.

Plötzlich ertönten Alarmsirenen, rote Lichter flackerten auf. Die SS trieb alle in einen Schutzbunker, dessen Betonwände noch sicherer waren als die des Besprechungsraumes.

Eine V 1 schlug wenige Kilometer entfernt von der ›Wolfsschlucht II‹ ein. War es nur ein technischer Fehler oder hatte jemand die Abschussrampe gedreht?

Im Schutzraum sprach Rommel den Führer nochmals an. »Das Vorgehen des Reichskommissars Sauckel und des SD gegen die Bevölkerung ist unwürdig! Wir machen uns nur noch mehr Feinde unter den Franzosen, mein Führer!«

»Kümmern Sie sich um die Invasionsfront und sonst nichts, Rommel!«, schnitt Hitler ihm das Wort ab.

Von Rundstedt, Blumentritt, Rommel, Speidel und Behrens verließen am Nachmittag das Führerhauptquartier ›Wolfsschlucht II‹, mit der festen Zusage, dass Hitler am nächsten Tag im Schloss La Roche-Guyon zum Essen erscheinen würde.

Kapitel 12

Am nächsten Morgen vertrat sich Martin etwas die Beine und traf auf eine junge Frau, die er bei all seinen Besuchen hier noch nie gesehen hatte.

»Bonjour, Madame, oder sollte ich besser sagen, Mademoiselle?«

Die junge Frau hatte lockiges, schulterlanges braunes Haar und braune Augen. Gäbe es da nicht Julia in Le Havre, Martin wäre schockverliebt gewesen.

»Comtesse La Rochefoucault würde ich als Anrede bevorzugen. Und Sie sind?«

»Hauptmann Behrens, Abwehr, Herrn Rommel persönlich unterstellt«, stotterte Martin.

Wie war es möglich, die junge Frau solange vor ihm zu verstecken? Wahrscheinlich war er immer abends zum Rapport erschienen und die Comtesse weilte schon in ihren Gemächern.

»Kommen Sie, Herr Hauptmann, ich zeige Ihnen eine wunderbare Aussicht. Dort waren Sie bestimmt noch nicht gewesen«, zwitscherte die Comtesse fröhlich. Der Weg wand sich zwischen schattenspendenden Laubbäumen einen Hügel hinauf. Die junge Frau hatte recht, befand Martin. Er kannte nur die Zufahrt, den Schlosshof und zwei, drei Räume, darunter das saalartige Arbeitszimmer von Rommel.

Oben auf dem Hügel stand eine alte Holzbank. Von dort hatte man einen fantastischen Blick auf die dahinströmende Seine.

»Wirklich beeindruckend, Comtesse! Noch schöner wäre es, den Anblick im Frieden zu genießen«, seufzte Martin. »Leider kommt Hitler zum Mittagessen und wird wieder mal Durchhaltebefehle geben!« War er bei der ihm unbekannten Adeligen zu weit gegangen? Vielleicht war sie ja eine glühende Anhängerin des Nationalsozialismus. Die gab es von Ungarn bis Norwegen, waren aber in der Minderheit.

»Ach, das wussten Sie noch nicht? Hitler glaubt, Partisanen der Résistance hätten eine Abschussrampe für die V 1 besetzt, diese gedreht und eine Rakete abgefeuert, die bei Margival einschlug. Für ihn ein klarer Anschlag, der kommt heute nicht mehr. Vielleicht auch gut so.« Die letzten Worte hatte die Comtesse geflüstert, obwohl niemand in der Nähe war.

»Lassen Sie die Herren Generäle nicht zu lange warten. Ich bleibe noch ein wenig. Gehen Sie schon mal runter zur Besprechung!«, sagte sie.

»Mein Name ist Martin – und Ihrer?«, rief er im Davongehen und drehte sich noch einmal um.

Die Comtesse legte den rechten Zeigefinger über die Lippen. »Mein Geheimnis. Au revoir!«

An der Freitreppe wurde er vom herumhüpfenden Speidel empfangen. »Wo bleiben Sie, Behrens? Rommel trommelt mit den Fingerknöcheln auf den Tisch. Rein mit Ihnen!«

»Sie wissen nicht zufällig den Vornamen der Comtesse La Rochefoucault?«, fragte Martin den voranstürmenden Speidel.

»Nein, wir nennen Sie auch nur Comtesse! Soll das heißen, Sie waren mit ihr unterwegs?«

»Von ihr weiß ich auch, dass der Führer den Unfall mit einer V 1 für einen Anschlag hielt, weitere befürchtet und nach Deutschland abgereist ist. Die junge Comtesse ist erstaunlich gut informiert«, sagte Martin.

»Ich habe in der Küche Bescheid gesagt, dass der Führer und sein Begleitkommando nicht zum Essen kommen. Die Comtesse hat es wohl aufgeschnappt. Mit Ihnen geht wieder der Abwehroffizier durch, der sich in der Spionageabwehr profilieren will!« Speidel keuchte die letzten Treppenstufen empor, Martin ihm nach.

Rommel pochte demonstrativ auf die Armbanduhr an seinem linken Handgelenk.

»Die Besprechung sollte vor zehn Minuten beginnen, meine Herren!«

»Der Hauptmann wurde von der Comtesse aufgehalten, die ihm die Umgebung zeigte«, entschuldigte sich Speidel für den Untergebenen. Der Generalleutnant wurde Martin täglich sympathischer.

»Zur veränderten militärischen Lage treffe ich mich nachmittags in Saint Germain mit von Rundstedt und dessen Stab. Einziger Tagesordnungspunkt für heute Morgen: Der weitere Einsatz des Hauptmanns Martin Behrens.« Rommel machte eine bedeutungsschwangere Pause. »Das Aufspüren eines mutmaßlichen Doppelagenten ist vom Tisch. Dem hätten wir uns Wochen vor der Invasion widmen müssen und dann auch nur an allen zuständigen Stellen vorbei! Bleiben nur die Optionen: Zurückversetzung des Hauptmanns zur 15. Armee, wo er noch eine Soldstelle hat. Oder Aufklärungsflug über der Front von Caen bis Cherbourg! Wie ist Ihre Meinung, Speidel?«, fragte Rommel streng.

Speidel konnte seinem Vorgesetzten unmöglich sagen, dass er für Behrens spezielle Aufgaben in Paris hatte für den Fall, ›Operation Walküre‹ lief in Berlin nach Plan.

»Was überlegen Sie so lange, Speidel? Raus mit der Sprache, aber flott!«, rief der Generalfeldmarschall.

»Da der neben mir stehende Hauptmann Behrens Ihnen als Aufklärer und Abwehroffizier zugeteilt ist, liegt es nahe, ihn in dieser Funktion weiter einzusetzen, also Luftaufklärung«, sagte Speidel und wischte sich mit einem Taschentuch den Schweiß von der Stirn. ›Ein Himmelfahrtskommando im wahrsten Sinne des Wortes‹, fügte er in Gedanken hinzu.

»Ihre Meinung, Hauptmann Behrens?«, wollte Rommel wissen.

»Ich bin Soldat und werde befehlsgemäß agieren, Herr Generalfeldmarschall«, sagte Martin steif.

»In Ordnung. Ich ändere den Einsatzplan. Zunächst werden Sie erkunden und belegen, was Sie mir im April dargelegt haben. Die fünfzig Divisionen, die bei Dover stehen, gibt es nicht. Wir müssen den Führer endlich davon überzeugen!«, sagte Rommel.

»Gestatten Sie mir einen Einwand? Selbst wenn ich eine Kamera mitnehme und die Attrappen fotografiere, die dort seit März herumstehen, hat dies nicht soviel Beweiskraft wie das Stück Gummi, welches ich Ihnen einst präsentierte«, sagte Martin. Er versuchte alles, das Selbstmordkommando zu verhindern.

»Mit einem Flugzeug Fieseler Fi 156 wird es Ihnen gelingen. Die können so langsam und so tief fliegen, dass auch Detailaufnahmen möglich sind!«, entgegnete Rommel. »Sie melden sich im Fliegerhorst nahe Margival, den Weg kennen Sie bereits, bei Oberleutnant Robert Hartmann. Das ist ein erfahrener Kampfpilot, der auch schon Messerschmitt-Jäger steuerte. Abmarsch sofort, Start morgen früh um sieben Uhr!«

»Zu Befehl, Herr Generalfeldmarschall!« Martin salutierte. Für ihn war klar, er würde seine Julia in Le Havre nie wiedersehen. Rommel hatte selbst in einem Fieseler Storch gesessen, um in Nordafrika den Gegner zu erkunden. Dabei hatte er außerordentliches Glück gehabt.

Denn selbst das kleinste und langsamste Jagdflugzeug der Engländer hätte keine Probleme, das fliegende Gerippe abzuschießen. Es gab für Martin keinen Zweifel. Rommel wollte seinen überflüssig gewordenen Aufklärer loswerden. Der ihm wohlgesonnene Speidel konnte es nicht verhindern.

Martin stieg in den Beutejeep und trommelte auf das Lenkrad. Er sah keine Möglichkeit, Julia zu informieren, dass er bald als verschollen galt. Vielleicht blieb ihm das Glück hold, wie bei den Besuchen an der Front bei Carentan und bei Bayeux. Man sollte es auch nicht überstrapazieren. Ein zweites Mal würde ihn der Gegner nicht laufen lassen, wie es der OSS-Mann Major Becker getan hatte.

Martin startete den Motor und machte sich auf den Weg zum Fliegerhorst. Unter den deutschen Soldaten kursierte ein zynischer Witz: ›Siehst du ein weißes Flugzeug, ist es ein Engländer, siehst du ein schwarzes Flugzeug, ist es ein Amerikaner. Siehst du nichts – ist es unsere Luftwaffe!‹

Es ging wieder nach Norden, der Weg war bekannt. Wie befohlen meldete er sich auf einem provisorischen Feldflugplatz mit kurzer Start- und Landebahn bei der Kommandostelle. Dort traf Martin nur einen Unteroffizier an, der mit einem Ölfass hantierte.

»Entschuldigen Sie, Herr Unteroffizier, ich suche Oberleutnant Hartmann!«

Der junge Mann stellte das Fass, das er gerade gerollt hatte, senkrecht und blickte auf.

»Die Baracke dort rechts, da finden Sie einen unserer letzten Lufthelden«, schnaufte der Mann und beschäftigte sich wieder mit dem ölverschmierten Fass.

Martin schlenderte zur angegebenen Baracke. Ihm fiel auf, dass es hier keine betonierten Hangars zum Schutz vor Luftangriffen gab. Am Waldrand waren hohe Holzgestelle zu sehen, deren Dach von Tarnnetzen umhüllt war. Darunter ganze drei Flugzeuge. Ein behelfsmäßiger Feldflugplatz. Viermotorige Bomber oder schnelle Messerschmitt-Jäger konnten hier nicht starten und landen. Es fehlte an einer langen befestigen Startbahn.

»Heil Hitler, Herr Hauptmann! Oberleutnant Hartmann. Sie wurden mir angekündigt!«, wurde Martin von einem Offizier in Lederjacke begrüßt. »Das Wetter ist in Ordnung. Ein paar Wolken mehr oder Nebel wären mir lieber.« Der Oberleutnant betrachtete den blauen Himmel über Nordfrankreich.

»Hauptmann Behrens, Sie können auch Martin sagen. So weit sind wir weder im Alter noch im Dienstrang auseinander! Darf ich fragen, warum schlechteres Wetter besser wäre? Für eine Aufklärungsmission ist doch wolkenloser Himmel ideal«, sagte Martin.

»Konrad und Günther, schiebt schon mal den Storch aus seinem Nest«, befahl der Flieger. Umgehend erschienen zwei Männer in Overalls aus der Baracke und eilten zu einem der getarnten Unterstände. Vermutlich war das Aufklärungsflugzeug so leicht, dass es zwei starke Männer bewegen konnten.

»Der Storch ist langsamer als eine Ente. Wenn so eine Hawker Hurricane oder Supermarine Spitfire angedonnert kommt, hätte ich gern Versteckmöglichkeiten am Himmel«, sagte Hartmann. »Schon mal aus einem Flugzeug abgesprungen?«

»Nein, leider nicht.« Martin war bisher nur einmal geflogen. Das war in einer Junkers Ju 52 gewesen von Berlin nach Brüssel. Von da in einem LKW zur 15. Armee in Frankreich. Dem Oberbefehlshaber von Salmuth hatte er den Plan unterbreitet, verdeckt als Bauingenieur oder Architekt zu ermitteln.

Sein unmittelbarer Vorgesetzter war zwar sauer gewesen, weil er übergangen worden war, stimmte aber zu. So reiste er in Zivil als Klaus Winkler nach Le Havre, wo er in einem Restaurant die Krankenschwester Julia kennenlernte …

»Hallo? Trockenübungen müssen reichen, Martin, auf geht's!«, rief Oberleutnant Hartmann.

Martin war so in Gedanken an Julia versunken gewesen, dass er nicht gemerkt hatte, wie ein dritter Mann vom Bodenpersonal zwei Rucksäcke angeschleppt hatte.

»So, anlegen wie einen Rucksack, dann den unteren Gurt zwischen den Beinen nach oben ziehen und an der Brust einklinken! Ich weiß, wenn man nicht daran gewöhnt ist, zwickt es an den Eiern, da müssen Sie durch!«, sagte Hartmann und grinste.

»Wenn wir getroffen werden, ziehen wir beide das Dach vom Storch nach hinten und steigen aus. Nachdem wir weit genug vom trudelnden Flugzeug weg sind, ziehen Sie an dieser Leine. Wenn sich der Fallschirm nicht öffnet, gibt es noch die Notreißleine. Die ist hier! Alles klar?«

»Nein, aber im Notfall werde ich mir schon zu helfen wissen«, sagte Martin mit einem komischen Gefühl in der Magengrube.

»Konrad und Günther, Maschine aufgetankt? Checks durchgeführt?«, fragte der Pilot die Männer in den Overalls.

»Jawohl, Herr Oberleutnant! Öl und Treibstoff aufgefüllt! Startbereit!«, sagte der eine Mann mit den Schulterklappen eines Gefreiten.

»In Ordnung, dann reiten wir mal auf dem Storch rüber zu den Tommys. Falls Sie gläubig sind, Martin, wäre jetzt Zeit für ein letztes Gebet!«

»Darf ich fragen, wie oft Sie schon mit einem Fieseler Storch über den Kanal geflogen sind?«, wollte Martin wissen.

»Bis ganz rüber nicht, aber ohne Treffer zwei Mal über die Normandie«, antwortete Hartmann.

Es trug nicht gerade zur Beruhigung von Martin bei, der am liebsten noch einmal eine Toilette aufgesucht hätte. Er wollte keine Schwäche zeigen. In zwei Stunden würde man zurück sein – oder auch nicht.

Über eine Leiter kletterten sie in das schmale Cockpit, Hartmann vorn, Martin dahinter. Es wäre sogar Platz für einen zweiten Beobachter gewesen. Der Motor wurde gestartet.

»Jetzt werden Sie mal sehen, warum der Storch so beliebt ist, Martin!«, schrie der Pilot um den Lärm zu übertönen. »Für den Start brauche ich nur fünfzig Meter, für die Landung noch weniger. Wir können bis auf fünfzig Meter runtergehen und Sie die Fotos machen. Kamera dabei?«

»Ja, habe ich.« Martin musste schlucken, denn jetzt ging es los. Hartmann hatte Wort gehalten. Da der Wind aus Nordwest kam, konnte der Fieseler Storch schon nach fünfzig Metern abheben.

Mit Erleichterung hatte Martin festgestellt, dass doch ein 7,92-mm-Maschinengewehr an Bord war. Völlig schutzlos war man also nicht. Dies konnte nur vom Piloten bedient werden.

Es ging über grüne Wiesen und Wälder dem Ärmelkanal entgegen. Wäre nicht Krieg, Martin hätte es gern als nicht alltägliche Abwechslung hingenommen. Da sich die Alliierten mit ihren Bomberflotten und Jägern auf Caen und die Infrastruktur in der Normandie konzentrierten, kamen sie mit dem Storch unbehelligt an die Küste. Von hier bis hinüber nach England waren es nur 33 Kilometer.

Martin war gespannt, fürchtete es aber auch, wenn die englische Luftabwehr auf sie aufmerksam werden würde. Vielleicht rechneten die gar nicht mehr mit deutschen Flugzeugen am Himmel, es sei denn ein Bomberverband näherte sich London.

Plötzlich hörte er ein Rauschen, Hartmann riss am Steuerknüppel, um tiefer zu gehen.
»Eine Flügelbombe V1, mein lieber Scholli, so nahe habe ich die auch noch nicht gesehen«, schrie der Pilot nach hinten. »640 Kilometer pro Stunde, die hat uns glatt überholt!«
Martin behielt seine Weisheit für sich, dass Rommel wiederholt versucht hatte, Hitler davon zu überzeugen, die V1 gegen die Invasionsflotte und Nachschubwege des Gegners einzusetzen. Ohne Erfolg.
Hartmann ging noch tiefer. Martin befürchtete fast, man würde die Kreidefelsen von Dover streifen. Jetzt wurde es interessant. Standen hier immer noch die Attrappen aus Holz und Gummi wie einst im März?

»Gehen Sie noch tiefer, Robert! Wir brauchen Beweisfotos für Hitler, dass hier nur Attrappen herumstehen, es keine zweite Invasion geben wird!«, rief Martin, die Kamera schussbereit.
»Sehr gern, Martin, aber wir bekommen Besuch! Zwei Spitfire, die sind um einiges schneller und wendiger als wir. Wenn wir überleben wollen, schlage ich vor, keinen Luftkampf zu beginnen«, schrie Hartmann. »Ich habe ein MG, aber wie gesagt, die sind so schnell, dass Treffer unwahrscheinlich sind!«

Inzwischen war ein weiteres Jagdflugzeug der Briten dazugestoßen. Der Fieseler Storch wurde regelrecht eskortiert. »Wir können jetzt den Heldentod sterben oder den Zeichen folgen, wir sollen landen. Was ist Ihnen lieber, Martin?«

»In Ordnung, landen!« Martin hatte für so einen Fall sofort einen Plan B in der Tasche, der Oberleutnant wahrscheinlich nicht.

Sie wurden von den drei Jagdflugzeugen zur Landung auf einem Feldflugplatz bei Folkestone gezwungen. Der Fieseler Storch kam nach dreißig Metern zum Stehen. Die britischen Soldaten hatten sich viel weiter vorn platziert, weil sie glaubten, ein deutsches Flugzeug würde zweihundert Meter mehr zum Ausrollen brauchen.

Auch so waren sie sofort zur Stelle, um die beiden Deutschen in Empfang zu nehmen, die es gewagt hatten, britischen Luftraum zu verletzen. Sie hatten sogar eine Leiter parat, da die Kabine des Fieseler Storch drei Meter über dem Erdboden war.

»Hands up!«, rief ein Sergeant und Martin und Robert blickten in die schussbereiten Läufe mehrerer Karabiner. Die beiden Offiziere wurden gefesselt, umgehend voneinander getrennt und in zwei verschiedenen Fahrzeugen abtransportiert.

Nach einer Stunde Fahrzeit wurde angehalten und Martin die Augenbinde abgenommen. Er blinzelte gegen die Sonne. Offenbar war das eine Kaserne im Nirgendwo zwischen Dover und London. Martin sah nur sehr wenige Soldaten herumlaufen.

Er wünschte, Hitler, Rommel und all die anderen würden das auch sehen, was er vor Augen hatte. Keine Spur von den angeblichen fünfzig Divisionen im Südosten Englands. Wegen der Fußfessel konnte er nur Tippelschritte machen. Im Verhörraum angekommen, wurden ihm zumindest die Handfesseln abgenommen. Martin rieb sich die geröteten Handgelenke. Ein Sergeant der britischen Armee stellte ihm ein Glas stilles Mineralwasser auf den Tisch.

»Darf ich fragen, wann der Offizier erscheint, der mich verhören soll? Zudem müsste ich dringend auf die Toilette!«, sagte Martin im besten Oxford-Englisch dessen er fähig war.

Der Sergeant antwortete nicht auf die erste Frage, gab zwei Soldaten ein Zeichen, den Deutschen auf die Toilette zu begleiten. Mit den Fußfesseln hätte er ohnehin nicht fliehen können.

Dennoch wurden Fenster und Tür bewacht. ›Was für eine Wohltat, eigentlich hätte ich schon vor dem Flug gemusst‹, dachte Martin.

Es dauerte eine weitere Stunde, bis endlich ein Mann in Zivil erschien und sich auf die andere Seite des Tisches setzte. »Henderson, MI 5«, stellte er sich vor. »Oberleutnant Hartmann hat uns alles erzählt, ich hoffe, Sie zeigen sich ebenso kooperativ, Hauptmann Behrens! Noch ein Glas Wasser?«

Martin lehnte dankend ab. Er hatte keine Lust, schon wieder im Tippelschritt zur Toilette zu müssen und beim Pinkeln bewacht zu werden.

»Fast hatte ich den Eindruck, Oberleutnant Hartmann hat bewusst eine Route gewählt, wo ihn unsere Jäger nicht verfehlen können. Das Bord-MG hat er auch nicht eingesetzt. Wie dem auch sei, für ihn ist der Krieg zu Ende und er wird in ein Kriegsgefangenenlager gebracht.«

Henderson goss sich selbst Wasser in ein Glas und schaute Martin aufmerksam an. »Nun zu Ihnen, Hauptmann Behrens!« Der Geheimdienstmann nestelte ein Notizbuch aus der Innentasche seines Jacketts. »Abwehroffizier, Field Marshal Rommel direkt unterstellt. Hatte Rommel persönlich die Idee, Sie in den bestens überwachten Luftraum über England zu schicken? Wenn dem so ist, stellt sich mir die Frage, warum der Field Marshal Sie loswerden wollte?« Henderson nippte an seinem Glas und lehnte sich zurück.

»Wenn ein Untergebener Ihnen immer wieder erzählt, dieses oder jenes wird eintreten, die offizielle Sprechweise aber eine andere ist, dann würde es Sie irgendwann auch nerven, Sir«, sagte Martin.
»Ich weiß nicht, ob ich den Untergebenen deshalb gleich in Gefangenschaft oder Tod schicken würde, vermutlich würde ich ihn versetzen«, antwortete Henderson. »Was haben Sie denn Field Marshal Rommel erzählt?«
»Ich wünsche meinen Führungsoffizier Major Becker vom OSS zu sprechen«, sagte Martin und verschränkte die Arme vor der Brust. »Wenn er gerade in der Normandie weilt, warte ich eben.«
»Das müssen Sie ohnehin, Hauptmann!«, lachte Henderson.

»Das OSS ist nicht für die Spionageabwehr in Großbritannien zuständig, sondern wir. Das Office of Strategic Services unserer amerikanischen Freunde lenkt und unterstützt die Aktivitäten aller Widerstandsbewegungen in Europa, unter anderem in Jugoslawien und in Frankreich.«
»Frankreich ist das Stichwort. Ich hatte mehrfach Kontakt zum Résistance-Kommandeur von Le Havre und Umgebung, Monsieur Richard«, antwortete Martin.
Diesmal hatte es den gewünschten Effekt. Henderson pfiff durch die Schneidezähne.

»Dass ich zum Kreis der Verschwörer in der Wehrmacht gehöre, die Hitler beseitigen und eine neue Regierung installieren wollen, sei nur am Rande erwähnt«, sagte Martin und lehnte sich zurück.
»Egal, ob ›Operation Walküre‹ gelingt oder nicht, das Deutsche Reich wird kapitulieren müssen. Einen separaten Waffenstillstand wird es nicht geben, wird sind mit der Sowjetunion verbündet!«
Der Geheimdienstmitarbeiter zeigte sich erstaunlich gut informiert, aber das gehörte zu seinem Job.
»Milner, versuchen Sie das Büro des OSS in London zu erreichen. Unser Gefangener beharrt darauf, Major Becker zu sprechen. Wir müssen klären, ob es sich bei Behrens um einen Doppelagenten handelt!«, rief Henderson nach hinten.

Erst jetzt bekam Martin mit, dass sich ein weiterer Mann in Zivil ins Zimmer geschlichen hatte und die ganze Zeit mitgehört hatte.

»Letzte Frage, dann können Sie sich auf eine Pritsche in einer Zelle hauen, bekommen aber zuvor ein Abendessen serviert. Bei welcher Gelegenheit haben Sie Becker getroffen und was wurde genau vereinbart?«

»Ich wollte mich hinter die feindlichen Linien begeben, um die Truppenstärke zu erkunden. Ich hatte bereits einen Jeep, brauchte nur noch eine Uniform. Mit Hilfe eines Gefreiten der Wehrmacht und der 6. Fallschirmjägerbrigade bei Carentan habe ich einem toten Captain der 101st Airborne Division die Uniform abgenommen und bin unbehelligt bis Omaha Beach gekommen. Ich habe ein wenig zu lange das Anladen von schwerem Gerät an den Betonkais beobachtet. Dann klopfte mir jemand auf die Schulter. Es war Major Becker. Man hatte inzwischen die entkleidete Leiche von Captain Bouwens gefunden«, seufzte Martin.

»Und zu welcher Erkenntnis sind Sie gekommen, Hauptmann Behrens?«

»Wir können den Krieg nicht gewinnen! Für jeden Panzer, den unsere Soldaten abschießen, landen Sie drei neue an. Unsere Panzer haben die höhere Feuerkraft, sind besser geschützt, müssen aber nachts repariert werden, um wieder einsatzfähig zu sein«, sagte Martin mit gesenktem Kopf. »Egal, ob Waffenstillstand oder Kapitulation – der Krieg muss beendet werden, sonst geht es noch ein Jahr weiter, mit unzähligen Opfern auf beiden Seiten!«

»Ich bin ganz bei Ihnen, Hauptmann! Meine Familie lebt in London. Ich habe die Kinder auf ein Dorf geschickt wegen der V1-Angriffe! Ich wünsche, die Männer, die Sie angeblich kennen, haben Erfolg. Als Geheimdienstmann bin ich auch skeptisch. Es gibt zu viele, die etwas zu verlieren haben – NSDAP-Funktionäre, Gestapo, SS. Okay, den Hauptmann abführen. Sergeant, bringen Sie ihn in eine Zelle!«

Martin musste ganze zwei Tage ausharren, ehe sich Mister Becker zu den East Anglia Barracks bequemte. Die Verpflegung war in Ordnung, nur etwas gewöhnungsbedürftig mit Bohnen in Tomatensoße und fettigen kleinen Bratwürstchen, ähnlich den Nürnbergern. Anstelle von Kaffee gab es Tee. Auf dem Tablett stand ein kleines Kännchen Sahne, mit dem Martin nichts anfangen konnte. Er glaubte auch nicht, dass jeder Kriegsgefangene so ein Frühstück bekam.

Dann wurde er endlich von zwei britischen Soldaten abgeholt und tippelte in den bereits bekannten Verhörraum. Major Becker hatte sich gerade eine Zigarette angezündet und bot Martin auch eine an.
»Mann, Behrens, Sie glauben allen Ernstes, dass ich Sie ein zweites Mal laufen lasse? Und das vor den Augen unserer englischen Freunde inklusive dem MI 5?« Becker schüttelte den Kopf. »Wie kann man nur so dämlich sein, mit einem fliegenden Hochrad in den britischen Luftraum einzudringen?«
»Mit einem Fieseler Storch kann man so tief fliegen, dass man unter dem Radar bleibt«, antwortete Martin gelassen.

»Mag sein, aber so hat ein Bauer die Hakenkreuze erkannt, das Militär informiert und unsere Freunde haben drei Jäger losgeschickt. Mister Henderson äußerte die Vermutung, dass Ihr Pilot bewusst in die Richtung geflogen sei, wo ein englischer Flugplatz liegt. Darum kümmert sich der MI 5.« Becker nahm Platz und bedeutete Martin, es ebenfalls zu tun. Beide drückten die Kippen im Aschenbecher aus.

»Was Field Marshal Rommel bewogen hat, Sie auf diese heikle Mission zu schicken, weiß nur er selbst. Sie hatten einen klaren Auftrag, Behrens! Sobald es etwas Neues gibt, sollten Sie die Résistance kontaktieren, die uns wiederum anfunkt. Bisher kam nichts!«

»Ich bin noch nicht dazu gekommen, Sir! Ich begleitete Rommel und Speidel zum Führerhauptquartier ›Wolfsschlucht II‹ in Nordfrankreich. Hitler persönlich bat mich, an der Besprechung teilzunehmen. Bitte ein Blatt Papier und einen Bleistift!«

Becker reichte ihm das Gewünschte über den Schreibtisch. Martin skizzierte den Plan für die ›Operation Mausefalle‹ und erläuterte es. »Bevor Sie sich zu früh freuen, Sir. Es wurde wohlwollend zur Kenntnis genommen, aber kein ausdrücklicher Befehl zur Ausführung erteilt. Hitler hat die Bitte Rommels abgeschlagen, die V 1 gegen die Nachschubwege, die Invasionsflotte und die provisorischen Kais, die Mulberries, einzusetzen. Ich hätte Ihnen das alles übermittelt, musste aber nach La Roche-Guyon. Hitler kam nicht nach, weil er den Unfall einer V1 für einen gezielten Anschlag hielt. Nachdem ich die Comtesse La Rochefoucault kennenlernen durfte, wurde ich sofort zum Feldflugplatz geschickt und bin mit Oberleutnant Hartmann aufgestiegen.«

Bei der Nennung der Comtesse hatten sich die Lippen des Geheimdienstmannes ein wenig gekräuselt. Martin wusste es zunächst nicht zu deuten.

»Okay, Entschuldigung angenommen. Sie hatten keine Gelegenheit, nach Le Havre zu fahren. Gibt es noch etwas von der Besprechung mit Hitler, das ich wissen muss?«, fragte Becker.

»Der ehemalige Gefreite Hitler glaubt immer noch den Berichten eines Doppelagenten, dass eine zweite Invasion bei Calais ins Haus steht, weshalb die 15. Armee noch nicht eingegriffen hat. Er zeigte auf eine Karte und meinte, da sind noch genug Panzerdivisionen und Infanterie, welche die Front stabilisieren können. Das Problem ist nur, dass die Panzerverbände längst nicht mehr die volle Stärke haben, weil Sie durch Ihre Luftangriffe dezimiert wurden«, sagte Martin.

»Sie sind ein ausgezeichneter Analyst, ich könnte Sie bei uns gebrauchen«, seufzte Becker. »Gegen alle Widerstände der Engländer bin ich geneigt, Ihnen die Flucht zu ermöglichen, unter der Bedingung, dass Sie sich eine Mitfahrgelegenheit über den Kanal selbst organisieren.«

Martin wollte etwas erwidern, aber Becker schnitt ihm mit einer Handbewegung das Wort ab.

»Sie können unmöglich als Hauptmann Behrens aus England zurückkehren und so tun, als wäre nichts geschehen! Sie hätten sofort Gestapo und SD am Hals, weil die zu Recht vermuten, wir hätten Sie umgedreht. Sie bekommen eine neue Identität – wie wärs mit Martin Juillard – Sie müssten sich nicht einmal an einen neuen Vornamen gewöhnen. Ihr Französisch reicht, um in Paris als Landei durchzugehen?«, fragte der OSS-Mann.

»Ich denke schon. Aber wieso Paris?«, fragte Martin mit hochgezogenen Augenbrauen.

»Le Havre ist zwar der Front nahe, aber zu weit weg von den Informationsquellen. Sie sagten selbst, es wird immer schwieriger, dahin zu gelangen. Ihre Freundin kann den Namen behalten. Krankenschwestern werden im Krieg überall gebraucht. Sie tauchen da als Martin Juillard unter, eine Legende stricken wir noch. Sie liefern uns Informationen, auch wenn Sie an den Besprechungen der Generäle nicht mehr teilnehmen können. Gelingt der Putsch gegen Hitler, können Sie die Wehrmachtsuniform wieder anziehen und gehören zu den Siegern!«

Der Mitarbeiter des MI 5, der, wie sich Martin erinnerte, Milner hieß, kam in den Raum und flüsterte Becker etwas ins Ohr, woraufhin sich der OSS-Mann entfernte. Er kam nach wenigen Minuten wieder, mit einem breiten Grinsen zwischen den Ohren.

»Ich kann das nicht allein entscheiden, Sie sind Kriegsgefangener der Briten. Jetzt haben wir den MI 5 mit im Boot! Und wissen Sie, warum?«

Martin schüttelte den Kopf.

»Jemand in Frankreich hat sich für Sie verwendet. Sie müssen einen gewissen Eindruck bei der Comtesse hinterlassen haben, dass Sie ihretwegen den MI 5 kontaktiert. Da Sie jetzt wissen, dass die Comtesse La Rochefoucault für die Engländer arbeitet, werden diese eine engmaschige Überwachung aufziehen. Sobald Sie Kontakt zur Gestapo, SD oder Feldgendarmerie der Wehrmacht aufnehmen, wird man Sie liquidieren«, sagte Becker. Er winkte den beiden britischen Soldaten, sie sollen den Deutschen in seine Zelle führen. Dort blieb Martin ratlos zurück.

Die Comtesse eine Agentin des Widerstandes, deren Arm bis hierher reichte? Er hatte auf dem Plateau oberhalb der Seine nur gesagt, er wünsche Frieden. Zudem wusste er immer noch nicht den Vornamen.

Bereits am nächsten Tag nach dem Frühstück, wobei man Bohnen und Bratwürste durch Spiegeleier ersetzt hatte, wurde er wieder zum Verhör gebracht. Diesmal wurden ihm die Fußfesseln abgenommen.

»Ihre neue Identität, Behrens, sorry, Juillard! Muss mich auch erst daran gewöhnen. Sie werden von der britischen Armee heute Abend nach Süden gebracht. Man wird stoppen und Ihnen die Gelegenheit zur Flucht geben. Gute Reise und viel Erfolg in Paris!«, rief Becker.

Martin war etwas mulmig zumute. Was, wenn die britischen Soldaten den Befehl missachteten und ihn erschossen? Eines von vielen Risiken. Dann musste er den Mann finden, der einst das Stück Gummi gesichert und weitergeleitet hatte.

»Nur eine Bedingung, Mister Becker! Wenn ich den Mann finde, der mich unter Gefahren rüber bringt, dann keine Repressalien oder Verhaftung! Er glaubt ja an eine Flucht aus einem Kriegsgefangenenlager«, forderte Martin.

»Angenommen, Monsieur Juillard!«

Kapitel 13

Gegen Abend wurde Martin aus seiner Zelle geführt. Er musste zivile Kleidung anziehen und die geliebte Hauptmannsuniform abgeben. Er bekam die perfekt gefälschten Ausweispapiere des Bürgers Martin Juillard. Seinen deutschen Wehrpass solle er gut verstecken.

Er wurde nicht in einen Jeep, sondern ein ziviles Fahrzeug, einen Bentley geschoben. Martins Sorge wurde geringer, als er sah, dass der Geheimdienstmann Milner mitfuhr. Warum hatte Major Becker ihn ein zweites Mal laufen lassen? Was versprachen sich die Geheimdienste der USA und Großbritanniens davon?
Jeder deutsche Offizier, der etwas zur Beendigung der Hitler-Diktatur beitrug, war ihnen lieber als einer, der untätig in einem Kriegsgefangenenlager in Schottland herumsaß.

Martin spürte den frischen Wind von der Kanalküste und ließ ihn sich um die Nase wehen.
»Hauen Sie schon ab, Behrens, äh, Juillard! Wie schon gesagt, ab hier sind Sie auf sich gestellt!«, sagte Milner und zündete sich eine Zigarette an. Die beiden englischen Soldaten und der Geheimdienstmann schauten belustigt zu, als Martin wie ein Feldhase Haken schlug und nach Süden davonrannte.
»Becker und Henderson müssen einen Narren an dem gefressen haben. Was hat der bisher geliefert? Nichts!« Milner schüttelte den Kopf, rauchte die Zigarette zu Ende und drückte den Stummel am Feldrain aus. »Auf geht's zurück!«, rief er dem Fahrer zu.

Martin hatte keine Ahnung, wo er sich befand. Irgendwo hier südwestlich von Folkestone musste das Fischerdorf liegen mit dem Sympathisanten der British Union of Fascists. Er hatte nur einen Namen: Ron Maynard. Einen John Maynard kannte jeder, der in Deutschland eine Schule besucht hatte. Eine Ballade Theodor Fontanes über einen Steuermann, der ein brennendes Schiff über den E-rie-See in den sicheren Hafen Buffalo lenkte. Martin brachte nur noch die erste Strophe zusammen. Manchmal half Ablenkung dem Gedächtnis auf die Sprünge. Klar, Ron Maynard kam aus Hythe. Martin war selbst noch nicht dagewesen und vermutete, es handele sich um ein kleines Fischerdorf.

Plötzlich rumpelte ein Fuhrwerk an ihm vorbei, vollbeladen mit Heu. Der landwirtschaftliche Betrieb ging wie in Friedenszeiten weiter. Dabei waren die Bombentrichter, verursacht von V 1, die es nicht bis London geschafft hatten, gar nicht so weit weg. Martin musste es versuchen. Ein Tankwart der US-Army hatte ihn für einen Ami gehalten, warum also auch nicht ein englischer Bauer für einen Landsmann? Falls es schiefging, würde er wieder bei den Geheimdienstlern landen, die den unfähigen Spion in ein Kriegsgefangenenlager verfrachteten.

»Entschuldigung, Sir! Wie weit noch bis Hythe? Können Sie mich ein Stück mitnehmen?«, fragte er.

»Fünf Meilen. Nicht von hier, was? Irland oder Liverpool?«, wollte der Farmer wissen. Er spielte darauf an, dass viele Schauerleute und Werftarbeiter in Liverpool aus Irland kamen und natürlich ein anderes Englisch sprachen als die einheimische Bevölkerung hier im Osten.

»Liverpool. Marty Brown mein Name!« Martin atmete tief durch.

Der Bauer machte eine einladende Handbewegung und Martin es sich im duftenden Heu bequem.

»Habe einen Kumpel in Folkestone besucht. Meine Schwester bat mich, einen entfernten Verwandten in Hythe aufzusuchen. Sie kennen nicht zufällig Mister Ron Maynard?« Martin kaute an einem getrockneten Grashalm.

»In Hythe? Leider nein. Mein Gehöft liegt vor dem Ort, den Rest müssen Sie wieder laufen. Sagen Sie, Marty, müsste so ein junger kräftiger Mann nicht bei der Army oder Royal Navy sein?«, fragte der Farmer misstrauisch.

»Bin in einem rüstungswichtigen Betrieb in Liverpool als Mechaniker angestellt, muss nicht zum Wehrdienst«, konterte Martin. Dabei bemühte er sich um eine besonders schnoddrige Aussprache, um den Liverpooler Dialekt, den er gar nicht kannte, zu imitieren. »Habe nur vier Tage Urlaub, dann geht es wieder an die Arbeit!«

»Sie hätten auch mit dem Zug bis Sandgate fahren können. Geld sparen, was?«, lachte der Bauer.

Nach endloser Ruckelei waren Sie vor dem Gehöft des Farmers angekommen.

»Schade, dass Sie nur vier Tage Urlaub haben, Marty. Könnte Sie hier gut gebrauchen, seitdem einige Landarbeiter an der Front sind. Der arme Davy Bennett ist in der Normandie gefallen. Gott sei seiner Seele gnädig, verdammte Deutsche!«

»Vielen Dank, Mister …?«

»Richardson. Angenehmen Kurzurlaub noch, Marty!«

Nach kurzer Wanderung über Feldwege nahe der Küste erreichte Martin Hythe und staunte nicht schlecht. Das vermutete Dorf entpuppte sich als Kleinstadt. Im Frieden waren hier im Sommer sicher auch Touristen unterwegs. Jetzt waren nur wenige Menschen auf den Straßen.

Martin wollte nicht schon wieder als Fremder auffallen, der ein eigentümliches Englisch sprach. Er lief zielgerichtet nach Süden, bis er die Anlegestelle für Fischerboote fand. Möwen kreischten und es roch nach Fisch. An einem hölzernen Anlegesteg dümpelten die Einmaster. Sollte Maynard mit so einem Boot bis nach Dänemark geschippert sein, nur um ein Stück Gummi außer Landes zu bringen? Was hier angekettet lag, taugte höchstens zum Fischfang in Küstennähe.

Es nutzte nichts, er musste einen Fischer ansprechen, der gerade ein Netz flickte.

»Entschuldigen Sie, Sir. Ich suche das hochseetüchtige Boot von Ron Maynard!«

»Die ›Dove II‹ ist der Zweimaster am Ende des Stegs. Aber Ron is nich' da, da müssen Sie sich in die Dymchurch Road 12 bemühen«, sagte der junge Mann und würdigte Martin keines weiteren Blickes. Was ihm nur recht war. Ja nicht auffallen! Er fragte auch nicht nach, wo er die Straße suchen sollte, sondern lief einfach nach Nordwesten. Mit qualmenden Socken und trockener Kehle studierte er die Straßenschilder und wurde schnell fündig.

Die Dymchurch Road war eine Hauptstraße, die nach New Romney führte.

Von da war es nicht weit bis Hastings. Martin erinnerte sich an den Wandteppich von Bayeux.

In Hastings hatte der angelandete Herzog der Normandie einst das Heer von König Harold geschlagen. Die Normannen wurden die neuen Herren der Insel, brachten die französische Sprache und Wein nach England.

Endlich erreichte er die Hausnummer 12 und klopfte. Eine junge Frau öffnete.

»Sie wünschen, Sir?«

»Ein Glas Wasser und ich möchte Ron Maynard sprechen, bitte!«, keuchte Martin.

»Wen darf ich melden?«, fragte das Mädchen.

Martin war so dehydriert, dass er keinen klaren Gedanken fassen konnte. Hauptmann Behrens, Martin Juillard oder Marty Brown?

»Sagen sie Ihrem Vater oder Dienstherrn, ein Mann, den er kennt! Es ist wichtig!«

Die junge Frau verschwand im kühlen Inneren des Hauses und kam nach kurzer Zeit zurück.

»Mein Vater erwartet Sie! Kommen Sie ins Haus!« Die Tochter hatte auch daran gedacht, Martin ein Glas kühles Wasser hinzustellen, welches er in der Küche langsam die Kehle herunterrinnen ließ. Welche Wohltat!

»Was verschafft mir die Ehre, Sir?«, knurrte ein Mann, der die Küche betrat.

»Sie kennen mich nicht persönlich, haben mir aber sehr geholfen, Mister Maynard!«, krächzte Martin. »Wir sollten das unter vier Augen besprechen!«

»Ich habe keine Geheimnisse vor Emily, aber wie Sie wünschen!«

Ron Maynard winkte und Martin folgte ihm in einen Garten mit akkurat geschnittenen Hecken und englischem kurzen Rasen. Er durfte auf einer weiß gestrichenen Bank Platz nehmen.

»Sie erinnern sich an ein Stück Gummi von den Attrappen zwischen Dover und Folkestone? Sie haben es an einen Fischer in Dänemark weitergeleitet. Von da gelangte es über die Friesischen Inseln und Belgien nach Dieppe und in meinen Besitz! Ich bin Hauptmann Behrens, Abwehr«, flüsterte Martin.

»Wie kommen Sie hierher, Mann?« Maynard kaute auf einem erkalteten Pfeifenstiel.

»Erkundungsflug, wir wurden von drei Jägern zur Landung gezwungen. Mir gelang die Flucht aus den East Anglia Barracks und ich hoffe, Sie können mich rüberbringen!«

»Alles zu Fuß? Alle Achtung!« Maynard suchte nach seinem Tabaksbeutel, um die Pfeife neu zu stopfen.

»Nicht ganz. Ein Stück des Wegs hat mich der Farmer Richardson mitgenommen«, sagte Martin.

»Noch ein Glas Wasser, Sir?« Emily war unbemerkt näher getreten. »Alles in Ordnung, Dad?«

»Ein Agent, den ich nach Frankreich bringen soll, Emily. Bring uns Bier, wir können ohnehin erst morgen in aller Früh los.« Für Ron Maynard war es eine Lüge gegenüber seiner Tochter, streng genommen war es die Wahrheit.

»Bitte noch Brot, Butter, Schinken und Räucherfisch. Unser Gast ist sicher sehr hungrig!«

Martin nickte eifrig. Das alles und vom Bier ein bisschen mehr.

»Darf ich fragen, ob Sie mit Ihrer Tochter hier allein in Hythe leben?«, fragte Martin.

»Nein, meine Frau besucht Ihre Schwester in Sandgate, nicht weit von hier und kommt übermorgen zurück«, sagte Maynard, stopfte die Pfeife und entzündete sie.

Inzwischen hatte Emily das Abendessen serviert. Seit dem Frühstück mit Spiegeleiern und Toast hatte Martin nichts mehr gegessen. Er beherrschte sich und aß langsam, trank einen Schluck Bier, das gewöhnungsbedürftig war.

Als Emily wieder einmal in der Küche verschwunden war, fragte Martin neugierig: »Ahnt Ihre Familie etwas von den Sympathien für die British Union of Facists?«

»Nein, natürlich nicht! Um ehrlich zu sein, bin ich auch ein wenig davon abgerückt, seitdem Familien in Hythe den Verlust von Angehörigen beklagen. Zwei mir bekannte Männer sind vor Caen gefallen. Wissen Sie näheres darüber?« Maynard beugte sich über den Tisch.

»Caen wird von zwei Panzerdivisionen der Waffen-SS gehalten. Die geben erst auf, wenn kein Stein mehr auf dem anderen liegt«, sagte Martin leise.

»Scheiße«, murmelte der Seebär und kaute am Pfeifenstiel.

»Wie dem auch sein, ich bringe Sie rüber. Ich habe eine Lizenz zum Fischen in östlichen Gewässern, nicht an der Kanalenge Dover-Calais. Wenn uns ein Schiff der Royal Navy aufbringt, sind wir am Arsch!«

Martin widmete sich dem Räucherfisch und dem Bier, weil die Tochter des Hauses zurückgekehrt war.

»Wirklich alles in Ordnung, Dad?«, fragte Emily besorgt.

»Wie ich schon sagte, muss ich den Agenten, der für uns arbeitet, nach Frankreich bringen. Morgen früh um drei Uhr brechen wir auf! Kein Wort zu deiner Mutter, falls sie früher als erwartet zurückkehrt!«

»In Ordnung, Dad«, sagte Emily.

Die Tochter des Hauses mit ihren dunkelblonden Locken und blauen Augen musste sich nicht verstecken und keinen Vergleich mit Julia Bouchet und der Comtesse La Rochefoucault scheuen.

Julia! Martin hoffte, wenn alles gutging, seine Freundin schon bald wiederzusehen. Zudem musste er sie davon überzeugen, nach Paris überzusiedeln, wie es Major Becker angewiesen hatte.

Mitten in der Nacht rüttelte jemand an Martins Schulter.

»Jetzt noch nicht, Julia!«, murmelte er auf Französisch.

»Auf geht's rüber! Die Wolken verdunkeln den Mond!«, wurde ihm auf Englisch geantwortet. »Beste Bedingungen!«

Erst jetzt realisierte Martin, dass er sich immer noch in England befand. Er schüttete sich Wasser aus einer bereitstehenden Porzellanschüssel ins Gesicht, trocknete sich ab, schlüpfte in die Zivilklamotten und folgte dem davoneilenden Ron Maynard.

Es ging durch dunkle Gassen in Richtung der Anlegestelle für Fischereiboote. Hier musste man nicht befürchten, dass Soldaten oder Polizei die Ausgangssperre überwachten. Der nächste militärische Posten, eine Flak-Stellung der Briten, befand sich meilenweit im Osten.

»Die anderen Fischer kommen erst in einer halben Stunde, werden sich wundern, dass die ›Dove II‹ schon draußen ist«, flüsterte Maynard. »Lösen Sie das Tau vom Poller, ich starte den Motor! Dann ein Weitsprung auf Deck. Zögern Sie nicht, sonst landen Sie zwischen Steg und Bordwand und werden zu Brei zerquetscht!«

»Aye, aye, Sir!« Martin löste das Tau, hörte das Tuckern des Motors und sprang auf das Boot, welches sich langsam entfernte. Er griff in die Takelage, um nicht zu stürzen.

»Für eine Landratte gar nicht schlecht«, murmelte der Engländer.

Martin ahnte, wenn sie nicht von der britischen oder deutschen Marine gestoppt würden, fingen auf dem Festland die Probleme erst an.

Sie entfernten sich schnell von der südenglischen Küste. Maynard steuerte nach Südosten.

»Wie lange brauchen wir?«, wollte Martin wissen.

Maynard betrachtete den Nachthimmel, dann das Meer.

»Im Morgengrauen sind wir da. Ich bringe Sie bis Wissant. Dort sind meines Wissens nach keine Stellungen der Wehrmacht. Weiter oben gibt es Flak und Marineartillerie. Die haben auch Suchscheinwerfer.«

Als der Himmel immer heller wurde, näherte man sich bereits der französischen Küste.

»Ich kann nicht näher ran, Sie werden sich nicht nur die Füße nass machen, sondern alles andere auch! Papiere wasserdicht verpackt?«, fragte der Seebär.

»Ja!«

»Alles Gute für Sie! Los, über Bord, die letzten hundert Meter schwimmen! Ich schippere so schnell es geht nach Norden, um noch ein paar Fische für mein Alibi zu fangen!«

»Vielen Dank, Ron! Grüßen Sie Emily von mir!«

»Jetzt aber runter vom Deck und nicht erwischen lassen!« Maynard schüttelte den Kopf und wendete das Boot.

Es war Flut. Die Wellen klatschten weit über den Strand bis an die Dünen. Martin schluckte etwas Salzwasser, nutzte aber geschickt den Wellengang, um schnell ins Trockene zu gelangen.

Hinter den Dünen suchte er den Schutz von Ginster und Buschwerk, um sich auszuziehen und die Sachen an Ästen aufzuhängen. Martin hatte auch diesmal Glück. Die Wolken rissen auf und die Sommersonne versprach, seine Kleidung zu trocknen. Dann kontrollierte er die Kunststoffhülle mit den Dokumenten, die ihn als Martin Juillard auswiesen. Gottseidank, sie hatte dicht gehalten!

Es dauerte dann zwei Stunden, bis die Junisonne die Kleidung soweit getrocknet hatte, dass sich Martin wieder anziehen konnte. Er hielt sich zunächst abseits der Wege und wanderte an der Küste entlang. Langsam meldeten sich Durst und Hunger. Er war ohne Frühstück in England aufgebrochen. Er schätzte die Entfernung Wissant – Le Havre auf mindestens 160 Kilometer. So genau wusste er es nicht. Er war fast immer nur im Dreieck Le Havre – Paris – Cherbourg unterwegs gewesen. Ein, zwei Mal auch hier im Norden, um als Klaus Winkler Häuser zu fotografieren.

Ohne Nahrung und Wasser bis Dieppe, wo er den nächsten Anlaufpunkt hatte? Unmöglich! Er hätte zumindest eine Feldflasche mit Wasser mitnehmen sollen. Jetzt konnte er nur auf ein Fuhrwerk hoffen, das ihm wie in England eine Mitfahrgelegenheit bot.

Stattdessen näherte sich eine Staubwolke, die von mehreren motorisierten Fahrzeugen stammen musste! Martin sprang umgehend hinter ein Gebüsch und legte sich flach hin.

Eine Kolonne von LKW der Wehrmacht donnerte vorüber. Griff jetzt doch noch die 15. Armee in der Normandie ein? Er war einige Tage in England gewesen und nicht auf dem Laufenden.

Dann beschleunigte sich sein Herzschlag. Ein Kübelwagen hielt am Straßenrand, ein Oberleutnant stieg aus, öffnete die Hose und düngte das Gras.

Wie einfach war doch alles gewesen, als er noch als Hauptmann Behrens unterwegs war. Man hätte zusammen geraucht und sich unterhalten. Als Martin Juillard war ihm das nicht mehr vergönnt.

Ihm blieb nichts anderes übrig, als auf Schusters Rappen weiter zu laufen. Die Landschaft veränderte sich. Zwischen dem Meer und dem Weg erhoben sich Felsen. ›Hier könnte man sich noch besser verstecken‹, dachte Martin.

Er brauchte dringend eine Mitfahrgelegenheit, wenn er heute noch bis Dieppe gelangen wollte.

Aus dem Labyrinth der Felsen gelangte er wieder auf die Straße. Es näherte sich ein ziviles Fahrzeug. Martin glaubte, einen Renault zu erkennen und warf sich in den Straßengraben.

Der Wagen stoppte. Zwei Männer stiegen aus. Sie hatten Pistolen in den Händen. Da sie keine Uniformen trugen, wusste Martin nicht, mit wem er es zu tun hatte.

»Hauptmann Behrens alias Martin Juillard? Rauskommen!« Martin erhob sich und verschränkte die Hände im Nacken.

»Sie müssen ein äußerst wichtiger Spion sein, wenn uns die Amerikaner extra anfunken, um Sie in diesem unübersichtlichen Gelände einzusammeln! Jacques mein Name, Résistance, mehr müssen Sie nicht wissen! Einsteigen!«

»Zwei Fragen: Woher wussten Sie, wo Sie mich finden? Bringen Sie mich bis Dieppe? Kann ich etwas zu Trinken haben?«

»Das waren schon drei Fragen!«, seufzte Jacques und befahl seinem Fahrer, den Motor zu starten. »Nicht ganz ungefährlich, die Straße wird auch von der Wehrmacht genutzt.«

Martin nahm auf der hinteren Sitzbank Platz. Ein dritter Résistance-Kämpfer reichte ihm eine Wasserflasche, aus der er gierig trank.

»Zu Ihrer zweiten Frage: Wir haben Order, Sie zum Stadtrand von Le Havre zu bringen. Dort erwartet Sie die Krankenschwester Julia Bouchet, die ihren Dienst in Paris antreten wird. Nach den schweren Bombardements der letzten Tage ist nicht mehr viel übrig. Deutsche Schnellboote wurden versenkt oder beschädigt, das Krankenhaus erhielt einen Treffer. Einer unserer Männer, der alte Henri, ist tot. Keine Sorge, Julia geht es gut. Sie will nur noch weg!«, sagte Jacques.

Martin stand der kalte Schweiß auf der Stirn. Nach der ländlichen Idylle in England hatte ihn der Krieg wieder eingeholt.

Kapitel 14

Manchmal mussten sie in einen Waldweg abbiegen, wenn ihnen eine Wehrmachtskolonne entgegen kam. Martin wusste immer noch nicht, ob das Oberkommando der Wehrmacht endlich die 15. Armee in Marsch gesetzt hatte oder es nur Reserven der 7. Armee nördlich der Seine waren.

Der Fahrer startete den Motor erneut und man näherte sich Le Havre, wo Rauchwolken den Himmel verdunkelten. Da hatten die Bomberflotten der Alliierten mal wieder dafür gesorgt, dass die Amerikaner und Engländer nicht nur als Befreier begrüßt wurden.

Die Résistance-Kämpfer im Renault hielten die Schusswaffen fest umklammert, als müssten sie sich den Weg demnächst freischießen. Martin wusste, die nächste Straßensperre der Wehrmacht ist weit näher am Stadtzentrum. Aber auch das konnte sich in den Tagen seiner Abwesenheit geändert haben.

An einem intakten Haus kurz vor Le Havre entdeckte Martin die schmale Silhouette der Frau, die er liebte. Er musste sich gedulden. Die Résistance-Kämpfer sicherten zunächst das Gelände. Erst dann durfte er Julia, die er seit Tagen nicht gesehen hatte, umarmen.

»Du bist unversehrt, Liebste, Gott sei dank!«, murmelte er und küsste sie.

»Ich unterbreche das junge Glück nur ungern«, räusperte sich der Mann, der sich Jacques nannte.

»Kleine Planänderung in zweierlei Hinsicht. Um die Legende glaubhaft zu machen, haben wir Ausweisdokumente gefälscht, die auf Julia Juillard lauten. Ihr seid jetzt ein Ehepaar! Herzlichen Glückwunsch! Die Eheringe sind nur vergoldet, erfüllen aber ihren Zweck, bitte anstecken!«

»Nichts lieber als das«, sagte Martin. Er wusste, was sich gehörte, ging auf ein Knie und machte Julia einen Heiratsantrag.

»Oui, Martin«, flüsterte sie. Dann steckten sie sich gegenseitig die Schmuckstücke an den Ringfinger der linken Hand, obwohl Martin zunächst gezögert hatte. Nach dem Kuss fragte er über die Schulter: »Die zweite Planänderung, Jacques?«

»Wir können euch unmöglich bis Paris bringen, zu gefährlich! Über Schleichwege geht's zum Gare de Rouen. Alles einsteigen, bitte!«

Es wurde langsam eng im Renault. Zwischen die Insassen passte kein Stück Papier. Martin hoffte, dass sie bis Rouen von Kontrollen der französischen Polizei oder Wehrmacht verschont blieben, obwohl er den Fälschungskünsten der Geheimdienste und der Résistance vertraute.

»Im Zug nach Paris überlass mir das Reden, Martin! Du könntest dich mit dem Akzent verraten«, sagte Julia, die nun Madame Juillard war.

»Die Amerikaner haben mich für einen New Yorker gehalten, die Engländer für einen Liverpooler. Woran sollten die Franzosen erkennen, dass ich keiner bin?«, empörte sich Martin.

»Du sprichst vieles zu hart aus, chérie«, entgegnete Julia.

Jacques drehte sich nach hinten, um den sich anbahnenden ersten Ehestreit zu schlichten. »Die Legende, Monsieur Juillard!«

»Meine Mutter war Deutsche, mein Vater Franzose aus Lothringen. Ich wuchs bei meinen Großeltern im Elsass auf, weshalb mein Französisch diese Dialektfärbung hat. Meine Mutter starb an Typhus, mein Vater hat Frankreich 1939 verlassen, lebt in Kanada oder den USA.«

»Sehr schön auswendig gelernt, Martin! Jetzt zufrieden, Madame Juillard?«, fragte Jacques.

Ungeachtet der vielen alliierten Bombardements der letzten Wochen schien das Stadtzentrum von Rouen intakt, ebenso der Bahnhof. Jacques gab einen letzten Hinweis: »An den Treppen zu den Bahnsteigen steht französische Polizei. Sie arbeiten mit Gestapo und SD zusammen, diese Verräter! Eure Dokumente wurden von Profis gemacht, kein Grund zur Nervosität. Lass Julia reden, Martin, sonst stellen die nur dumme Fragen, wo du herkommst. Ich wünsche euch viel Glück!« Jacques und die anderen verschwanden. Wenn man sie hier mit Schusswaffen unter den Jacketts erwischte, würde die französische Polizei sie umgehend verhaften und ausliefern.

Julia erwarb die Tickets und hakte Martin unter. Die Polizei stand nicht unten an der Treppe, sondern oben, bevor man den Bahnsteig betrat. Wie erwartet, wurden sie angehalten.

Der Polizist kontrollierte gewissenhaft die Ausweisdokumente des Ehepaars Juillard.

»Wohin unterwegs?«, blaffte er.

»Zu meiner erkrankten Tante in Paris, um sie zu pflegen und zu unterstützen«, log Julia.

Der Polizist musterte Martin mit hochgezogenen Augenbrauen. »Freistellung für den Arbeitsdienst im Deutschen Reich, Monsieur Juillard?«

Martin kramte in seinen Unterlagen. Zum Glück hatten das OSS und der MI5 auch daran gedacht. So ein junger, kräftiger Mann war entweder in einem Kriegsgefangenenlager der Deutschen, in einem wichtigen Rüstungsbetrieb, zur Zwangsarbeit in Deutschland oder ein Maquisard, der im Untergrund lebte. Juillard war angeblich Kraftfahrer für die Deutschen.

»Sie können weitergehen, Madame und Monsieur! Der Zug fährt in acht Minuten ab!«, sagte der Polizist. Julia und Martin ließen sich nicht anmerken, wie viele Steine von ihnen herunterfielen.

Als sie endlich erleichtert in einem Zugabteil saßen, fragte Martin: »Sag mal, wie viele Tanten hast du eigentlich, Liebste?« Er hatte es nur geflüstert, damit niemand von den Mitreisenden merkte, dass er ein eigentümliches Französisch sprach.

»Meine verstorbene Mutter hatte drei Schwestern. Die älteste wohnte in Caen, konnte fliehen und ist jetzt bei der jüngsten in Marseille. Gerade noch rechtzeitig! Ihr Haus wurde bei Bombenangriffen zerstört. Wir fahren zu der mittleren der drei Schwestern, zu meiner Tante Elise Renard.« Julia packte ein belegtes Baguette aus, teilte es und gab Martin das größere Stück. Er schlang es herunter. Unterwegs hatte es selten etwas zu Beißen gegeben.

Der Zug setzte sich endlich in Bewegung. Alle hofften, der Schienenweg zwischen Rouen und Paris wäre intakt.
Zum Glück kam nur der Schaffner vorbei und keine französische Polizei. Die ruckelige Fahrt dauerte zweieinhalb Stunden, ehe die Lok im Gare du Nord von Paris zischend zum Stehen kam.

Erfreulicherweise gab es auch hier keine Kontrollen, obwohl Martin Polizei und Wehrmacht sah. Wegen ihrer Ketten und metallenen Halsbergen waren sie sofort als Feldgendarmerie erkenntlich. Die waren wahrscheinlich nur hier, um Urlaubsscheine von deutschen Soldaten zu kontrollieren.
»Wenn es dunkel wird und die Ausgangssperre für Franzosen, also auch für dich gilt, kontrollieren die scharf. Jeder ohne Sonderausweis wird verhaftet«, flüsterte Julia Martin zu.
»Ist es weit? Ich bin unendlich müde und für meinen Geschmack in den letzten Tagen zu viel gelaufen«, keuchte Martin.
»Wir können auch mit der Metro fahren, die meisten Linien sind in Betrieb«, antwortete Julia und hakte ihren ›Ehemann‹ unter.

Tante Elise wohnte nicht einmal weit entfernt. Nach drei Stationen konnten sie den U-Bahnhof verlassen. Es würde auch noch eine ganze Weile hell bleiben.
Julia pochte an die Tür des Hauses, welches ihrer Tante gehörte. Sie wohnte im Erdgeschoss und schloss ihre Nichte in die Arme.

»Wie lange haben wir uns nicht gesehen, Julia, Liebes? Bestimmt ein Jahr!«, lärmte Elise.

Julia widersprach nicht. Es war länger her. Während ihres Medizinstudiums 1939 und 1940 hatte sie hier gewohnt, war danach nur noch einmal zu Besuch gewesen.

»Und dieser nette, schweigsame junge Mann? Möchtest du uns nicht vorstellen?«

»Tante Elise – Martin Juillard!«, sagte Julia. »Ich muss dir etwas beichten, Tante. Wir haben heimlich geheiratet, ungeachtet der schwierigen Zeiten!«

»Herzlichen Glückwunsch ihr beiden!« Unversehens sah sich Martin an die Brüste der resoluten Tante gedrückt, sodass er kaum noch Luft bekam. Elise fuchtelte mit einem Finger.

»Kinder aber erst, wenn die Nazis vertrieben sind! Kann nicht mehr lange dauern.« Die Tante zwinkerte verschwörerisch mit einem Auge.

»Dann weißt du genaueres?«, fragte Julia.

»Die Amerikaner haben Cherbourg erobert, allerdings Caen noch nicht. Zum Glück konnte meine Schwester dem Bombenhagel entkommen, dieu merci!« Die Katholikin faltete kurz die Hände zum Gebet.

»Ich habe die Wohnungen über mir vermietet, aber noch zwei Zimmer hier unten frei, die ihr beziehen könnt, bis der Krieg vorbei ist!« Die Tante eilte voraus und zeigte dem jungen Paar, wo es unterkommen und sich frisch machen konnte.

Martin öffnete eine große verglaste Tür und trat hinaus auf einen lichtüberfluteten Balkon.

›Wer weiß, wozu das nochmal gut ist‹, murmelte er. Zudem konnte man hier draußen eine rauchen, falls den Damen der Qualm nicht gefiel.

Nachdem Julia sich gewaschen und umgezogen hatte, konnte er das Bad benutzen, welches sie sich mit der Tante teilen mussten. Martin starrte auf sein bartstoppeliges Ebenbild im Spiegel.

Den Schnurrbart unter der Nase würde er wachsen lassen, aber auch stutzen müssen, damit sein Gesicht nicht zu sehr vom Passbild abwich. Martin zog das Hemd aus, wusch sich und kramte nach neuer Oberbekleidung. Zum Glück hatte Julia auch daran gedacht und etwas Wäsche und zwei Hemden eingepackt.

Tante Elise rief zum Essen. Julia hatte ihr dabei geholfen, den Tisch zu decken.

»Wegen der Rationierung konnte ich mit den Lebensmittelkarten leider nur Fisch, Garnelen und Gemüse bekommen. Es gibt Bouillabaisse, Fischsuppe, lasst es euch schmecken!« Julia füllte Suppe in einen tiefen Teller, schob ihn zu Martin und brach ein Stück Baguette ab.

Er unterdrückte den Wunsch, am Teller zu schnuppern. Gekochter Fisch war noch nie seine Leibspeise gewesen. Der Hunger obsiegte. Nach dem ersten Löffel bemerkte er, wie gut gewürzt die Suppe war und ließ es sich schmecken.

» C'est très bon«, lobte er und Tante Elise strahlte über das ganze Gesicht.

»Darf ich auch erfahren, woher Martin kommt und wie ihr euch kennengelernt habt?«, fragte die Tante.

Das Paar wechselte einen kurzen Blick und Martin tischte die Legende auf, dass seine Mutter eine Deutsche war, sein Vater Franzose, der allerdings auswanderte und irgendwo in Nordamerika lebte. Da er bei der Großmutter im Elsass aufgewachsen war, habe sein Französisch eine deutsche Einfärbung.

»Ist mir auch schon aufgefallen, Martin. Und meine zweite Frage?«

Julia übernahm die Aufgabe, zu antworten. »Wie du weißt, habe ich mein Medizinstudium abgebrochen und bin nach Le Havre gegangen. Martin war dort Chauffeur des Medizinischen Direktors des Krankenhauses. So haben wir uns kennengelernt. Wegen der schweren Bombenangriffe der Alliierten haben wir uns entschlossen, nach Paris überzusiedeln.«

Martin staunte, wie schnell Julia die Legende geschickt ergänzte. »Wir werden sicher auch hier eine Anstellung finden«, fügte sie hinzu.

»Ja, Krankenschwestern und Fahrer werden immer gebraucht. Noch jemand eine Kelle Suppe?«

Martin hielt den Teller hoch und bekam Nachschlag.

»Die Richards oben konnten die Miete nicht bezahlen, der Mann hatte einen Arbeitsunfall und nicht mehr den vollen Lohn. Da haben sie mir zwei Flaschen Weißwein geschenkt. Eine entkorken wir jetzt, um auf euer junges Glück und ein baldiges Ende des Krieges anzustoßen!« Tante Elise holte die Flasche und drei Gläser. Martin mühte sich mit dem Korken ab. Sonst hatten das immer Kellner oder Julia erledigt.

»Santé à toi!«, rief Tante Elise.

Dann huschte sie los, um die Verdunkelungsvorhänge zu schließen. »Hätte ich beinahe vergessen! Die Alliierten greifen auch nachts Rüstungsfabriken an, die für die Deutschen arbeiten!«

Nachdem die Weinflasche geleert war, schmiegte sich Martin an seine Frau.

»Warum schläfst du nicht, Liebster, die Bettschwere müsstest du doch haben?«, flüsterte Julia.

»Ich weiß immer noch nicht, warum Rommel mich auf diese Mission nach England geschickt hat. Ihm musste doch klar sein, dass es ein Himmelfahrtskommando ist«, flüsterte Martin.

»Betrachte es mal anders. Gerade weil Rommel dich schätzt, wollte er dein Leben retten! Er hat einen erfahrenen Piloten beauftragt, dich in Sicherheit zu bringen. Natürlich gab es das Restrisiko, dass die englischen Jäger euch abschießen, was aber nicht passierte! Ich gehe sogar noch einen Schritt weiter.« Julia hauchte ihm einen Kuss auf die Wange. Martin wünschte sich, beflügelt vom Wein, mehr.

»Rommel weiß von den Plänen, Hitler zu beseitigen! Für die Verhandlungen mit den Alliierten brauchen sie jemand mit einem guten Draht zu den Geheimdiensten.«

»Das ist Spekulation, Liebste! Danke, dass du mich auf andere Gedanken gebracht hast. Ich sehe jetzt den Befehl etwas anders. Rommel gehört nicht zum Kreis der Verschwörer um Olbricht und die Brüder Stauffenberg. Er wünscht ein Ende des Krieges, aber keinen Tyrannenmord«, flüsterte Martin. Wollte er vorhin nicht noch mit Julia …? Der Schlaf übermannte ihn.

Morgens um sieben Uhr wurden sie unsanft geweckt. »Draußen vor der Tür steht ein schneidiger Offizier der Wehrmacht mittleren Alters, der dich zu sprechen wünscht«, polterte Tante Elise.

Ihre Aufregung war verständlich. Woher sollte die Wehrmacht wissen, dass ein junges französisches Paar hier gestern eingezogen war? Und was wollte man von Martin Juillard?

Ihn verhaften? Dafür hatte der Offizier nicht genug Leute bei sich. Unten an der Straße stand neben einem schwarzen Benz nur ein Soldat.

»Keine Sorge, Tante Elise! Ich habe mich beworben und soll womöglich für die Besatzer arbeiten, ob es mir nun passt oder nicht«, reagierte Martin.

Er schlurfte selbst zur Tür und öffnete Caesar von Hofacker, einem Luftwaffenoffizier der Reserve, der sich in den Stab des Militärbefehlshabers von Frankreich, Carl-Heinrich von Stülpnagel, hatte versetzen lassen.

Beide mussten sie so tun, als kannten sie sich nicht. Während seiner Dienstreisen nach Berlin war von Hofacker im vergangenen Jahr auch Teilnehmer der Besprechung in Berlin-Nikolassee gewesen und Martin Behrens begegnet.

»Sie wünschen, Herr Oberstleutnant?«, fragte Martin auf Deutsch.

»Sie wurden mir als zuverlässiger Fahrer empfohlen, Monsieur Juillard!«, sagte von Hofacker, der mit seiner imposanten Gestalt Eindruck auf die beiden Frauen im Korridor machte.

»Alles weitere können wir bei einem Frühstück im Hotel Raphael besprechen. Ich nehme an, Sie haben noch nicht gefrühstückt?« Von Hofacker lächelte in die Runde.

Martin zog ein Jackett über und die Schuhe an. »Bin in wenigen Stunden zurück, Tante Elise, Julia!«, rief er über die Schulter.

Bevor sie das Auto erreichten, flüsterte von Hofacker Martin zu: »Mein Fahrer Karl bekommt Heimaturlaub, weil sein Vater in Niedersachsen bei einem Bombenangriff getötet wurde und die Erbschaft geregelt werden muss. Ich habe es so arrangiert, dass du für die nächste Zeit mein Chauffeur wirst und Kurier des Militärbefehlshabers von Frankreich. Alles klar? Dann los!«

»Geht das so einfach, dass ein Zivilist Fahrer eines Oberstleutnants sein kann?«, fragte Martin misstrauisch.

»Strenggenommen bin ich Reserveoffizier, stelle mich hier nur als Stabsoffizier zur Verfügung. Bei den Generalfeldmarschällen und Generälen ist natürlich immer ein Unteroffizier oder sogar Offizier der Chauffeur«, sagte von Hofacker.

»Du kannst dich schon mal mit dem Wagen vertraut machen«, sagte Karl und rückte ins zweite Glied, sprich die Rücksitzbank. Von Hofacker nahm auf dem Beifahrersitz Platz.

Martin war in Frankreich weite Strecken mit einem Horch und zuletzt einem US-Jeep gefahren. Da sollte ein Mercedes kein Problem sein.

»Ich bin ein Landei, kenne mich hier kaum aus, wäre hilfreich, wenn Sie mir sagen, wo ich langfahren muss, Herr
Oberstleutnant!« Martin war zum ›Sie‹ gewechselt, weil er
nicht wusste, inwieweit Karl eingeweiht war.
»Natürlich, Herr Juillard, zunächst dort entlang zum Gare
du Nord!«
Dort angekommen, wurde Karl Werner verabschiedet. Er
winkte noch einmal, obwohl der Anlass der Heimreise
kein Grund zur Freude war.

»Endlich können wir Klartext reden, Caesar«, sagte Martin
und startete den Motor erneut. »Ich nehme mal an, Karl
war nicht eingeweiht?«
»Nein, zu den konspirativen Treffen bin ich immer zu Fuß
gegangen, auch wenn es manchmal umständlich war. Gelegentlich habe ich mich umgezogen und bin in Zivil
Metro gefahren. Warum das notwendig ist, erzähle ich dir
noch beim versprochenen Frühstück. Zunächst nach Süden bis zum Zentrum. Am Arc de Triomphe sage ich dir,
wo du abbiegen musst«, sagte Caesar von Hofacker.

Obwohl fast nur Wehrmacht, vereinzelt Taxis und Ein-
satzfahrzeuge der Notfalldienste unterwegs waren, dauerte
es geraume Zeit, bis man die beeindruckende Front des
Hotels Majestic in Saint Germain erreichte. Martin fand
eine Lücke und parkte den Wagen rückwärts ein.
Hier residierten wichtige Befehlshaber in Frankreich, darunter Carl-Heinrich von Stülpnagel. Außer Erwin Rommel – das Schloss La Roche-Guyon kannte Martin bestens.
Hier im Majestic war er auch schon gewesen, von Le Havre kommend.

Caesar von Hofacker hatte einen Tisch für ein verspätetes Frühstück im gegenüberliegenden Hotel Raphael reserviert. Es geschah nicht nur zum Schutz von Martin, weil ihn jemand im Majestic erkennen konnte. Hier speisten die Offiziere der Wehrmacht des Öfteren.

Obwohl Martin bei Julia auch nicht darben musste, staunte er nicht schlecht. Nebst Rührei mit Trüffeln gab es hier auch Lachs auf Toast, Croissants, Konfitüre, Butter – einfach alles. Tante Elise war froh, wenn sie auf ihre Lebensmittelkarten Fisch und Gemüse bekam.

»Wichtigste Frage: Wie steht es an der Front? Die zweite Frage kannst du dir denken. Jedes Zaudern kommt dem Gegner zugute«, zischte Martin über den Tisch.

»Die Amerikaner haben Cherbourg eingenommen. Die Waffen-SS hält Caen, das allerdings nur noch ein Trümmerhaufen ist. Die zweite Frage kann ich nicht beantworten. Hier kann jeder für den SD arbeiten.« Caesar von Hofacker hatte die Stimme weiter gesenkt, da sich ihnen ein Kellner näherte, der Kaffee nachschenkte, was von Martin gern angenommen wurde.

Der Gastgeber schob ein kleines Stück Papier über den Tisch, nachdem der Kellner verschwunden war.

»Ich habe meine Fühler überallhin ausgestreckt, auch in Richtungen, die einigen nicht gefallen werden«, sagte der Offizier, ohne konkret zu werden.

Martin konnte nur ahnen, dass von Hofacker und Claus Schenk Graf von Stauffenberg zu den Verschwörern gehörten, die gern alle politischen Kräfte einbinden wollten, darunter auch Sozialdemokraten und Kommunisten.

Andere wiederum wollten nur einen Militärputsch, um Hitler auszuschalten und den Krieg zu beenden. Aber was kam danach?

Martin verstand jetzt, dass die jüngeren Offiziere viel weiter in die Zukunft dachten. Ein demokratisches Deutschland mit Wahlen?

»Und was ist mit der Idee von Rommel, die Alliierten in eine Mausefalle zu locken?«, fragte Martin und butterte ein Toast, um es mit Schinken zu belegen.

»Die vorgesehenen Panzerverbände wurden schon beim Anmarsch durch Luftangriffe dezimiert und gestoppt. Weißt du, was das Problem ist, Martin?«, fragte von Hofacker.

Martin ahnte es, ließ aber den Oberstleutnant reden.

»Hitler, Keitel und Jodl beugen sich über einen Kartentisch. Da ist eine Panzerdivision, dort eine Infanteriedivision. Die müssten doch einen Gegenschlag führen können!«

»Im Feld haben die nur noch Regimentsstärke«, vollendete Martin den Satz.

»Ich sehe, du bist noch im Bilde. Von einem Hauptmann der Abwehr hätte ich nichts anderes erwartet«, sagte von Hofacker.

»Excusez-moi, Martin Juillard, Zivilist aus dem Elsass, Herr Oberstleutnant!« Er grinste über den Tisch. »Übrigens muss ich Material an die Engländer und Amerikaner liefern, nur deshalb haben die mich laufen lassen.«

»Steht alles auf dem Zettel. Nach dem Lesen verbrennen. Hat es geschmeckt?«

»Vortrefflich! Komme gern wieder!«, sagte Martin, tupfte den Mund mit einer Serviette ab und stand auf. »Vielen Dank für das Frühstück und die Anstellung bei Ihnen!« Nicht nur der Kellner, auch ein SS-Offizier liefen gerade vorbei.

Martin trat hinaus ins gleißende Sonnenlicht eines Sommertages in Paris. Der Krieg war nicht mehr zu gewinnen, so viel war klar. Leider hatte er nicht die Antwort darauf erhalten, wie weit die Verschwörer waren. Jeder Tag kostete Menschenleben!
Im Schatten eines Gebüsches stand eine Parkbank. Martin fand endlich Gelegenheit, den mehrfach gefalteten Zettel zu lesen. Er prägte sich alles ein. Bevor er das Papier mittels eines Benzinfeuerzeugs entzündete, schaute er sich vorsichtig nach allen Richtungen um. Undercover tätig zu sein lag ihm nicht, aber er würde sich daran gewöhnen müssen. Die Asche verstreute Martin in einem Abfallbehälter, der neben der Bank stand.

Dann rekapitulierte er das Gelesene. Jeden Morgen sollte er mit der Metro anreisen, um von Hofacker als Chauffeur zur Verfügung zu stehen oder als Kurierfahrer für den Militärbefehlshaber in Frankreich, von Stülpnagel. Das war nachvollziehbar. So ein schwarzer Mercedes Benz hätte vor dem Haus von Tante Elise nur Aufsehen erregt.
As nächstes sollte er eine stillgelegte U-Bahn-Station aufsuchen, die allerdings mehr als einen Kilometer entfernt war. Martin schwitzte in der Sommersonne und erinnerte sich an seinen Fußmarsch oben im Norden, bevor die Résistance ihn aufgegriffen hatte.

Die Treppe nach unten war mit Flatterband abgesperrt. Er sah nirgendwo einen Polizisten. Martin konnte nur hoffen, dass niemand von der französischen Polizei oder Gestapo irgendwo mit einem Feldstecher saß und ihn beobachtete. Er sah sich wie vorhin nach allen Seiten um und schlüpfte rasch unter dem Absperrband hindurch. In gebückter Haltung hastete er die Stufen nach unten.

Martin versuchte sich an den Text auf dem Zettel zu erinnern. Musste er jetzt nach links oder rechts? Links gähnte ein verlassener, langer Bahnsteig. Folglich entschied er sich für rechts.

Dazu musste er ins Gleisbett springen und im Halbdunkel weiterlaufen. Je weiter er ging, umso finsterer wurde es. Es drang kaum noch Helligkeit von der Station hierher. Martin wünschte sich eine Taschenlampe, als er stolperte. Nach zweihundert Metern wurde er geblendet. Er kannte das schon von der Kanalisation in Le Havre. Gleich würde ein Résistance-Kämpfer auftauchen, ihm eine Pistole an die Schläfe halten und fragen, was er hier sucht.

Genau das geschah nicht. Der Mann – zumindest hielt Martin ihn für einen – senkte die Taschenlampe und machte eine eindeutige Handbewegung, ihm zu folgen. Nach wenigen Metern öffnete der Wächter eine Metalltür und schob Martin in einen Wartungsraum.

»Hauptmann Behrens alias Martin Juillard!«, sagte eine Frauenstimme. Martin musste sich erst an die Lichtverhältnisse gewöhnen. Die junge Frau trug eine schwarze Wollhose und einen dunklen Pullover. Oben mochte es zwar Sommer sein, hier unten war es empfindlich kühl.

»Nehmen Sie Platz! Ich habe schon viel von Ihnen gehört. Ich bin Pauline!«

Die junge Frau, die Martin mit ihren dunklen Locken und braunen Augen an die Comtesse La Rochefoucault erinnerte, setzte sich wieder.

»Nehmen Sie mir es nicht übel, Mademoiselle, dass ich überrascht bin. Eine Frau Chefin der Pariser Résistance?«, fragte Martin.

»Natürlich nicht. Den Chef werden Sie aus Sicherheitsgründen nie kennenlernen. Ich bin nur die Beauftragte für die Zusammenarbeit mit Offizieren der Wehrmacht, die Hitler beseitigen und den Krieg beenden wollen. Sie sind mein Verbindungsmann zu Caesar von Hofacker. Heute ging es nur darum, wie Sie bei Bedarf Verbindung zu mir herstellen können. Falls ich mal nicht in diesem Raum bin, hinterlassen Sie eine Nachricht, die Pierre überbringen wird.« Pauline nickte dem Mann zu, der Martin mit einer Taschenlampe geblendet hatte.

»Es gibt keine andere Möglichkeit, mit Ihnen in Verbindung zu treten, als in dieser Metrostation?«, fragte Martin. »Ich frage nur, falls es mal schnell gehen muss.«

Die Frau, die sich Pauline nannte, schüttelte die braune Lockenmähne. »Sie spielen darauf an, dass es in Le Havre über ein Krankenhaus lief. Wir arbeiten daran. Ihrer Frau Julia beschaffen wir als Sympathisantin der Résistance eine Anstellung im Hospital de la Croix. Wenn die Verbindung aufgebaut und getestet wurde, können Sie auch Julia eine mündliche Botschaft mitgeben. Das wird in den nächsten Tagen passieren und Sie erhalten auf geeignetem Wege Bescheid, Monsieur Juillard – Martin!«

»Vielen Dank, Pauline! Gibt es noch etwas, das ich wissen muss?«, fragte Martin nach.

»Dass der Oberbefehlshaber West Gerd von Rundstedt abgezogen und dafür durch Hans-Günther von Kluge ersetzt wird, hat Ihnen Caesar von Hofacker bereits mitgeteilt, nehme ich an?« Pauline zog eine Augenbraue nach oben.

»Vermutlich deshalb noch nicht, weil es erst in den nächsten Tagen wirksam wird und für meine Tätigkeit nicht relevant ist«, antwortete Martin.

»Gut gekontert, Martin! Tatsächlich wird es erst übermorgen offiziell. Den beliebten Rommel wollte Hitler nicht opfern, so traf es von Rundstedt«, sagte Pauline. »Ich muss Ihnen nicht sagen, dass Sie oben an der Treppe zunächst Ausschau halten nach Zivilisten, die nicht aussehen, wie normale Einwohner? Wir wittern inzwischen Gestapobeamte eine Meile gegen den Wind. Au revoir, Martin, alles Gute!«

Pauline winkte dem Mann mit der Taschenlampe, der unter der Jacke sicher auch eine Waffe trug, er möge Martin zum Bahnsteig geleiten.

›Ich hätte fragen sollen, von welcher Metrostation aus ich am schnellsten zur Wohnung von Tante Elise gelange‹, fluchte er leise. Martin spähte über die Mauer am Ende der Treppe. Ein Café hatte geöffnet.

Auf dem Trottoir saß ein Mann im Sommermantel, der in die Lektüre einer Zeitung vertieft zu sein schien. Der konnte von der Gestapo sein, aber auch nur ein harmloser Bürger.

Martin wartete den Moment ab, als der Mann über den Zeitungsrand hinweg in eine andere Richtung starrte und schlüpfte behände unter dem Absperrband hindurch. Eine ältere Frau hatte ihn gesehen, aber sie hielt den Kopf gesenkt. Eine Spionin der Résistance, um ihn zu überwachen? Vermutlich sah er schon Gespenster!

»Entschuldigen Sie Madame, ich bin neu in der Stadt. Wie komme ich zur nächsten Metrostation und von da nach Chapelle?« Aus Sicherheitsgründen nannte er nicht den genauen Zielort.

»Aus Lothringen oder dem Elsass?«, fragte die alte Dame. »Ich höre aber auch einen Zungenschlag aus dem Norden heraus.«

»Woher wissen Sie das, Madame?«

»Mein Vater kam auch daher, Gott sei seiner Seele gnädig! Chatelet ist nur zehn Gehminuten entfernt, von da sechs Stationen!«

»Vielen Dank, Madame!«

Natürlich wollte Martin nicht nach Chapelle, sondern viel weiter südlich davon. Täuschungen würden von nun an zum Tagesgeschäft gehören.

Über Umwegen gelangte er zur Wohnung von Tante Elise, wo ihn eine aufgeregte Julia empfing.

»Stell dir vor, vorhin war eine Oberschwester vom Hospital de la Croix hier. Ich soll morgen zum Vorstellungsgespräch bei Dr. Chevalier erscheinen!« Sie hauchte Martin einen Kuss auf die Wange. Da sie verheiratet waren, drehte er schnell den Kopf und es trafen sich auch ihre Lippen. Fast war Martin geneigt, abzuwinken und zu sagen, das wisse er schon.

Das würde nur neue Fragen aufwerfen, wie: ›Wer ist diese Pauline? Warum triffst du dich mit ihr? Ist sie hübsch?‹

»Wie war dein Tag so gewesen, chérie?«

»Nichts besonderes. Ich hatte ein hervorragendes Frühstück im Hotel Raphael in Saint Germain, bin Metro gefahren und den Rest gelaufen. Ab morgen bin ich offiziell Chauffeur von Oberstleutnant von Hofacker und Kurierfahrer des Militärbefehlshabers von Stülpnagel!«

Kapitel 15

Heinrich Wessel klopfte auf den Schreibtisch und verglich zum wiederholten Mal das verschwommene Foto mit dem des vermissten Hauptmann Behrens.
Ein verdeckter Ermittler hatte es in Chatelet aufgenommen. Leider hatte der Gestapo-Mann in einem Café gesessen, war zu weit weg und hatte, um nicht aufzufallen, kein Teleobjektiv benutzt.

Um sich abzulenken, betrachtete Wessel die anderen Fotos auf dem Schreibtisch. Sie standen dank der Rahmen und der Pappstützen leicht geneigt aufrecht. Rechts seine Frau Katharina. Die Ehe war bisher kinderlos geblieben. Links, also näher zu ihm, sein Cousin Horst Wessel. Ein Märtyrer der nationalsozialistischen Bewegung, der 1930 in Berlin ermordet worden war. Das ›Horst-Wessel-Lied‹ war zur zweiten Nationalhymne im Dritten Reich geworden.

Zurück zum Vorgang ›Martin Behrens‹. Vernehmungen im Schloss La Roche-Guyon hatten ergeben, dass Rommel den Abwehroffizier, der von der 15. Armee abkommandiert war, zu einem Feldflugplatz geschickt hatte. Dort war Behrens in einen Fieseler Storch gestiegen und mit dem Piloten Oberleutnant Hartmann von einem Aufklärungsflug nicht zurückgekehrt.
Der Mann, der zur U-Bahn hastete, trug eine flache Mütze und die Alltagskleidung eines französischen Arbeiters.

Eine gewisse Ähnlichkeit mit Hauptmann Behrens war nicht zu leugnen. Zwei Dinge musste Wessel herausfinden und beweisen. Genau das machte ihm Sorgen.

Falls das unscharfe Foto tatsächlich Behrens zeigte, dann hielt er sich mit neuer Identität in Paris auf und war Doppelagent. Die zweite Annahme bereitete dem Gestapo-Beamten noch mehr Kopfzerbrechen.

Womöglich hatte Rommel die beiden Offiziere als Unterhändler nach England geschickt! Seit Wochen kursierten bei der Gestapo und dem SD Gerüchte, ein Umsturzversuch sei geplant, man wolle Hitler entmachten und den Krieg vorerst nur im Westen beenden.

Bisher hatte man nur wenige Namen, meist Vermutungen, dass national-konservative, bürgerliche Kreise mit Offizieren der Wehrmacht zusammen arbeiteten. Hier stand der ehemalige Leipziger Oberbürgermeister Carl Goerdeler auf der Liste. Der hatte zwar gegen die Judenverfolgung protestiert und war vor dem Krieg nach England gereist. Das reichte natürlich nicht für eine Anklage. Bei den Offizieren tappte man im Dunkeln. Wenn man nachweisen konnte, dass Generalfeldmarschall Rommel davon wusste, ja sogar Kontakt zum Feind suchte … Heinrich Wessel mochte sich nicht vorstellen, wie steil es dann die Karriereleiter nach oben ging.

Er stand auf, umrundete den Schreibtisch, huschte über den Gang und trat ohne anzuklopfen in das gegenüberliegende Zimmer ein.

»Martens! Unser Ermittler Rudolph hat in der Nähe einer
U-Bahn-Station dieses Foto aufgenommen. Er glaubt, es
handele sich um den vermissten Hauptmann Behrens, der
jetzt unter neuer Identität in Paris lebt. Suchen Sie ihn und
finden Sie heraus, was der jetzt macht! Rudolph wird Sie
unterstützen!«

»Jawohl, Herr Kriminalrat! Heil Hitler!« Kriminalinspektor
Martens hatte sich erhoben und den rechten Arm ausgestreckt. Was für eine Aufgabe! Auch wenn nicht mehr alle
Metro-Linien in Betrieb waren, gab es pro Tag zehntau-
sende Fahrgäste. Da einen verkleideten ehemaligen
Hauptmann der Wehrmacht herauszupicken glich der berüchtigten Suche einer Nadel im Heuhaufen. Man musste
anders herangehen. Martens hatte auch schon einen Plan.

Im Nachhinein betrachtet war die Einladung von
Hofackers zum Frühstück im Hotel Raphael leichtsinnig
gewesen. Martin hoffte, von Stauffenberg, Olbricht und
die anderen Verschwörer würden vorsichtiger agieren. Wie
leicht hätte ihn ein Unteroffizier erkennen können, auch
wenn er einen Dreitagebart, Zivil und eine Baskenmütze
trug.
Martin nahm sich vor, noch konspirativer zu Werke zu gehen. Dazu gehörte auch, sich in einer Metrostation hinter
einer gefliesten Säule zu verstecken und erst den über-
nächsten Zug zu nehmen. Hinter der Säule hervor und
schnellen Schrittes durch die geöffneten Türen, kurz bevor diese verschlossen wurden.

Caesar von Hofacker hatte sich auch Gedanken gemacht und überreichte Martin am nächsten Morgen ein Bündel.

»Hinter das übernächste Gebäude und dann umziehen! Das ist eine Chauffeuruniform in Marineblau mit Mütze«, erklärte er, bevor Martin fragen konnte.

Als er sich umgezogen hatte, schaute Martin in den linken Außenspiegel des Benz. Leider sah er nur sein Gesicht mit einer Art Kapitänsmütze. Für ihn wirkte es wie eine Karnevalsverkleidung.

»Steht dir außerordentlich gut, Martin«, lachte von Hofacker.

»Darf ich auch fragen, wohin es heute geht, Herr Oberstleutnant?« Martin, der jetzt Juillard hieß, legte die flache rechte Hand an den Mützenschirm.

»Natürlich, Monsieur Juillard! Zu General Hans Speidel!«, rief von Hofacker.

»La Roche-Guyon? Ist das nicht zu gefährlich, weil mich da zu viele kennen?«, fragte Martin erstaunt.

»Natürlich nicht! Wir treffen uns auf halbem Wege in Aubergenville, streng vertraulich, versteht sich«, sagte Caesar von Hofacker.

Eine Frage drängte sich auf. »Weiß Speidel Bescheid, dass ich …?«

»Aus Sicherheitsgründen natürlich nicht. Er glaubt, du sitzt in England in Kriegsgefangenschaft. Das Auto zweihundert Meter vorher parken, den Rest laufe ich. Dass es um die Umsetzung der ›Operation Walküre‹ in Frankreich geht, muss ich dir nicht erläutern! Alles klar?«

Martin nickte und fuhr weiter. Nach kurzer Fahrt war man am Rand der Kleinstadt Aubergenville.

Wie angewiesen, parkte Martin den Benz hinter Sträuchern. Caesar von Hofacker lief los. Martin konnte nicht anders. Er musste am Buschwerk vorbeispähen. Es war tatsächlich Speidel, den er anfangs nicht gemocht, dann immer besser kennengelernt hatte. Zuletzt war er ihm als väterlicher Freund erschienen, hatte den Erkundungsflug nach England nicht verhindern können.

Nach zwanzigminütiger Besprechung kam von Hofacker zum Wagen zurück und nahm sofort hinten Platz. »Zurück nach Paris Saint-Germain, Monsieur Juillard!«
»Wie Sie wünschen, Herr Oberstleutnant!«, sagte Martin und schnitt eine Grimasse, die von Hofacker im Rückspiegel sehen konnte. »Ist die Frage gestattet, ob Sie auch den Fuchs aus seinem Bau locken konnten?«
»Dem Chauffeur Martin Juillard würde ich mitteilen ›Geht Sie nichts an‹, Hauptmann Behrens sage ich, er ist sich unschlüssig, welche Rolle er in einem neuen Deutschland einnehmen soll«, seufzte von Hofacker.

So ging es in den nächsten Tagen weiter. Mal hatte Martin frei, weil von Hofacker in Berlin weilte, um sich mit von Stauffenberg, Olbricht und Beck zu treffen. Dann wurde er telefonisch wieder zum Hotel Majestic bestellt, wo er sorgfältig darauf achtete, nicht in das Blickfeld von Offizieren oder Unteroffizieren der Wehrmacht zu geraten, die ihn als Hauptmann Behrens kannten.

Am 17. Juli 1944 hatte Generalfeldmarschall Erwin Rommel das 1. SS-Panzerkorps ›Leibstandarte Adolf Hitler‹ besucht. Der Kommandeur, Sepp Dietrich, deutete auf den blauen Himmel.

»Sollen wir Ihnen nicht lieber ein unauffälligeres Fahrzeug zur Verfügung stellen, Herr Generalfeldmarschall? Bei diesem Wetter sind wieder die Jäger der Tommys und Amis unterwegs!«

»Vielen Dank, Herr Oberstgruppenführer! Wenn es nötig sein sollte, verstecken wir uns unter Bäumen und werfen uns in den Straßengraben«, sagte Rommel und stieg in den schwarzen Benz.

Bei der Ortschaft Sainte-Foy-de-Montgommery wurden sie von zwei Tieffliegern der Royal Air Force überholt. Rommel wies seinen Fahrer an, zu beschleunigen und rechts ran zu fahren. Das erste Jagdflugzeug beschrieb in einem atemberaubenden Manöver eine schnelle Kurve und griff mit den Bordwaffen von vorn an.

Der linke Arm des Chauffeurs wurde von einer 20-Millimeter-Kanone zerfetzt. Führerlos schlingerte der Benz dem Straßengraben entgegen und überschlug sich. Erwin Rommel wurde aus dem Wagen geschleudert, landete auf der Straße, erlitt einen mehrfachen Schädelbruch und weitere Verletzungen, lebte aber noch. Der Fahrer war tot. Der Ordonnanzoffizier war wie Rommel verletzt.

Es dauerte eine Weile, bis eine Patrouille der Wehrmacht das Fahrzeug im Straßengraben entdeckte. Rommel und der Offizier auf der Rücksitzbank wurden umgehend in ein Militärlazarett in Nordfrankreich gebracht.

Martin war wieder einmal zu spät am Hotel Majestic erschienen, weil er aus Gründen der Konspiration Deckung hinter Säulen oder Kiosken in den Metro-Stationen suchte. Vielleicht litt er auch schon unter Verfolgungswahn. Jedes Mal, wenn ein Mann mit Hut und Sommermantel auftauchte, vermutete er einen Ermittler der Gestapo.

In einem Versteck schlüpfte er in die Chauffeuruniform und wartete auf Caesar von Hofacker.
Das ernste Gesicht des Oberstleutnants ließ nichts Gutes vermuten. »Vor wenigen Tagen sprachen wir noch über die Zukunft Deutschlands nach Hitler und jetzt das!«
»Soll das heißen, Rommel ist tot?«, fragte Martin ungläubig.
»Nein, nach einem Tieffliegerangriff schwer verletzt. Er greift in diesen Krieg nicht mehr ein. Egal, ob der Pilot wusste, wer im Wagen saß. Rommel ist außer Gefecht gesetzt.«

Martin nahm die Schirmmütze ab, obwohl sein ehemaliger Befehlshaber noch lebte.
»Kopf hoch, Martin«, sagte von Hofacker. »Das ist zwar ein Verlust, den die Wehrmacht nicht ersetzen kann, aber Claus bekommt in drei Tagen eine neue Chance, den Krieg zu stoppen! Er wird zur ›Wolfsschanze‹ in Ostpreußen fliegen und als Stabschef des Ersatzheeres Bericht erstatten. Diesmal muss es klappen, sonst geht der Krieg endlos weiter!« Caesar von Hofacker gab sich optimistisch. Martin war Realist.

Wenn es schiefging, würden Gestapo und SD gnadenlos jeden verhaften, der davon wusste. Und die Rädelsführer an eine Wand stellen.

»Wo geht es heute hin, Caesar?«, fragte Martin. Es musste irgendwie weitergehen.

»Nirgendwohin! Du schleichst dich ohne diese auffällige Uniform zu einem Lieferanteneingang und dann über die Treppen nach oben zu den Diensträumen von Stülpnagels. Verkleide dich als Kellner oder Klempner. Niemand wird vermuten, dass du der ehemalige Hauptmann Behrens bist. Die höheren Dienstgrade gehören ohnehin zu den Verschwörern. Gefährlich sind Unteroffiziere, Soldaten und Angestellte!«, sagte von Hofacker. »Bis bald!«

Martin überlegte, wo er auf die Schnelle eine Verkleidung herbekommen sollte. Im Gang zur Hotelküche einem Kellner auflauern, ihn niederschlagen und die weiße Jacke anziehen?

Kam nicht infrage! Am wenigsten auffällig wäre eine Wehrmachtsuniform. Dann würde er Hauptmann Behrens zu ähnlich sehen und irgendein Angestellter es erkennen.

Das Hotel diente nicht nur als Befehlsstand des Militärbefehlshabers von Frankreich, sondern auch Offizieren und zivilen Beamten als Unterkunft, die zwischen Berlin und Paris dienstlich unterwegs waren.

Martin schlich um das Hauptgebäude und fand den Lieferanteneingang. Er benutzte eine der hinteren Treppen. Ein Zimmermädchen tauchte wie aus dem Nichts auf und sprach ihn auf Französisch an.

»Ich bin der Chauffeur des Verbindungsmannes der französischen Wirtschaft zur deutschen Wehrmacht, Mademoiselle. Ich habe eine dringende Nachricht für ihn, weiß aber die Zimmernummer nicht mehr. 201, 211?«, fragte Martin auf gut Glück.

»Ah, Sie meinen Monsieur Margeaux, Zimmer 221! Ich führe Sie hin und klopfe! – Monsieur Margeaux, Ihr Chauffeur hat eine dringende Nachricht für Sie!«

Das Zimmermädchen deutete einen Knicks an und lief zurück zu ihrer Arbeit.

Zum Glück für Martin brauchte der Mann einige Zeit, bis er die Tür öffnete. Sein Heim lag womöglich weit außerhalb von Paris, sonst hätte er hier kein Zimmer bezogen.

»Mein Chauffeur hat frei, wer sind Sie …?« Martin drängte den überraschten Franzosen beiseite, schloss die Tür mit einem Hackentritt und überwältigte den Wirtschaftsfachmann, bevor der einen Mucks sagen konnte. Margeaux wollte schreien, aber Martin stopfte ihm ein Taschentuch als Knebel in den Mund und fesselte den am Boden Liegenden.

Anschließend durchkämmte er den Kleiderschrank. Margeaux war zwar älter, hatte aber eine ähnliche Statur. Martin legte die Uniform ab und griff nach einem grauen Anzug und einem weißen Hemd.

»Hören Sie zu, Monsieur Margeaux! Ich schlüpfe für heute Abend in Ihre Identität. In ein paar Stunden komme ich wieder und befreie Sie!« Martin zog die Schusswaffe aus dem Hosenbund.

»Falls Sie anschließend Polizei, Gestapo oder sonstwen alarmieren, sind Sie ein toter Mann! Ich finde Sie, selbst wenn Sie ausgecheckt haben. Avez-vous compris?«

Der am Boden liegende Franzose nickte eifrig.

»Beschwerden sind an die Wehrmacht zu richten. Wahrscheinlich hätten wir das auch einfacher haben können«, murmelte Martin, der inzwischen den grauen Anzug angezogen hatte und dabei war, die Krawatte zu binden. Dann griff er nach einem Hut an einem Garderobenhaken und grüßte. »A bientôt, monsieur!«

Mit dem ins Gesicht gezogenen Hut hätte ihn nicht einmal das junge Zimmermädchen wiedererkannt – hoffte er. Selbstbewusst schritt er über den dämpfenden Teppichboden. Er war ja jetzt der Beauftragte der französischen Wirtschaft, der sich beim deutschen Militärbefehlshaber beschweren und sich alle Optionen im Fall eines sich abzeichnenden Sieges der Alliierten offenhalten wollte. Bisher war er nur am fünften Juni im Konferenzsaal gewesen, wo er den Anruf entgegennahm, dass die Engländer eine Radarstation angriffen.

Martin erkannte den Befehlsstand von Stülpnagels daran, dass der Flur bewacht wurde. Als sich ein Zivilist näherte, war das für die zwei Soldaten und den Oberfeldwebel noch kein Grund, sich von den Stühlen zu erheben.

»Ausweis, Monsieur!«, knurrte der Unteroffizier gelangweilt.

»Entschuldigen Sie, ich habe meine Kleidung gewechselt und den Ausweis auf meinem Zimmer 221 vergessen. Wir sollten die Herren Offiziere doch nicht warten lassen!«,

sagte Martin. »Melden Sie Bruno Margeaux. Die Herren von Stülpnagel und von Hofacker erwarten mich, danke!« Der Oberfeldwebel wollte keinen Ärger und klopfte an. Durch den Türspalt meldete er: »Ein Monsieur Margeaux wünscht Sie zu sprechen, Herr General!«
»Soll eintreten! Danke, Oberfeldwebel Büttner, wegtreten!«

Als die Tür wieder geschlossen war, klopfte sich Caesar von Hofacker auf die Schenkel. General von Stülpnagel blieb das Lachen im Halse stecken.
»Was haben Sie mit Bruno Margeaux gemacht, Behrens? Lebt er noch?«
»Natürlich, nach der Unterredung mit Ihnen befreie ich ihn wieder. Ich habe ihm eine Waffe gezeigt und darauf hingewiesen, dass es für das Wohlergehen seiner Familie am besten sei, den Zwischenfall zu verschweigen!«, sagte Martin. Er nahm erst Platz, als der General eine einladende Handbewegung machte.

Caesar von Hofacker wollte Wein einschenken, aber Martin hob die Hand über das Glas. »Ich muss noch zurück zu Tante Elise und Julia im Nordosten«, sagte er.
»So spät abends fährt die Metro nicht mehr! Sowohl der General als auch ich haben jede Möglichkeit, dich hier unterzubringen!«, widersprach von Hofacker. »Und was den echten Monsieur Margeaux betrifft – den befreien wir gemeinsam. Macht mehr Eindruck, wenn er eine Offiziersuniform der Wehrmacht sieht!«

»Zur militärischen Lage, meine Herren!«, sagte von Stülpnagel ernst. »Noch halten unsere Stellungen in der Normandie, auch wenn Caen nach wochenlangen Kämpfen gefallen ist! Die Amerikaner werden weiter nach Westen vorstoßen und unsere U-Boot-Bunker am Atlantik angreifen. Die Engländer und Kanadier, verstärkt durch US-Truppen, werden im Orne-Tal vorstoßen. Wir befürchten für den nächsten Monat den Zusammenbruch der Front. Im Osten wurde die Heeresgruppe Mitte von den Russen überrannt. Umso wichtiger erscheint mir, dass umgehend gehandelt wird!«, sagte von Stülpnagel mit Nachdruck. »Wie ist der Stand der Dinge in Berlin, Caesar?«

»Am zwanzigsten des Monats ist Claus im Führerhauptquartier ›Wolfsschanze‹ in Ostpreußen. Bisher wollten wir gleich mehrere führende Vertreter des Regimes ausschalten. Am 20. Juli wird Claus die Sprengsätze scharf machen, unabhängig davon, ob der Reichsführer SS, Himmler, zugegen ist, oder nicht. Nach Hitlers Ableben wird unverzüglich ›Operation Walküre‹ ausgerufen, Fernschreiben an alle Wehrkreiskommandos und so weiter. Verhaftung der Amtsträger des Regimes in Berlin, Prag, Wien und hier in Paris. Aber das ist ja alles bekannt«, sagte von Hofacker.

»Ich habe noch eine Frage, was meine Rolle betrifft, Herr General«, sagte Martin. Inzwischen hatte er nichts mehr dagegen, dass Caesar von Hofacker Rotwein in sein Glas goss.
»Ich war der Meinung, dass mein Stabsoffizier zur besonderen Verwendung Ihnen bereits in den letzten Tagen …«, wunderte sich von Stülpnagel.

»Der rechte Moment hat sich nie ergeben. Die Frage zielt darauf, inwieweit der schwer verletzte Generalfeldmarschall Rommel involviert ist und warum Behrens vor einem Monat auf eine schwierige Mission geschickt wurde.« Von Hofacker räusperte sich. Er nahm einen Schluck Wein, um seine Verlegenheit zu überspielen. »Es tut mir leid, Martin, ich hätte es dir sagen müssen! Erwin Rommel als der populärste Offizier sollte im neuen Deutschland eine wichtige Rolle einnehmen. Wir gingen davon aus, dass die Alliierten dem ehemaligen Wüstenfuchs eher zuhören würden, als anderen Emissären. Rommel stimmte darin überein, dass etwas passieren muss, war auch bereit, eine diplomatische Mission anzunehmen, lehnte stets einen Mord an Hitler ab. Er hat dich nach England geschickt, damit du im Falle eines erfolgreichen Umsturzes bei den Geheimdiensten der Alliierten einen Fuß in der Tür hast und mit deinen Sprachkenntnissen den Boden für Verhandlungen ebnest. Leider hat man dich zurückgeschickt, mit der Maßgabe, alles dem MI5 und dem OSS zu melden, was dir zu Ohren kommt«, seufzte von Hofacker.

»Meine Flucht war nicht vorgesehen? War ich für diese Aufgabe nicht ein zu kleines Licht?« Martin blickte fragend in die illustre Runde.
»Machen Sie sich nicht kleiner als Sie sind«, sagte von Stülpnagel. »Ihre Aktionen sind legendär. Sie haben den Korvettenkapitänen in Cherbourg die Invasionspläne abgenommen, bevor sie diese an den Geheimdienst Fremde Heere West oder den SD übergeben konnten.«

Martin wollte erwidern, dass nicht einmal Rommel ihm geglaubt hatte, aber der Militärbefehlshaber schnitt ihm mit einer Handbewegung das Wort ab. »Sie haben versprengte Infanterieeinheiten mit einem Privat-PKW aufgesammelt. Als dieser von Bombensplittern getroffen fahruntüchtig wurde, haben Sie sich von den Amerikanern einen Ersatzwagen organisiert. Nur der Besuch hinter der Front in der Uniform eines Captains war leichtsinnig. Dort wurden Sie prompt auch erwischt!« Carl-Heinrich von Stülpnagel schüttelte den Kopf.

»Ich stand da und sah, wie viele LKW, Panzer, Artillerie und Versorgungsgüter die Alliierten in zehn Minuten anlanden. In dem Moment wünschte ich mir, dass ich eine Filmkamera dabei hätte, um dies Rommel, Keitel, Jodl und Hitler später zu zeigen«, seufzte Martin.
»Zwischenzeitlich wurden die provisorischen Kais durch einen Sturm zerstört und der Nachschub geriet vorübergehend ins Stocken. Die haben sofort neue errichtet und reparieren die Kaianlagen in Cherbourg«, ergänzte von Hofacker. »Unsere Informationen besagen, dass die Alliierten nächsten Monat eine Invasion an der Côte d'Azur planen. Dann werden sie durch das Tal der Rhone schnell Richtung Elsass vorstoßen.« Caesar von Hofacker griff zur Rotweinflasche und schenkte nach. Wenn das so weiterging, würde er den Industrievertreter Margeaux ans Bettgestell fesseln müssen und sich daneben legen, überlegte Martin.

»Themenwechsel«, sagte von Stülpnagel, nachdem er einen Schluck Rotwein genossen hatte. »Wie weit sind wir mit dem klugen Hans, ich meine natürlich Hans-Günther von Kluge, dem neuen OB West?«

»Der hängt seine Fahne nach dem Wind, der gerade weht, ist meine ehrliche Antwort. Er weilte vor seiner Versetzung hierher einige Zeit auf dem Berghof, ließ sich von Hitler einlullen, der Endsieg wäre noch zu schaffen, wenn man alle Kräfte bündelt und die V 1 die Engländer in Angst und Schrecken versetzt. So verbreitete er noch vor zwei Wochen Durchhalteparolen, als würde er eine Rede Hitlers vom Blatt lesen. Inzwischen hat er alle Truppenteile besucht und ist zur gleichen Ansicht gekommen wie Rommel vor dem Unfall und wie wir alle: Die Front wird in spätestens drei Wochen zusammenbrechen und die Alliierten und Franzosen unter de Gaulle in Paris einmarschieren«, sagte von Hofacker und befeuchtete den trocken gewordenen Gaumen mit Rotwein.

Plötzlich klopfte es an der Tür. Von Hofacker hatte die Wache angewiesen, dass sie nicht gestört werden wollten. Er öffnete selbst.

»Eberhard, komm rein! Quartiermeister Oberst Finckh«, stellte er Martin den Offizier vor, den er noch nicht kennen konnte.

»Oberst Finckh ist unser wichtigster Mann. Ein Gläschen Wein, Eberhard?«

»Da sage ich nicht nein, aber wichtigster Mann ist grenzenlos übertrieben, wenn ein General im Raum ist«, sagte Finckh bescheiden.

»Eberhard besorgt alles – von der Munition für die Front bis zum Rotwein«, sagte von Hofacker.

»Können wir dem Mann im Anzug vertrauen?«, wollte Finckh wissen.

»Ja, das ist Hauptmann Behrens. Der ist eingeweiht, seit er im vergangenen Jahr an einer Besprechung in Berlin-Nikolasee teilnahm. Ehemals Abwehroffizier zur besonderen Verwendung im Stab von Rommel, nach einem Besuch in England untergetaucht mit neuer Identität«, erklärte von Hofacker.

»Haltet ihr es für besonders klug, einen Mann hinzu zu ziehen, der gerade gesucht wird? Ich frage nur, weil ich vorhin den Gestapomitarbeiter Martens herumschleichen sah, der ein Foto des Hauptmanns in der Hand hielt und Hotelangestellte befragte.«

Von Stülpnagel und von Hofacker wollten nach den halbvollen Weingläsern greifen, erstarrten mitten in der Bewegung.

»Stimmt, ist nicht gerade konspirativ, was wir hier veranstalten«, musste Caesar von Hofacker zugeben. »Was schlägst du vor, Martin, Mann der Praxis? Du hast dich ja schon des Öfteren aus kritischen Situationen herauslaviert. Uns fehlt ein wenig die Erfahrung.«

»Wir beide gehen ins Zimmer 221 und überzeugen Monsieur Margeaux nachdrücklich davon, die Klappe zu halten. Ich wechsele die Kleidung, verwandele mich in den Chauffeur Martin Juillard. Falls der Gestapomann Martens noch im Hause ist, müssen wir ihn aufspüren und festsetzen. Bei Widerstand ...«

Martin machte eine Armbewegung, als würde er mit einem harten Gegenstand von hinten zuschlagen.

Kapitel 16

Mit Hinweis auf die liebreizende Frau und die süße Tochter war es nicht besonders schwer, Monsieur Margeaux davon zu überzeugen, den Zwischenfall zu vergessen. Schwieriger gestaltete sich die Suche nach dem Gestapomitarbeiter Martens.

Martin, jetzt wieder in der Fantasieuniform eines Chauffeurs, hielt sich im Hintergrund, während Caesar von Hofacker Angestellte befragte und widersprüchliche Auskünfte erhielt.

Mal hieß es, der Mann sei noch im Hotel Majestic, dann wieder, er sei in Richtung des Villenviertels verschwunden, wo hohe Offiziere der Wehrmacht aber auch Beamte ihre Unterkünfte hatten. Das Gelände war wegen der Bäume, Hecken und Mauern schwer einsehbar. Martin und von Hofacker wussten, einige hatten sogar Luftschutzbunker bauen lassen.

Ein Bataillon der Wehrmacht bewachte das Gelände rund um die Uhr und lief Streife.

»Haben Sie Kriminalinspektor Martens von der Geheimen Staatspolizei hier gesehen, Herr Unteroffizier?«, fragte von Hofacker den Führer einer Streife und beschrieb das Aussehen.

»Nein, Herr Oberstleutnant«, wurde zackig geantwortet. Gleichzeitig musterte der Unteroffizier den Mann in der blauen Fantasieuniform, der sich einen Schritt hinter dem Stabsoffizier hielt.

Als die Fragesteller weg waren, wandte er sich an den Gefreiten neben ihn.

»Ich putze freiwillig die Latrinen – nicht eure, sondern die der Unteroffiziere – wenn das nicht Hauptmann Beerbaum, nein, Behrens war, Frank! – Soldat Mittelbach, weghören! Sie waren damals nicht dabei, als wir den Vormarsch der Amis auf Cherbourg nicht verhindern konnten!«

»Jawohl, Herr Unteroffizier!« Der angesprochene Soldat trat zwei Schritte zurück und zündete sich eine Zigarette an, obwohl dies erst nach dem Streifendienst im Wachquartier erlaubt war.

»Ich erinnere mich«, sagte der Gefreite Tanner. »Der Hauptmann hat mit seinem PKW versprengte Einheiten aufgesammelt, darunter uns beide. Das war nördlich von Carentan.«

»Richtig! Vor Cherbourg hats mich am Knie erwischt. Nach Lazarett und Genesungsurlaub wurde ich zur Wachmannschaft hier in Saint Germain versetzt«, seufzte Unteroffizier Peters.

»Falls der Gestapo-Schnüffler wieder auftaucht – wir haben nur den Oberstleutnant und einen französischen Chauffeur gesehen! – Mittelbach, treten Sie die Kippe aus! Wenn ein Offizier vorbeikommt, gibt es ein Donnerwetter, auch für mich, weil ich meine Männer nicht im Griff habe!«

Martin blickte auf die Uhr an seinem linken Handgelenk. Für die Fahrt mit der Metro zu Tante Elises Wohnung war zu spät.

»Hast du ein Zimmer im Majestic oder hier im Villenviertel?«, fragte Martin, der Caesar von Hofacker immer nur vor dem Hotel Majestic oder dem Raphael getroffen hatte. »Was glaubst du denn? Als Stabsoffizier zur besonderen Verwendung habe ich eine Wohnung in einer Villa ganz in der Nähe. Die muss ich mir allerdings mit einem Oberst aus dem Stab von Hans-Günther von Kluge teilen. Da dieser ständig unterwegs ist, haben wir sturmfreie Bude und können uns noch einen Schlummertrunk gönnen, Martin!«, lachte von Hofacker.

Er öffnete eine Pforte und auf einem gepflasterten Weg, der von Blumenrabatten gesäumt war, gelangte man zu einer zweistöckigen Villa. »Das Erdgeschoss gehört dem Oberst, das obere Stockwerk mir«, erklärte von Hofacker, während er den Schlüssel drehte.
Er entkorkte eine Flasche Rotwein, fragte aber Martin, ob er lieber einen guten Cognac möchte.
»Heb den Cognac auf für den geglückten Umsturz, die regimetreuen Männer von SS, Gestapo und SD verhaftet sind und ich wieder die Hauptmannsuniform von Martin Behrens trage!«

Es war eine dieser schwülen Hochsommernächte in Paris. Martin erbat sich ein Glas Wasser zum Rotwein, um einen klaren Kopf zu behalten.
»Hans-Günther von Kluge ist das Stichwort«, nahm Martin den Faden wieder auf. »Sollte er nicht die Rolle einnehmen, die Generalfeldmarschall Rommel zugedacht war?«

»Dem wird man morgen offiziell den Oberbefehl über die Heeresgruppe B übergeben. So viel wie ich in Berlin mitbekommen habe, hatte Hitler einen der selten gewordenen lichten Momente und lehnte die Forderung der Waffen-SS, einem ihrer Generäle den Posten zu übertragen, ab«, sagte Caesar von Hofacker und schenkte Wein ein.

»Ändert aber nichts daran, dass selbst ein so erfahrener Mann wie Kluge nichts allein entscheiden kann. Das war letztmalig im Osten der Fall, als Hitler Erich von Manstein, dem Oberbefehlshaber der Heeresgruppe Süd, freie Hand gab. Die Front konnte bei Charkow in der Ukraine stabilisiert werden.«

»Verstehe, Kluge bekommt mehr Macht, kann aber den Einbruch der Front, den Rommel für die nächsten zwei, spätestens drei Wochen vorhergesagt hatte, nicht verhindern«, sagte Martin, nippte am Rotwein und spülte mit Wasser nach. »Ich wünsche Erwin baldige Genesung, auch wenn das Kommandounternehmen England in die Hose ging. Erheben wir das Glas auf den alten Fuchs!« Die Gläser klirrten aneinander.

»Ohne die Intervention der Comtesse La Rochefoucault würdest du heute noch in einem Kriegsgefangenenlager der Tommys hocken. Konnte ja auch keiner ahnen, dass die gleich den MI5 anruft! Du solltest mit am Tisch sitzen, wenn nach der Beseitigung Hitlers und der Inhaftierung seiner Paladine das neue Deutschland mit den Alliierten in London verhandelt! Noch ein Schluck Rotwein, Martin?«, fragte von Hofacker. Martin wollte ablehnen, schob dann doch das Glas über den Tisch.

»Ich weiß, das habt ihr mir schon vorhin im Hotel mitgeteilt, ändert aber nichts daran, dass ich im Moment nur der Chauffeur Martin Juillard bin!«, gähnte Martin. »Wir sollten zu Bett gehen, Caesar, die nächsten Tage könnten anstrengend werden.«

»Du hast recht.« Von Hofacker schob den Korken wieder in den Flaschenhals. Zum Feiern war immer noch Zeit, wenn Hitler in die Luft geflogen war.

Im Nordosten von Paris wurde die todmüde Julia, die von der zweiten Schicht im Krankenhaus zurückkam, von ihrer aufgelösten Tante empfangen. »Weißt du, was ich glaube, liebste Nichte? Dein Mann spioniert für die Deutschen, ist heute gar nicht nach Hause gekommen!«

»Können wir das nicht morgen erörtern, Tante Elise?«, seufzte Julia.

»Nein!«

»Also gut, er ist kein Franzose, sondern Hauptmann Behrens von der Abwehr. Mit der Spionage hast du nicht ganz unrecht, er arbeitet für die Alliierten und die Wehrmacht. Das ist aber dem Mann, der neulich an unserer Tür klingelte, egal. Sie wollen das Hitler-Regime stürzen und den Krieg beenden. Das sollte auch in deinem Interesse liegen, Tantchen! Darf ich mich jetzt schlafen legen? Danke!«

Da Tante Elise kein Telefon hatte, konnte Martin auch nicht mitteilen, dass er in einer schicken Villa in Saint Germain nächtigte. Wegen des genossenen Rotweins war er binnen Minuten eingeschlafen.

Martin träumte davon, wie er mit vorgehaltener Waffe und in Uniform die Gestapoleute zusammentrieb, die ihm vermutlich auf den Fersen waren.

Leider durfte er an der letzten Besprechung vor dem Tag X in Paris nicht teilnehmen. Martin wäre erstaunt gewesen, wie viele Beamte verschiedener Dienststellen außer den eingeweihten Offizieren in die Verschwörung verwickelt waren. Sie alle konferierten mit Carl-Heinrich von Stülpnagel und Caesar von Hofacker, während er sich in Räuberzivil, wie er es nannte, in der Metro nach Hause aufmachte.

Caesar hatte ihm versichert, dass er nach der Durchgabe des Codewortes ›Übung abgelaufen‹ wieder die Hauptmannsuniform anziehen und bei der Machtübernahme der Wehrmacht mitwirken dürfe. Zu diesem Zweck hatte von Hofacker extra eine Uniform besorgt, denn die alte lag ja in England.

Julia, pro forma Madame Juillard, öffnete die Tür. Sie hatte zweite Schicht und war zu Hause. Martin atmete auf und schloss sie in die Arme.

»Morgen errichten wir ein neues Deutschland, Liebste! Dann bin ich wieder Hauptmann Behrens«, sagte er und saugte sich an den Lippen der jungen Frau fest. »Im Moment konferieren sie. Selbst wenn in Berlin etwas schiefgeht, wird man hier handeln. Die Gestapo ist hinter mir her, aber die werden morgen ohnehin verhaftet. Geh bitte etwas eher los und sage Pauline von der Résistance, dass in Paris alles vorbereitet ist. Ein Gefängnis und ein altes Fort stehen bereit, die Schergen von Gestapo, SD und SS

aufzunehmen! Der Spuk hat bald ein Ende und der Krieg auch.«
Julia faltete die Hände zum Gebet. »Que dieu nous aide! Gott steh uns bei!«

Es wurden die schlimmsten Stunden für Martin Behrens. Untätig herumsitzen, während woanders gehandelt wurde. Zwei Mal hatte von Claus Schenk Graf von Stauffenberg bereits die Aktentasche mit dem Sprengstoff dabeigehabt, aber nie Gelegenheit, die Zünder scharf zu machen. Dann war Hitler in die ›Wolfsschanze‹ in Ostpreußen geflogen. Der 20. Juli 1944 war die letzte Chance auf ein Attentat. Von Stauffenberg und sein Adjutant von Haeften waren im Flugzeug unterwegs nach Ostpreußen.

Tante Elise gefiel es überhaupt nicht, einen Mann im Haus zu haben, der angeblich für alle Seiten arbeitete – die Alliierten, die Résistance und die Wehrmacht. Was würden die Mieter und Nachbarn sagen, wenn plötzlich französische Polizei oder gar die Gestapo das Haus stürmten?
Da kein Telefon in Reichweite war, musste Caesar von Hofacker einen Boten schicken, um Martin zu informieren. Es passierte nichts.

In seinem Büro ging Quartiermeister Oberst Finckh ans Telefon. »Übung«, sagte eine Stimme, ohne Rang und Namen zu nennen und legte wieder auf. Diese Meldung hatte es in den letzten Wochen drei Mal gegeben. Diesmal hatte ihm das Haupt der Verschwörung in Paris, von Hofacker, versichert, es würde mittags das Codewort ›Übung abgelaufen‹ folgen.

Tante Elise konnte nicht länger mitansehen, wie ihr neuer Mitbewohner, Martin Juillard, Behrens, oder wie immer er auch heißen mochte, wie ein Tiger im Käfig hin und her lief. Sie verabschiedete sich zu einer Nachbarin zum Plausch. Martin konnte nur hoffen, dass sie nicht zu viel preisgab und die Neugierde der Nachbarn noch mehr geweckt wurde.

Erst kurz nach 14:00 Uhr an diesem 20. Juli erreichte Finckh der erlösende Anruf aus Zossen, Dienststelle des Oberquartiermeisters des Heeres: »Übung abgelaufen!«. »Abgelaufen!«, wurde von der namenlosen Stimme wiederholt.
Gemäß den Kommandostrukturen musste Finckh das weitermelden. Zuvor hatte er aus einem verschlossenen Aktenschrank alle Dokumente geholt, welche das weitere Vorgehen bestimmten. Ähnlich der ›Operation Walküre‹ im Reich würde man auch in Paris einiges in Gang setzen. Oberst Finckh setzte sich in einen Dienstwagen und wies den Chauffeur an, nach Saint-Germain-en-Laye zu fahren. Der Stabschef des OB West, General Blumentritt, gehörte zwar nicht direkt zum Kreis der Verschwörer, musste aber ahnen, dass etwas ›im Busch‹ war.

Nach kurzer Fahrt vorbei am Bois de Boulogne stoppte der Wagen vor dem Villenviertel, das auch Martin Behrens inzwischen kannte. Die Sommersonne brannte auf Paris. Die Fensterläden waren heruntergelassen worden. Nach kurzem Zögern trat der Oberst ein. Er wurde vom Ordonnanzoffizier, Hauptmann Beckenbach, empfangen und zu Blumentritt vorgelassen.

»Herr General! In Berlin hat ein Gestapoputsch stattgefunden. Attentat auf den Führer. Der Führer ist tot. Witzleben, Beck und Goerdeler haben eine provisorische Regierung gebildet.«

»Ich hoffe, die genannten Männer werden wegen eines Friedens Fühlung aufnehmen!«, sagte Blumentritt.

Bezeichnend war, dass er kein Wort über das Ableben von Hitler verlor. »Herr Hauptmann, stellen Sie eine schnellstmögliche Verbindung nach La Roche-Guyon zu Generalfeldmarschall von Kluge her!«

»Jawohl, Herr General! ›Führungsblitz‹!«, sagte Beckenbach.

Es meldete sich nicht Hans-Günther von Kluge, sondern sein Stabschef Speidel am Telefon. Der hatte stets versucht, seine Chefs Rommel und dann von Kluge davon zu überzeugen, beim Widerstand mitzumachen.

»In Berlin ist etwas passiert … Führer vermutlich tot«, stammelte Blumentritt.

Speidel gab vor, nicht verstanden zu haben. Für ihn machten die gestotterten Worte Sinn. In Berlin war die ›Operation Walküre‹ angelaufen und in der ›Wolfsschanze‹ in Ostpreußen eine Bombe explodiert, die Hitler tödlich getroffen und wahrscheinlich einige hohe Offiziere des OKW ins Jenseits befördert hatte.

»Haben Sie mich verstanden? Ich komme persönlich rüber nach La Roche-Guyon!«, sagte Blumentritt und legte auf.

Zur gleichen Stunde konferierte Generalfeldmarschall von Kluge im Schutze eines Wäldchens bei Sainte-Pierre-sur-Dives mit den ranghöchsten Offizieren der Front in der Normandie. Selbst die SS-Offiziere Oberstgruppenführer Hausser, der inzwischen die 7. Armee befehligte und Oberstgruppenführer Sepp Dietrich vom 1. SS-Panzer-korps, äußerten Zweifel, wie lange man die Front noch halten könne. Generalfeldmarschall von Kluge, den man hierher geholt hatte, weil er in Russland bewiesen hatte, Fronten zu stabilisieren, runzelte die Stirn. Wenn selbst die SS-Haudegen, dem Führer treu ergeben, Zweifel an der Kriegsführung hatten, musste etwas passieren. Zum Bei-spiel die Verlegung von Infanteriedivisionen aus dem Sü-den Frankreichs in den Norden. Keiner der Anwesenden hatte eine Ahnung davon, was gerade in Berlin und vor allem ganz in der Nähe in Paris passierte.

Generalleutnant Speidel lief im alten Normannenschloss La Roche-Guyon unruhig hin und her. Er war zwar einge-weiht, dennoch kam die Meldung von General Blumentritt zum denkbar ungünstigen Zeitpunkt. Er hatte noch keine Gelegenheit gehabt, sich mit von Kluge so auszutauschen, wie es bei Rommel der Fall gewesen war.
Ihm blieb nichts anderes übrig, als seine Mitarbeiter anzu-weisen, alle Rundfunksender abzuhören und auf die An-kunft Blumentritts und die Rückkehr von Kluges zu war-ten.

Bei Tante Elise im Nordosten von Paris klingelte endlich der lang erwartete Bote, ein Unteroffizier, den von Hofacker geschickt hatte.

Martin Behrens war schneller an der Tür als die Tante. Der Unteroffizier trug kein Bündel unter dem Arm, wie es eigentlich abgesprochen war.

»Herr Unteroffizier! Sollten Sie mir nicht etwas mitbringen?«

»Kleinert, Unteroffizier Kleinert, Herr …« Der Wehrmachtsangehörige wusste nicht so recht, wie er den Mann in Zivil, der vor ihm stand, ansprechen sollte. Man hatte ihm nur gesagt, er solle ihn zum Hotel Raphael fahren. »Tut mir leid, ich soll Sie nur zu Oberstleutnant von Hofacker bringen. Andere Befehle habe ich nicht!«

Carl-Heinrich von Stülpnagel speiste gern im kleinen Kreis im Hotel Raphael mit Personen, die eher zu intellektuellen Kreisen zählten, darunter der Schriftsteller Ernst Jünger und Professor Wilhelm Weniger. Der sonst so unterhaltsame Militärbefehlshaber wirkte zerstreut und verabschiedete sich vorzeitig von der Runde.

Als Martin Behrens dort eintraf und nach Caesar von Hofacker suchte, war der Mittagstisch bereits beendet.

»Herr Unteroffizier Kleinert! Mir wurde zugesichert, dass ich wieder die Uniform eines Hauptmanns tragen darf. Wo ist die Uniform, wo der Oberstleutnant?«, insistierte Martin.

»Ich weiß es nicht, helfe aber gern beim Suchen«, sagte Kleinert. Da Caesar von Hofacker vor dem 20. Juli 1944 mehrere Tage in Berlin gewesen war, hatte Martin in den letzten Zeit kaum Kontakt gehabt.

Der Oberstleutnant trat aus dem Schatten einer Tür. »Sie können wegtreten, Herr Unteroffizier, vielen Dank!«
Als der Chauffeur verschwunden war, fragte Martin: »Was soll das, Caesar? War nicht vereinbart, dass ich wieder als Hauptmann Behrens auftreten darf?« Es klang schärfer als beabsichtigt.

»Komm in diesen Nebenraum, Martin. Es muss noch erörtert werden«, sagte von Hofacker. »Nach meinem Dafürhalten ist zu gefährlich, dich plötzlich wieder als Hauptmann Behrens auftreten zu lassen! Von Stülpnagel – kein Problem. Wir müssen aber demnächst nach La Roche-Guyon, wo dich jeder Lakai kennt!«

»Dort ist Speidel Stabschef, der ist mir ein väterlicher Freund und wird mich decken! Ich erzähle ihnen einfach die halbe Wahrheit: Ich konnte aus einem Kriegsgefangenenlager entkommen, ein Anhänger der British Union of Fascists brachte mich auf einem Fischerboot zurück. Wir lassen nur den Teil mit der Résistance aus, die mich zum Bahnhof Rouen brachte«, sagte Martin voller Überzeugung.

»Ich komme darauf zurück, wenn klar ist, dass der Putsch gelingt!« Von Hofacker schaute auf die Uhr. »Du bringst mich jetzt als Fahrer in Zivil zu Militärverwaltungs-Oberrat von Teuchert. Der ist zwar in einer Besprechung mit der französischen Flüchtlingsfürsorge, aber da holen wir ihn raus!« Caesar von Hofacker nannte die Adresse in Paris. Die Beratung hatte gerade begonnen, aber ein Beamter ließ sich von dem Stabsoffizier schnell überzeugen, den Militärverwaltungsrat heraus zu holen.

»Hitler ist tot, vielleicht auch Himmler und Göring! Es hat eine gewaltige Explosion gegeben!« Von Hofacker hatte zuvor noch mit von Stauffenberg telefoniert, der gesehen hatte, wie die Fensterscheiben nach draußen flogen, dadurch allerdings auch die Wucht der Explosion nach allen Seiten verteilten.

Inzwischen war von Stauffenberg in Berlin gelandet und erschüttert darüber, dass Olbricht und Beck noch nichts unternommen hatten! ›Operation Walküre‹ war in Berlin noch gar nicht angelaufen. Man hatte auf die Rückkehr des Kopfes der Verschwörung gewartet. Das alles war im kurzen Telefongespräch nicht erörtert worden.

Nachdem sich von Hofacker und von Teuchert an den Handgelenken umklammert hatten und diese schüttelten, rannte der Verwaltungsrat sofort den Gang hinunter, um den Leiter der Abteilung ›Justiz‹, Walter Bargatzky, zu informieren. Bargatzky sollte als erfahrener Staatsanwalt die Prozesse gegen die Führer von SS, SD und Gestapo leiten, die man noch am selben Tag verhaften wollte.

Im Hotel Majestic, dem Befehlsstand von Stülpnagels, ging es an diesem Nachmittag zu wie in einem Taubenschlag. Der Stabsoffizier von Linstow wurde angewiesen, nacheinander alle wichtigen Leute telefonisch herbeizurufen, die immer nur wenige Minuten blieben. Eine der wichtigsten Aufgaben oblag dem Kommandanten von Groß-Paris, Generalleutnant von Boineburg-Lengsfeld.

Inzwischen kam die Chefsekretärin Friederike von Poelnitz von einem Zahnarzttermin zurück und sah befremdet auf das Kommen und Gehen hoher Offiziere und Verwaltungsbeamter. Von Stülpnagel machte Ausflüchte, es handele sich um den Gauleiter Sauckel, der den ganzen Jahrgang 1924 junger Franzosen zur Zwangsarbeit nach Deutschland einziehen wollte. Durch die Flucht vieler würde man den Widerstand nur noch stärken. Man könne keine Truppen entbehren, um Maquisards zu bekämpfen.

Die erfahrene Sekretärin merkte schnell, dass es um etwas Größeres ging. Der General wollte sie nur schützen. Die Telefonate, die bisher der Ordonnanzoffizier Oberleutnant Dr. Baumgart geführt hatte, übernahm sie nun selbst. Von Hofacker weilte nur kurz bei von Stülpnagel. Jeder Eingeweihte des engsten Kreises wusste, was er zu tun hatte. Martin war immer noch eingeschnappt, weil Caesar ihm das Auftreten in der Hauptmannsuniform untersagte.

Carl-Heinrich von Stülpnagel nahm einen direkten Telefonanruf entgegen, der nicht über das Vorzimmer lief. Zunächst hieß es, Generaloberst Fromm wäre am Apparat, es meldete sich die vertraute Stimme von Generaloberst Beck aus Berlin.
»Sie wissen um die jüngsten Ereignisse? Dann habe ich nur zu fragen, ob Sie sich mir anschließen?«, fragte Beck.
»Ich habe nur darauf gewartet! Ich habe bereits befohlen, den gesamten SD zu verhaften. Die Truppen in Paris sind zuverlässig!«

»Die Lage ist noch unklar. Ich musste Fromm seines Postens entheben und in seinem Dienstzimmer festsetzen lassen. Er behauptet, mit Keitel telefoniert zu haben, der wiederum sagte, der Führer lebe noch. Was auch kommt, die Würfel sind gefallen! Noch eine abschließende Frage: Was wird Kluge machen?«

»Sie sollten selbst mit ihm sprechen. Ich lasse das Gespräch umlegen und Sie mit seinem Hauptquartier in La Roche-Guyon verbinden! Auf Wiederhören!«, sagte von Stülpnagel.

Gegen 18:15 Uhr kam ein Anruf von General Speidel. »Generalfeldmarschall von Kluge bittet den Herrn General mit seinem Stab bis 20:00 Uhr auf den Gefechtsstand der Heeresgruppe zu kommen. Wichtige Besprechung!«, sagte Speidel förmlich. Von Stülpnagel musste annehmen, von Kluge und Beck hatten miteinander gesprochen und der neue Oberbefehlshaber West würde sich ihnen anschließen.

Unterdessen fahndete der Kommandant von Groß-Paris, von Boineburg-Lengsfeld, nach seinem Offizier Oberstleutnant von Kraewel, der nichtsahnend Feierabend gemacht hatte. Der war eigentlich vorgesehen, die Verhaftungen zu leiten. Man machte aus der Not eine Tugend. Dann würde man eben erst nach Einbruch der Dunkelheit zuschlagen, wenn alle Vertreter von SS, SD und Gestapo in ihren Quartieren bei einem Schoppen Wein saßen. Eine entsprechende Liste hatte der Oberstleutnant.

Da die Franzosen eine nächtliche Ausgangsperre betraf, würden sie auch nicht mitbekommen, wie Deutsche von anderen Deutschen verhaftet und auf LKW verfrachtet wurden. Von Boineburg-Lengsfeld gefiel die Idee immer besser.

Caesar von Hofacker hatte die Quengelei seines Fahrers satt. In einem Abstellraum des Hotels Majestic händigte er ihm endlich die versprochene Uniform aus und befahl ihm, sich umzuziehen.
Die Begründung war einfach. Selbst wenn in Berlin die Lage unklar war, würde man hier im Westen Tatsachen schaffen. Martin Behrens hatte wiederholt gesagt, dass Hans Speidel ein väterlicher Freund wäre. Generalfeldmarschall von Kluge hatte mit Beck im Bendlerblock in Berlin gesprochen. Man musste davon ausgehen, dass er sich dem Umsturz anschloss.

Martin strahlte über das ganze Gesicht und zupfte an den Kragenspiegeln. Jetzt war man dem Ziel nahe, das Blutvergießen zu beenden, das braune Regime zu entmachten! Die Fahrzeugkolonne des Militärbefehlshabers von Frankreich näherte sich dem Schloss an der Seine. Martin kannte sich hier aus wie in seiner linken Westentasche.
Natürlich hätte er seine Flucht aus England dem neuen Befehlshaber von Kluge melden müssen. Er hoffte darauf, dass dies angesichts der aktuellen Ereignisse in den Hintergrund treten würde.

Generalfeldmarschall von Kluge hatte sich nach der Rückkehr von der Front nur Zeit genommen, sich zu waschen und einen frischen Uniformrock anzuziehen, als das Telefon klingelte. Es war das Gespräch, das von Stülpnagel von Paris hatte umlegen lassen.

»Hier Beck. Kluge, es hat endlich geklappt, er ist tot. Wir haben den militärischen Ausnahmezustand erklärt. Sind Sie bereit, meine Befehle anzunehmen?«

»Das muss ich mir noch überlegen. Was soll ich der Truppe sagen?«, fragte von Kluge zurück.

»Das müssen Sie als OB West selbst wissen. Wir müssen die Front in der Normandie stabilisieren. Dazu brauchen wir fähige Leute wie Sie«, schmeichelte Beck in Berlin.

»Gut. Ich rufe Sie wieder an«, sagte von Kluge und legte auf. Als nächstes rief er den Organisationschef im Oberkommando des Heeres, Generalmajor Stieff, an.

»Kluge, guten Tag, Stieff! Ich wollte nur fragen, ob die Meldung, die ich von einer bestimmten Stelle erhalten habe, richtig ist. Stimmt es, dass der Führer tot ist?«

»Nein, mein Stabsoffizier Major Ferber hat eine Stunde nach dem Attentat mit ihm gesprochen. Von wem kam der Anruf?«, wollte der Generalmajor wissen.

»Das möchte ich Ihnen am Telefon nicht sagen. Ich melde mich wieder!« Von Kluge atmete schwer. Er ließ sich von der Ordonnanz ein Glas Wasser bringen. Er wusste nicht, was er von den widersprüchlichen Meldungen halten sollte. Speidel hatte ihm versichert, dass man alle Rundfunksender abhören würde – auch die des Gegners.

Warum unterbrach der Großdeutsche Rundfunk nicht sein Programm, um zu melden, dass der Führer ein Attentat überlebt hatte?

Er musste noch einmal in Berlin anrufen. Der Oberbefehlshaber des Ersatzheeres musste doch etwas wissen! Anstelle von Fromm meldete sich Stauffenberg.

»Der Generaloberst Fromm ist nicht mehr im Amt. Sein Nachfolger ist Hoepner. Ich übergebe!«

»Ich habe eben mit Generalmajor Stieff gesprochen! Er behauptet, der Führer lebt!«, ereiferte sich von Kluge. »Was sagen Sie dazu?«

»Das haben wir erwartet. Eine Machenschaft der SS, die versucht, die Sache zum Scheitern zu bringen. Sie werden unsere Befehle durch Fernschreiben erhalten …« An dieser Stelle brach die Telefonverbindung ab. Die Vermittlung fragte, ob man es noch einmal versuchen solle, aber der Generalfeldmarschall lehnte ab.

Kapitel 17

Von Kluge telefonierte weiter, unter anderem mit dem inzwischen abgesetzten Militärbefehlshaber von Belgien, Alexander von Falkenhausen. Dieser musste nach einem Gespräch mit von Kluge, das er am neunten Juli geführt hatte, annehmen, der Generalfeldmarschall gehöre zum Widerstand. Von Falkenhausen hatte zwar vom Attentat erfahren, aber nur, dass es gescheitert war.

Zur gleichen Zeit in Berlin: Die Fernschreiben zur ›Operation Walküre‹ gingen mit der höchsten Geheimhaltungsstufe raus, was deren Versendung wegen der Chiffrierung erheblich verzögerte.

Eine Abteilung des Wachbataillons unter dem Kommando eines Leutnants hatte die Aufgabe, Reichspropaganda-Minister Goebbels zu verhaften.
Als der Minister den Kopf schüttelte, weil er nicht an einen Staatsstreich diesen Ausmaßes glaubte, zeigte ihm der Leutnant die LKWs voller Soldaten, welche die Aufgabe hatten, das Regierungsviertel abzuriegeln.
»Wer ist Ihr Vorgesetzter, Leutnant?«, schnarrte Goebbels.
»Major Remer«, kam die stotternde Antwort.
»Schaffen Sie ihn herbei, sofort!« Goebbels schlich in sein Schlafzimmer und steckte zwei Ampullen Zyankali ein — für den Fall der Fälle, der Putsch gelingt und die Wehrmacht übernimmt das Kommando.
Endlich traf Major Remer ein. Goebbels fragte den Offizier, ob er Nationalsozialist sei, was bejaht wurde.

Dann griff er zum Hörer und rief die ›Wolfsschanze‹ an. Nach einer Minute meldete sich Hitler persönlich.

»Major Remer, hören Sie mich, erkennen Sie meine Stimme?«, brüllte Hitler durchs Telefon. Wegen der beschädigten Trommelfelle sprach er laut.

»Jawohl, mein Führer!«

»Wie Sie sich überzeugen können, lebe ich, die Vorsehung hat es nicht gewollt. Eine kleine Clique gewissenloser, ehrgeiziger Offiziere wollte mich beseitigen. Wir machen ihnen den kurzen Prozess! Sie, Major Remer, erhalten von mir alle Vollmachten für Berlin! Viel Erfolg!«

Major Remer straffte sich. Persönliche Vollmacht vom Führer! Er schickte sofort mehrere Offiziere los, um die Truppen, die auf Berlin marschierten, aufzuhalten. Alle Befehle, die aus dem Bendlerblock kamen, waren ungültig.

In La Roche-Guyon wedelte ein Ordonnanzoffizier mit einem Fernschreiben. Speidel las nur die ersten Zeilen: *›I. Innere Unruhen. Eine gewissenlose Clique frontfremder Parteiführer hat es unter der Ausnutzung der gegenwärtigen Lage versucht, der schwer ringenden Front in den Rücken zu fallen und die Macht zu eigensüchtigen Zwecken an sich zu reißen. II. In dieser Stunde der höchsten Gefahr hat die Reichsregierung zur Aufrechterhaltung von Ruhe und Ordnung den militärischen Ausnahmezustand verhängt und mir zugleich mit dem Oberbefehl über die Wehrmacht die vollziehende Gewalt übertragen ... Der Oberbefehlshaber der Wehrmacht gezeichnet von Witzleben, Generalfeldmarschall. AHA/Stab III/44 g. Kdos. Chefs v. 20.07.1944, Graf Stauffenberg.‹*

Von Kluge war immer noch ratlos. Für den Fall, die Wehrmacht würde in Berlin die Lage stabilisieren, einigte er sich mit General Blumentritt schnell darauf, am nächsten Tag den V1-Beschuss Englands einzustellen. Damit wollte man den Bombenkrieg gegen die deutsche Zivilbevölkerung beenden und eine Basis für Waffenstillstandsverhandlungen schaffen.

Das nächste Fernschreiben, das aus dem Gerät ratterte, kam diesmal von Keitel aus dem OKW persönlich. Darin wurde bestätigt, dass der Führer lebt und vom ihm nicht autorisierte Befehle ungültig seien.
»Blumentritt, stellen Sie fest, was richtig und was falsch ist! Das wird sich doch wohl machen lassen. Bis dahin bleibt alles beim alten«, befahl von Kluge.
Blumentritt zog sich zurück und telefonierte. Mittels Führungsblitzgesprächen versuchte er herauszufinden, was in der ›Wolfsschanze‹ im fernen Ostpreußen los war. Er konnte weder Keitel, Jodl noch Warlimont erreichen.

Am Nachmittag des zwanzigsten Juli war der Duce Mussolini zu Besuch gekommen. Hitler war verarztet worden, hatte eine neue Uniform angezogen und mit dem Duce verspätet zu Mittag gespeist. Alle hohen Offiziere waren mit ihren italienischen Gästen beschäftigt.

General Blumentritt verzweifelte beinahe. In seiner Not rief er den obersten SS- und Polizeiführer Frankreichs, Gruppenführer Oberg an. Der kannte auch nur die offizielle Rundfunkmeldung.

Blieb nur noch im Oberkommando des Heeres, im Lager ›Anna‹ in den Masuren anzurufen. General Stieff war der frühere Ia, also Stabschef der 4. Armee gewesen und hatte mit Blumentritt und von Kluge den kalten Winter 1941/42 in Russland erlebt, als die Offensive der Wehrmacht ins Stocken geriet.

Gerade jetzt waren Offiziere bei Stieff, die bezeugten, dass Hitler kaum verletzt das Attentat überlebt hatte. »Woher haben Sie überhaupt die Meldung vom angeblichen Tod des Führers?«, wollte Stieff wissen.

»Durch ein Fernschreiben«, sagte Blumentritt.

»Nein, Hitler lebt!« General Stieff betonte es noch einmal.

»Es ist eben ein missglücktes Attentat!«, sagte von Kluge achselzuckend. »Ich habe Sperrle und von Stülpnagel herbestellen lassen, um sie zu informieren«, beschied er Blumentritt und Speidel.

Zwischenzeitlich fuhr eine Fahrzeugkolonne von Paris kommend auf dem Schlosshof in La Roche-Guyon ein. Im ersten Wagen saß Dr. Horst, der Schwager General Speidels, weil er wegen der Jagdbombergefahr den Fahrer aufgrund seiner Ortskenntnisse über Umwege leitete.

Noch vor dem Chauffeur öffnete Martin Behrens, der den zweiten Wagen gelenkt hatte, den Schlag und ließ von Stülpnagel und von Hofacker aussteigen. Gemäß der Absprache würde er sich bedeckt halten, was angesichts der Tatsache, dass ihn hier jeder kannte, schwierig war.

Oberfeldwebel Müller glaubte, seinen Augen nicht zu trauen! Wer lehnte da am Kotflügel eines schwarzen Benz?

Das nächstgelegene Telefon war im Dienstzimmer von Speidel. Der war gerade damit beschäftigt, die Herren aus Paris zu empfangen.

Müller stahl sich in das Büro und griff zum Telefon. Er wusste, wen er anrufen musste. »Herr Wessel? Oberfeldwebel Müller hier, Befehlsstand des OB West. Sie glauben nicht, wer hier gerade vorgefahren ist!«

»Von Stülpnagel, von Hofacker und ein paar andere hohe Offiziere aus Paris. Gehört zu den Aufgaben der Gestapo, so etwas zu wissen«, sagte Wessel. »Die wollen Generalfeldmarschall von Kluge zu etwas überreden, von dem wir noch nicht genau wissen, was es ist. Vermutlich ein Putsch gegen unseren Führer!«

»Das meine ich nicht! Einer der Chauffeure ist Hauptmann Behrens, der seit seinem Einsatz zur Luftaufklärung gemeinsam mit Oberleutnant Hartmann als verschollen gilt! Wenn ihm die Flucht aus England gelang, hätte er sich bei seinem neuen Chef Generalfeldmarschall von Kluge melden müssen. Da dies nicht passierte, liegt der Verdacht nahe …«

Der Spitzel der Gestapo wurde unterbrochen. »Interessant. In der Tat hegen wir den Verdacht, dass man Behrens laufen ließ, weil er mutmaßlicher Doppelagent ist. Wir sind an der Sache dran. Danke für den Anruf, Müller! Auf weiterhin gute Zusammenarbeit!«, sagte Wessel und legte auf. Obwohl Dienstschluss war, trommelte Wessel seine Untergebenen herbei.

»Martens, Rudolph! Habt ihr endlich das Bewegungsprofil des mutmaßlichen Spions Behrens erstellt? Kann doch nicht so schwer sein!«

»Jawohl, Herr Kriminalrat, haben wir!«, antwortete Martens zackig. »Behrens alias Juillard wurde an mehreren Metrostationen gesehen, sowie vor dem Hotel Raphael gegenüber dem Hotel Majestic. Alles deutet darauf hin, dass der Unterschlupf des Gesuchten hier ist.«
Martens deutete auf einen Punkt im Nordosten von Paris. Wessel hatte vorsorglich eine Stadtkarte von Paris auf den ausladenden Schreibtisch gelegt.
»Mehr habt ihr nicht?«, brauste Wessel auf. »Wir haben das Problem, dass der Gesuchte in Hauptmannsuniform in der Fahrzeugkolonne von Stülpnagels saß, in Begleitung von Hofackers, den wir wegen seiner häufigen Dienstreisen nach Berlin ohnehin im Visier haben. Was sagt uns das?«
Die Gestapoleute Martens und Rudolph zuckten mit den Schultern.
»Der Mann wird von höchster Stelle gedeckt! Wenn von Stülpnagel und von Hofacker abends zurückkehren, können wir den Mann nicht ohne weiteres verhaften. Wir brauchen die genaue Adresse, um das morgen erledigen zu können! Feierabend verschoben! Macht euch an die Arbeit! Ich spreche mit Oberg und hole mir grünes Licht, um den Spion zu verhaften.«

Es war ein schwüler Sommerabend in Paris. Heinrich Wessel krempelte die Ärmel des weißen Hemdes hoch. In den Achselhöhlen hatten sich Schweißflecken gebildet. Er rief bei seinem obersten Chef an, die Leitung war besetzt. »Morgen ist auch noch ein Tag, um den Agenten dingfest zu machen«, murmelte er und legte das Jackett über den linken Unterarm. Als höherer Gestapobeamter hatte er einen Chauffeur, der ihn in sein Quartier brachte.

In der Kommandantur im Hotel Meurice an der Rue Rivoli ging es zu wie in einem Bienenstock. Generalleutnant von Boineburg-Lengsfeld hatte einen Anruf von einer guten Bekannten, einer schwedischen Gräfin bekommen. Der Rundfunk in Stockholm hätte nicht nur bestätigt, dass es ein Attentat auf Hitler gegeben habe, sondern dass in Berlin eine Revolution ausgebrochen war und man mit einem baldigen Ende des Krieges rechnete. Unter anderem hieß es, dass die SS gegen Hitler geputscht habe.

Das 2. Bataillon des 1. Wachregiments rückte in der Dunkelheit aus. Jeder Führer eines Stoßtrupps und Fahrer eines gepanzerten Fahrzeugs kannte seine Aufgaben. Punkt 22:30 Uhr drangen Soldaten von mehreren Seiten in die Quartiere der Geheimen Staatspolizei ein. Obwohl für Paris die Alarmstufe 1 galt, war man völlig arglos.

Heinrich Wessel überlegte, ob er unter die Dusche gehen oder eine Flasche Wein entkorken sollte. Angesichts der drückenden Schwüle entschied er sich für ein Glas Wasser. Dieses fiel ihm beinahe aus der Hand, als die Tür mit einem Stiefeltritt aufgestoßen und zwei Maschinenpistolen auf ihn gerichtet wurden.
»Heinrich Wessel? Sie sind mit sofortiger Wirkung verhaftet!«, sagte der Führer des Stoßtrupps. »Wenn Sie keinen Widerstand leisten, sehen wir davon ab, Sie zu fesseln!« Ein Soldat umrundete Wessel und klopfte die Hosenbeine ab.
»Sauber!«, meldete er.
»Darf ich fragen, was das soll?«, ereiferte sich Wessel.

»In Berlin hat ein SS-Putsch stattgefunden. Wir haben Befehl, alle Mitarbeiter und Mitglieder von Gestapo, SD und SS zu verhaften!«, antwortete der Anführer des Stoßtrupps, ein Feldwebel.
»In Berlin hat kein SS-Putsch stattgefunden! Dann hätte sich Gruppenführer Oberg bei mir gemeldet, der in Verbindung mit dem Reichsführer SS, Himmler, steht«, beschwerte sich Wessel. Es nutzte nichts, die Soldaten würden keine Auskunft geben. Sie hatten ihre Befehle.

Auf dem Gang koordinierte ein Leutnant die Verhaftungen. Heinrich Wessel versuchte es noch einmal. »Das muss ein Irrtum sein, Herr Leutnant! Ich möchte Ihren Vorgesetzten sprechen!«
»Der Regimentskommandeur ist damit beschäftigt, Ihren Chef zu verhaften! Abführen!«
Wessel ließ sich wie alle anderen Überrumpelten zu einem LKW führen. Er tröstete sich damit, dass die Wehrmacht mit ihrem Alleingang in Paris nicht durchkommen würde. Man würde sie alle wieder freilassen müssen und dann konnte er sich wieder der Jagd von Verrätern, Spionen und Mitgliedern der Résistance widmen.

Die Dienststelle des höheren SS- und Polizeiführers, Gruppenführer Oberg, lag in der Nähe des Boulevard Lannes. Von Boineburg-Lengsfeld nahm die Verhaftung nicht selbst vor, sondern schickte seinen Stellvertreter vor, einen Blutsordensträger der SS von 1923. Ausgerechnet er sollte den Gruppenführer festsetzen.
Oberg brauste auf, fragte, was der Unsinn solle.

Aber auch er bekam nur zu hören, dass in Berlin die SS geputscht habe. Daraufhin gab er seine Schusswaffe ab und wies eine Begleitung an, ebenfalls die Waffen abzuliefern.

Die höheren SD-Führer in der Avenue Foch wurden von Oberstleutnant von Kraewel zu den bereitgestellten LKW eskortiert. Jetzt fehlte nur noch der SD-Chef Standartenführer Dr. Knochen. Es stellte sich heraus, dass der sich in einem Pariser Nachtlokal befand. Man rief dort an, Dr. Knochen erschien auch alsbald und wurde direkt am Straßenrand verhaftet.

Erst später wurde bekannt, dass einige jüngere Dienstgrade der SS durch Hinterausgänge fliehen konnten und eine Fernschreibstelle unbehelligt blieb. Man meldete die ungeheuerlichen Vorgänge in Paris an Obergruppenführer Kaltenbrunner, dem Chef des Reichssicherheitshauptamtes. Es dauerte dann bis zwei Uhr nachts, bis man überhaupt eine Antwort erhielt.

Zum Verdruss von Martin Behrens konferierte Generalfeldmarschall von Kluge nur mit Blumentritt, Speidel, Dr. Horst, von Stülpnagel und von Hofacker. Er musste gemeinsam mit Dr. Baumgart in einem Vorraum des Audienzsaales Platz nehmen.
So bekam Martin nicht mit, dass sein Freund Caesar mit dem ihm eigenen Feuer der Überzeugung sprach. Er deckte alle Karten auf, auch, dass er seit 1943 als Verbindungsmann zwischen den Verschwörern in Paris und Berlin diente.

»Ich appelliere an Sie, das zu tun, was an Ihrer Stelle Generalfeldmarschall Rommel getan hätte! Schaffen Sie an der Westfront vollendete Tatsachen! Verhindern Sie die schrecklichste Katastrophe in der deutschen Geschichte!« Von Kluge hatte zwar von Hofacker nicht unterbrochen, saß aber wie versteinert da. Er hatte seine Entscheidung bereits getroffen. General Stieff hatte gesagt, der Führer lebt.

Daher wiederholte er nur seinen Spruch: »Ja, meine Herren, eben ein missglücktes Attentat!«

General von Stülpnagel wurde abwechselnd rot und blass. Er wies an, die großen Flügelfenster zur Terrasse zu öffnen und trat hinaus. Den Duft der blühenden Rosen nahm er nicht wahr. Wenn der Oberbefehlshaber West und Chef der Heeresgruppe B nicht mitmachte, war alles verloren.

»Meine Herren, darf ich zum verspäteten Abendessen bitten«, sagte der Gastgeber, als wenn nichts geschehen wäre. Von Kluge bestritt fast allein die Unterhaltung, alle anderen saßen mit gesenkten Köpfen da und stocherten in ihrem Essen. Die inzwischen entzündeten Kerzen beleuchteten nur verschlossene Gesichter. Hans Speidel wurde zum Essen gerufen, musste aber sofort wieder weg. Bei Caen und Saint-Lô tobten heftige Kämpfe. Speidel war als Stabschef gefragt.

Kurz darauf wurde Blumentritt durch von Kluge nach draußen gerufen.

»Blumentritt! In Paris sollen alle führenden Vertreter von SS, SD und Gestapo verhaftet werden oder sind es bereits schon? Das alles ohne Rücksprache mit mir, dem OB West? Ich fasse es nicht! Rufen Sie sofort an, dass dies rückgängig gemacht wird!«, schäumte der Generalfeldmarschall.

Man ging noch einmal zurück zum unterbrochenen Abendessen, das in gespenstischer Atmosphäre verlief. Generalfeldmarschall von Kluge legte die Serviette ab, mit der er sich den Mund abgetupft hatte.

»Sie müssen umgehend zurück nach Paris und die Verhafteten sofort wieder freilassen«, forderte er.

»Wir können nicht zurück. Die Tatsachen haben bereits gesprochen«, sagte von Stülpnagel mit ungewohnter Härte.

Caesar von Hofacker mischte sich ebenfalls noch einmal ein. »Die Ehre einer ganzen Armee und das Schicksal von Millionen liegen in Ihrer Hand!«

Von Kluge winkte ab. »Betrachten Sie sich Ihres Amtes enthoben!«, rief er dem davoneilenden General von Stülpnagel hinterher.

Martin hatte den letzten Wortwechsel mitbekommen, weil ein Dienstmädchen vergessen hatte, die Flügeltüren zum Saal ganz zu schließen.

Generalfeldmarschall von Kluge folgte dem bisherigen Militärbefehlshaber von Frankreich bis zur Freitreppe und raunte ihm zu: »Verschwinden Sie in Zivil irgendwohin!«

Martin war gerade am Fuß der Freitreppe und bekam auch das mit. Dann eilte er zum zweiten Wagen und öffnete den rechten hinteren Schlag, damit Caesar von Hofacker einsteigen konnte.

Der erste Wagen mit von Stülpnagel und Dr. Baumgart im Fond raste los. Martin startete den Motor, um zu folgen.

»Soweit wie ich es mitbekommen habe, macht von Kluge
nicht mit. Ich fürchte, er wird alle Befehle des OKW ge-
treu befolgen und damit den Zusammenbruch der Westfront beschleunigen«, warf Martin einen Blick in die Zukunft.
»Das wissen wir noch nicht! Vielleicht bekommen sie es in
Berlin doch noch unter Kontrolle! In Paris hat es ja auch
geklappt«, zischte von Hofacker.

Im Zimmer 405 des Hotel Raphael hatte sich eine Gruppe
Offiziere und ziviler Beamter versammelt, die zum Widerstand gehörten.
Wegen der schwül-warmen Nacht hatte man die Korbses-
sel auf den Balkon geschafft und lauschte dem Rundfunk,
der nur klassische Musik, zumeist von Richard Wagner,
abspielte.
Wann trat endlich jemand ans Mikrofon, um zu verkün-
den, dass Deutschland eine neue Regierung hatte? Dann
erschien von Linstow wie ein Schatten im Türrahmen.
»Der Kampf in Berlin geht zu Ende«, keuchte er. »Alles ist
verloren. Ich habe vorhin noch mit Stauffenberg telefoniert. Seine Mörder toben auf den Gängen!« Er hatte so
leise gesprochen, dass es zunächst nur Teuchert verstanden hatte. Linstow fiel erschöpft in einen Sessel. Bargatsky
und Teuchert beeilten sich, dem Offizier ein Glas Wasser
zu bringen.
»Nichts ist verloren! Wenn Berlin fällt, bleibt immer noch
Frankreich! Hier wurden Tatsachen geschaffen, der Sicherheitsdienst verhaftet!« Der Oberst nickte mit blassem
Gesicht.

Wegen seiner Angina-pectoris-Anfälle war er für den Frontdienst untauglich. Benommen tastete er sich zurück in sein Zimmer.

Die Verschwörung gegen Hitler hatte einen entscheidenden Fehler: Ganze Waffengattungen waren nicht eingeweiht. Der Chef der Luftwaffe in Frankreich, Sperrle, war zwar am frühen Abend ebenfalls in La Roche-Guyon bei von Kluge. Er hatte allerdings andere Sorgen.
Seine Luftwaffe hatte nur noch knapp einhundert einsatzfähige Flugzeuge. Einige der besten Piloten, darunter Oberleutnant Hartmann, saßen in englischer Kriegsgefangenschaft oder waren tot.

Am Abend des 20. Juli 1944 erreichte Admiral Krancke, Befehlshaber der Seestreitkräfte im Westen, ein Tagesbefehl von Großadmiral Dönitz: *›Männer der Kriegsmarine! Der verräterische Attentatsversuch auf den Führer erfüllt alle und jeden mit heiligem Zorn gegen unsere verbrecherischen Feinde und ihre Mietlinge. Göttliche Vorsehung ersparte dem deutschen Volk und der Wehrmacht dieses unbeschreibliche Unglück! … Laßt uns noch mehr als bisher uns um unseren Führer zusammenschließen und mit all unserer Kraft kämpfen, bis der Sieg unser ist. gez. Dönitz, Großadmiral.‹*
Admiral Krancke rief sofort im Befehlsstand ›Koralle‹ bei Potsdam an. Großadmiral Dönitz versicherte ihm, dass der Führer wohlauf sei. »Seien Sie auf der Hut, Krancke! Nehmen Sie Befehle nur von mir persönlich oder von Hitler entgegen. Alle anderen Weisungen und Nachrichten sind verdächtig.«

Schon gegen 23:00 Uhr hatte der Admiral endgültige Gewissheit. ›Koralle‹ teilte per Fernschreiben mit, dass Befehle von Kommandobehörden des Heeres nicht zu befolgen seien. *›Die Kriegsmarine ist in höchste Alarmbereitschaft zu versetzen. Befehlen des Reichsführers SS ist Folge zu leisten. Lang lebe der Führer! gez. Der Oberfehlshaber der Kriegsmarine.‹*

Generalfeldmarschall von Kluge sagte dem Admiral am Telefon, man habe alles unter Kontrolle. General Blumentritt sei unterwegs, um getroffene falsche Entscheidungen wieder rückgängig zu machen. Admiral Krancke traute inzwischen keinem Heeresoffizier mehr. Was, wenn von Kluge und Blumentritt Teil der Verschwörung waren? Er war bereit, seine Matrosen ausrücken zu lassen, um die Männer von SS, SD und Gestapo zu befreien. Die Befehle von Dönitz waren eindeutig.

In Paris kam es beinahe zu einem Krieg zwischen den Waffengattungen. Der General der Luftwaffe, Hanusse, hatte seine Soldaten ebenfalls in Alarmbereitschaft versetzt, wurde aber im letzten Moment zurückgepfiffen.

Das Gerücht, dass Terroristen in deutschen Uniformen den SD angegriffen hätten, stimme nicht. Es waren Wehrmachtssoldaten der Sicherungsregimenter auf Befehl von Stülpnagels. Vermutlich nur eine Übung. Genaueres werde noch mitgeteilt.

Zur gleichen Stunde in Berlin: Generaloberst Fromm hatte wieder das Kommando über das Ersatzheer. Um seine Mitwisserschaft zu verschleiern, ließ er um Mitternacht von Stauffenberg, dessen Adjutant Werner von Haeften, Albrecht Ritter Mertz von Quirnheim und Friedrich

Olbricht erschießen. General Ludwig Beck wurde in den Selbstmord getrieben.

Als Hitler das erfuhr, hat er getobt. Er wollte, dass diese Verräter an Fleischerhaken hängend, langsam erwürgt wurden. Das wusste man in Paris nicht. Nur Oberst von Linstow hatte gemeldet, dass es so ausgehen würde.

Admiral Krancke brüllte immer noch Offiziere über das Telefon an. Er konnte erst durch von Linstow beruhigt werden, der sagte, dass Oberstleutnant Kraewel bereits Befehl erhalten habe, Gruppenführer Oberg und alle Mitarbeiter von SD und Gestapo wieder freizulassen.

Im Kasino des Hotels Raphael, wo nahezu alle Offiziere im Stab Carl-Heinrich von Stülpnagels wohnten, floss der Champagner. Man feierte den Sieg über die SS.

Als dann Oberstleutnant von Boineburg-Lengsfeld ebenfalls eine Flasche bestellte, um den Kreislauf des herzkranken Oberst von Linstow anzukurbeln, wurde dies missverstanden.

Man kam an den Tisch und gratulierte. Noch wusste man nichts von der ablehnenden Haltung des Generalfeldmarschalls von Kluge und der Niederschlagung des Putsches in Berlin.

Dies änderte sich schlagartig, als von Stülpnagel, von Hofacker, Martin Behrens und weitere Offiziere das Kasino betraten. Als von Boineburg-Lengsfeld fragte, wie es in La Roche-Guyon gelaufen sei, winkte der Militärbefehlshaber ab. »Der Generalfeldmarschall hat sich weitere Bedenkzeit bis morgen neun Uhr ausgebeten.«

Das stimmte so nicht ganz, denn von Kluge hatte unmiss-
verständlich zu Verstehen gegeben, dass er nach dem ge-
scheiterten Attentat nicht mitmachen würde.

Es war weit nach Mitternacht, als der Großdeutsche Rundfunk Marschmusik spielte und in immer kürzer werdenden
Pausen verkündete: »Achtung! Demnächst spricht der
Führer!«
Carl-Heinrich von Stülpnagel stand stocksteif da, die
Hände zu Fäusten geballt. Für ihn klang es wie ein Todes-
urteil, als er die schnarrende Stimme Hitlers hörte:
»Eine ganz kleine Clique ehrgeiziger, gewissenloser und
zugleich verbrecherischer dummer Offiziere … Ein ganz
kleiner Klüngel verbrecherischer Elemente, die jetzt un-
barmherzig ausgerottet werden … Ein Fingerzeig der Vorsehung, dass ich mein Werk weiter fortführen muss und
daher fortführen werde!«
Danach sprachen noch Göring und Großadmiral Dönitz,
welche die Vokabeln ›Jämmerlinge‹ und ›größenwahnsin-
nige Generalsclique, Handlanger unserer Feinde‹ benutz-
ten.
Von Stülpnagel erinnerte sich an die Worte, die er zu
Pfingsten an den Schriftsteller Ernst Jünger in der Zister-
zienserabtei Vaux-les-Cernay gerichtet hatte: »In gewissen
Lagen wird das Verlassen des Lebens dem Tüchtigen zur
Pflicht.«

›Bisher ist in Paris kein Blut geflossen. Vielleicht kann man
das schlimmste noch abwenden‹, dachte Martin, der am
Rande stehend alles mitbekommen hatte.

Dann erschien im Hotel Raphael der Botschafter Otto Abetz, der mehrfach das Vorgehen der Besatzungsmacht gegen die einheimische Bevölkerung kritisiert hatte. Der Diplomat war zwar nicht in die Verschwörung eingeweiht, hatte aber unter anderem mit Rommel vor dessen Unfall über die prekäre Lage gesprochen.

Des Weiteren war der Quartiermeister Oberst Finckh zur Runde gestoßen. Er hatte davon erfahren, dass Admiral Krancke bereit war, die Führer von SS, SD und Gestapo zu befreien.

Es durfte keinesfalls dazu kommen, dass Heeressoldaten und Matrosen einander beschossen! Der Putsch war gescheitert, jetzt konnte man nur noch den Rückzug decken.

Von Stülpnagel gab endlich nach und sagte zu von Boineburg: »Sie haben von mir Befehl, unverzüglich sämtliche Gefangenen freizulassen. Geben Sie die Akten zurück und bringen Sie Oberg hierher ins Raphael!«

Martin Behrens zuckte zusammen. Er stellte das halbvolle Champagnerglas mit zitternder Hand ab. Wenn Oberg freikam, dann auch die Gestapobeamten, die ihn suchten. Bei ihm ging es nicht nur darum, dass er Mitwisser der Verschwörung war, sondern man jagte ihn als Spion der Alliierten. Dass er bisher kaum etwas Brauchbares geliefert hatte, interessierte nicht. Dank Julia wusste die Résistance in Paris von den Umsturzplänen – und damit auch der MI5 und das OSS.

Martin überlegte, ob eine Flucht sinnvoll war. Aber das verbot seine Loyalität und Freundschaft zu Hofacker. Zudem wollte er Julia beschützen.

Oberstleutnant von Boineburg-Lengsfeld fuhr zum Hotel Continental an der Rue Castiglione, wo Gruppenführer Oberg und weitere SS-Offiziere bei Cognac vor einem Rundfunkempfänger saßen. Sie ersparten sich höhnische Hinweise darauf, dass der Putsch in Berlin kläglich gescheitert war. Hier in Paris hatte ja die Wehrmacht bereits bewiesen, wozu sie fähig war. Wenn die das weiter durchzogen, drohte für den Morgen des 21. Juli ein Standgericht.

»Meine Herren, ich habe Ihnen die angenehme Mitteilung zu machen, dass Sie frei sind!«, sagte von Boineburg-Lengsfeld und rückte das Monokel gerade. »Ich habe nur auf Befehl gehandelt. Jetzt komme ich, um Sie abzuholen und ins Hotel Raphael zu bringen. Machen Sie sich bitte fertig!«

Oberg und sein Adjutant Hagen erhielten ihre Schusswaffen zurück und ließen sich ins Raphael fahren. Der SS-Gruppenführer trat an den Tisch von Stülpnagels und von Linstows, grüßte wie zum Hohn mit erhobenen rechten Arm. »Melde mich aus der Haft zurück!«

Genau diesen Augenblick hatten nicht nur die am Tisch sitzenden Verschwörer gefürchtet, sondern auch Martin Behrens, der sich wohlweislich im Hintergrund hielt.

Dann geschah etwas Unerwartetes. Botschafter Abetz forderte die gegnerischen Parteien von Wehrmacht und SS auf, sich die Hände zu reichen – was auch passierte.

»In Berlin mag vorgefallen sein, was auch immer. Hier in Frankreich tobt die Normandieschlacht, da müssen alle Deutschen eine geschlossene Front bilden. General von Stülpnagel hat an ehrgeizige Pläne von Himmler geglaubt und die SS hinter dem Attentat vermutet. Er hat in gutem Glauben gehandelt!«, sagte der Diplomat mit Nachdruck. Dann sprach man dem Wein zu. Vereinzelt war auch wieder ein befreiendes Gelächter zu hören.

Zwischenzeitlich war es General Blumentritt gelungen, Admiral Krancke endgültig zu beruhigen. Er fuhr sofort weiter in das Hauptquartier des SD, wo Standartenführer Dr. Knochen und die anderen Inhaftierten wieder Einzug hielten.
»Gruppenführer Oberg weilt im Hotel Raphael. Ich fahre dorthin, kommen Sie mit?«, fragte Blumentritt, was bejaht wurde. Dr. Knochen wünschte ja auch Aufklärung. Im Wagen fiel das entscheidende Stichwort: »Es muss nach oben eine Sprachregelung getroffen werden!«, sagte er zum Stabsoffizier.

General Blumentritt traute seinen Augen nicht, als er das Kasino des Raphael mit dem SD-Chef betrat. Dort saßen Vertreter hoher Kommandobehörden, Widerständler und stramme Nationalsozialisten gemeinsam an den runden Tischen und prosteten sich mit Wein und Champagner zu. Einen größeren Gegensatz zur versteinerten Tischgesellschaft im Schloss La Roche-Guyon konnte sich Blumentritt nicht vorstellen.
Einer ließ sich von der weinseligen Laune nicht täuschen. Auch hier in Paris würden Köpfe rollen. Caesar von Hofacker gab Martin Behrens einen Wink. Sie entfernten sich unauffällig und unbemerkt.

Dabei verpassten sie, wie Gruppenführer Oberg und Blumentritt sich aus dem Blauen Salon des Raphael entfernten, um in den tiefen Sesseln der Hotelhalle zu versinken. Die SS hatte kein Interesse daran, es an die große Glocke zu hängen. Man hatte sich in dieser Nacht nicht gerade mit Ruhm bekleckert.

So war Oberg bereit, der Sprachregelung von General Blumentritt und Dr. Knochen zuzustimmen, es habe sich um eine Übung gehandelt.

Um den Ernstfall zu simulieren, habe man SD und Gestapo vorher nicht informiert. Der Kommandant von Groß-Paris solle morgen vor die Truppe treten und den Soldaten für die hervorragend abgelaufene Übung danken. SD-Chef Dr. Knochen kam in die Halle und stimmte zu. So konnte man vielleicht noch ein Mäntelchen über die Geschehnisse in Paris werfen.

Kapitel 18

Als am 21. Juli gegen 08:30 Uhr der Adjutant und die Chefsekretärin zum Dienst erschienen, wunderten sie sich, dass von Stülpnagel schon da war. Der General hatte alle verräterischen Notizen beseitigt und Unterlagen geordnet. Dann kam der befürchtete Anruf vom Chef der Wehrmachtszentralabteilung beim OKW, Generalleutnant Winter. Von Stülpnagel habe sich umgehend in Berlin zur Berichterstattung zu melden. Er solle das Flugzeug nehmen.

Carl-Heinrich von Stülpnagel entschied anders. Er bestellte einen PKW, wohl wissend, dass er damit entgegen eines Befehls handelte und viel länger nach Berlin brauchte.

An der Ecole Militaire im Zentrum von Paris baute man schleunigst die Sandsäcke ab, die als Kugelfang dienen sollten, wenn man die SD- und SS-Führer nach einem erfolgreichen Umsturz standrechtlich erschoss.

Die zivilen Mitarbeiter der Militärverwaltung, Dr. Horst, Bargatsky, Teuchert und Thierfelder waren in heller Aufregung. In den Büchern der Bibliothek des Hotels Majestic lagen versteckt die Unterlagen zur Stellenbesetzung nach dem Attentat auf Hitler. Man konnte sie nicht in den Kaminen verbrennen. Das würde im Hochsommer Argwohn erwecken. Blieb nur, sie in kleinste Schnipsel zu zerreißen und in diversen Hotelzimmern der Klospülung anzuvertrauen.

Von Hofacker und Martin Behrens ahnten nichts davon, dass SS-Gruppenführer Oberg ihnen eine Gnadenfrist von vier Tagen verschaffen würde und entsprechend der getroffenen Sprachregelung handelte.

»Bring mich zu Dr. Michel, der mich nach Berlin begleitete«, keuchte von Hofacker, mit den Nerven am Ende. Martin startete den Motor und fuhr durch das nächtliche Paris. Im Osten dämmerte bereits der neue Morgen herauf.

»Alles ist verloren, zuerst bei Kluge, dann in Berlin, zuletzt hier in Paris, es hat nicht sein sollen! Bring dich in Sicherheit!«, flüsterte von Hofacker.

Dr. Michel wollte noch hinterherrufen, dass sich Caesar in Sicherheit bringen solle, aber der hetzte gemeinsam mit Martin bereits weiter. In seiner Wohnung angekommen bemerkten sie einen Schatten. Martin Behrens entsicherte die Schusswaffe. Von Hofacker hob die Hand. Er hatte die Gestalt im Sessel erkannt.

»Gotthard, was machst du hier?«, fragte er entgeistert. Der Offizier war ein naher Verwandter des vor einigen Tagen abgesetzten Oberbefehlshabers von Belgien und den Niederlanden, Alexander von Falkenhausen.

»Ich habe die ganze Nacht auf dich gewartet. Deinem Gesichtsausdruck entnehme ich, es ist gescheitert?«, fragte von Falkenhausen. »Was nun?«

»Untertauchen, was sonst«, sagte von Hofacker und zuckte mit den Schultern.

»Dann versuche ich, dich zu unterstützen. Ich gebe dir alles Bargeld, was ich bei mir habe – 4000 Franc.«

Von Falkenhausen förderte seine Brieftasche zutage und übergab das Geld.

»Ich danke dir, alter Freund!«

Am Mittag des 21. Juli verließ der bisherige Militärbefehlshaber von Frankreich, General Carl-Heinrich von Stülpnagel, Paris. Die Begleitung seines Adjutanten, Dr. Baumgart, hatte er abgelehnt. Am Steuer saß Feldwebel Schauf, neben ihm Unteroffizier Fischer. Im Fond saß der General, eine Karte auf den Knien. »Bitte links abbiegen. Ich möchte noch einmal die Schlachtfelder des Ersten Weltkrieges besuchen, wo ich gekämpft habe!«

Hinter der Ortschaft Vachereauville ließ von Stülpnagel den Wagen stoppen. »Fahrt bis Champs weiter, ich gehe ein Stück des Wegs zu Fuß!«

Schauf und Fischer trauten dem Frieden nicht. Gab es hier nicht Partisanen, Terroristen der Résistance, die nur darauf lauerten, einen hohen deutschen Offizier zu ermorden? Entgegen dem Befehl fuhren sie nur bis zur nächsten Wegbiegung. Plötzlich hörten sie einen Schuss! Der Feldwebel wendete und fuhr zurück. Der General war wie vom Erdboden verschluckt. Eine Entführung?

Die beiden Unteroffiziere stiegen aus und suchten die Umgebung ab. Am Maaskanal wurden sie fündig. Der General trieb im Wasser, die Finger an den Kragenspiegeln verkrampft. Mit Entsetzen bemerkten sie, dass das Wasser rot verfärbt war. Schauf sprang in den Kanal und watete zum Schwerverletzten, zog ihn mit Hilfe von Fischer aus dem Wasser.

An Stelle des rechten Auges klaffte eine blutige Höhle. Sie entdeckten auch das Einschussloch im Kopf. Noch immer glaubten die beiden Unteroffiziere an einen Überfall der Résistance. Jeder Rechtsmediziner hätte ihnen anhand der Schmauchspuren sagen können, dass der General selbst geschossen hatte. Noch vor Sonnenuntergang erreichten sie ein deutsches Lazarett bei Verdun.

Einige Tage später sollte es heißen, dass der ehemalige Militärbefehlshaber von Frankreich auf einer Dienstfahrt von Terroristen überfallen und angeschossen wurde. Der Chefarzt im Lazarett Verdun hatte drei Tage vorher festgestellt, dass es sich um einen missglückten Selbstmordversuch gehandelt haben musste, bei dem von Stülpnagel sich blind geschossen hatte.

Dr. Michel, ein höherer Mitarbeiter der Militärverwaltung, hatte Caesar von Hofacker bei dessen letzter Reise im Juli nach Berlin begleitet. Er glaubte sich in großer Gefahr, denn jeder wusste, dass von Hofacker der Drahtzieher der Verschwörung in Paris gewesen war. Er hatte Dienst wie immer gemacht, fuhr nach Hause. Als es klingelte, erschrak er.
War das die Gestapo, die ihn zum Verhör holte? Erleichtert schloss er Dr. Ernst Röchling in die Arme, ein alter Freund und Neffe eines saarländischen Großindustriellen.
»Ich komme wegen Hofacker, wie du dir denken kannst«, sagte Röchling und ließ sich auf einen Stuhl fallen. Er war gerade aus Italien zurückgekehrt, wo er sich einige Wochen dienstlich-geschäftlich aufgehalten hatte.

Er musste erst über die jüngsten Ereignissen in Berlin und vor allem Paris aufgeklärt werden.

»Mit anderen Worten – von Hofacker ist bei dir?«, fragte Dr. Michel.

»Ja, und sein Vertrauter, Hauptmann Behrens«, sagte Röchling. »Weshalb ich hier bin. Ich brauche für die beiden einen gültigen Dienstausweis, wenn ich sie nach Italien ausschleusen soll. Ach, noch etwas. Behrens und seine Geliebte, eine französische Krankenschwester, haben gefälschte Papiere auf den Namen Martin und Julia Juillard«, seufzte Dr. Röchling.

»Kommt nicht infrage«, brauste Dr. Michel auf. »Unter uns gesagt – wegen der Reise nach Berlin mit Hofacker bin ich selbst im Visier der Gestapo! Wir müssen uns etwas anderes einfallen lassen!«

»Vielleicht könnten wir die drei in die Schweiz einschleusen«, schlug Röchling vor.

»Auch dazu brauchen sie gültige Papiere. Ich schlage vor, dass unser gemeinsamer Freund zunächst an seiner Dienststelle erscheint, als wäre nichts gewesen. Dann speist er wie immer im Raphael. Wir warten den Sonntag ab. Dann soll er eine Dienstreise nach Deutschland antreten, zum Beispiel nach München. Die dazu notwendigen Papiere unterschreibe ich gerne!«, sagte Dr. Michel.

»Was ist mit Behrens und seiner Freundin?«, insistierte Röchling.

»Die können als Franzosen untertauchen und haben sicher noch andere Optionen, als Caesar zu begleiten«, sagte Dr. Michel. Er hatte das ins Blaue hinein gesagt, ohne zu wissen, dass die beiden Kontakt zur Pariser Résistance hatten.

Als Dr. Röchling in die Gästewohnung zurückkam, stimmte von Hofacker zu. Er glaubte nicht, dass man ihn schon an diesem Wochenende verhaften würde. Martin hingegen war entsetzt. Die zwischenzeitlich Festgesetzten von SD und Gestapo waren bestimmt erpicht darauf, dem Reichssicherheitshauptamt Erfolge zu melden.

Dazu gehörten nun einmal von Hofacker und der mutmaßliche Doppelagent Behrens.

»Caesar, das ist Wahnsinn! Wir sollten umgehend verschwinden! Meine Frau auf dem Papier, Julia, hat bereits vorgefühlt. Die Résistance gibt uns einen Fluchtplan über Westfrankreich und die Pyrenäen. Die alte Route, auf der man abgeschossene Piloten nach Spanien schaffte, wurde aufgedeckt, aber es gibt eine andere. Ich habe seit langem die Zusicherung der Résistance, dass sie uns hilft!«

»Tut mir leid, Martin, ich komme nicht mit! Ich folge dem Vorschlag von Dr. Michel, dem ich vertraue. Verwandele dich wieder in Martin Juillard und fahr mit der Metro nach Hause. Ich wünsche dir viel Glück!«, sagte von Hofacker. Martin fand, sein Freund würde sich ans Messer liefern. Er konnte ihn auch nicht zwingen, nach Spanien zu fliehen. In Zivil machte er sich auf zur nächsten Metrostation.

Es war Julia, die ihn auf den neuesten Stand der Dinge brachte. Sie stellte Martin ein Glas Wasser hin, wobei ihre Hände zitterten. »Wir müssen verschwinden, Martin«, flüsterte sie und blickte über die Schulter. Tante Elise war in der Küche beschäftigt.

»General von Stülpnagel hat sich bei Verdun blind geschossen. Nach seiner Genesung wird man ihn vor Gericht stellen. Das Lazarett wird von der SS überwacht, was unnötig ist, denn der Mann kann nicht fliehen!«, sagte Julia.

Martin hörte das erste Mal davon, dass der Selbstmordversuch des Generals schiefgegangen war. In Paris war die Version im Umlauf, Terroristen steckten dahinter. Er stellte das leer getrunkene Glas ab.

»Das ist noch nicht alles, Martin! Pauline hat von einem Maulwurf bei der Gestapo eine Liste bekommen, wer in den nächsten Tagen verhaftet werden soll. Sie wollte mir keinen Durchschlag mitgeben, für den Fall, die französische Polizei oder die Gestapo erwischen mich am Ausgang der stillgelegten Metrostation. Ich habe mir die wichtigsten von dreißig Namen gemerkt: General von Stülpnagel – hat sich erledigt, Oberstleutnant von Hofacker, Oberst von Linstow, Oberst Finckh, und an vorletzter Stelle stand Hauptmann Behrens!«

Tante Elise stand plötzlich im Türrahmen. »Ich habe es geahnt, als ihr vor meiner Tür standet. Wie tief ihr drinsteckt, mon dieu! Am liebsten würde ich ›merde‹ sagen, aber das gehört sich für eine Dame nicht. Ihr bekommt ein Abendmahl, dann heißt es Koffer packen. Wenn ich Pech habe, holt mich die Gestapo zum Verhör. Wenn ich Glück habe, kommt der Sohn von Agnes, der bei der Polizei ist, zum Kaffee und befragt mich, wohin ihr entschwunden seid«, seufzte Tante Elise. »Nun zu Tisch. Eure Henkersmahlzeit!«

Es gab wieder einmal Fisch, weil die Wehrmacht den größten Teil des Rind- und Schweinefleisches für sich beanspruchte.

Martin schüttelte den Kopf. »Die Résistance hat einen Informanten bei der Gestapo, ich fasse es nicht! Was hat der noch so ausgeplaudert, wenn ich fragen darf?«

»Natürlich hat mir Pauline in der Kürze der Zeit nicht alles mitgeteilt. Der SS-Mann Oberg hat von Himmler einen Anschiss bekommen, weil man sich am 20. Juli so leicht überrumpeln ließ. Dennoch wurde er zum Obergruppenführer der SS befördert«, sagte Julia zwischen zwei Bissen.

»Was ist mit den Generalfeldmarschällen Rommel und von Kluge?«, wollte Martin wissen.

»Man sollte annehmen, dass von Kluge nach seiner klaren Ablehnung einer Beteilung am Putsch aus dem Schneider ist. Hitler misstraut ihm aber seit 1943 und wird ihn früher oder später seines Kommandos hier entheben. Pauline sagte, der hat nicht mehr lange alle drei Ämter, also OB West, Befehlshaber der Heeresgruppe B und Militärbefehlshaber Frankreichs. Von deinem Rommel war keine Rede. Der liegt ja wie von Stülpnagel in einem Lazarett«, sagte Julia und führte die Gabel zum Mund.

»Noch etwas Weißwein von unseren Nachbarn, die mit der Mietenzahlung im Rückstand sind?«, fragte Tante Elise.

»Wir brauchen einen klaren Kopf, wenn wir untertauchen. Nein, danke!«, seufzte Martin in Gedanken.

Gesetzt den Fall, von Stauffenberg hätte den Führer in die Luft gesprengt und Rommel wäre nicht von zwei Tieffliegern beschossen worden …

Dann würden zur Stunde die ersten Sondierungsgespräche mit den Alliierten stattfinden, die Waffen in der Normandie schweigen.

In London würde der englische Premierminister toben,
das Deutsche Reich müsse bedingungslos kapitulieren.
Ein Anruf des amerikanischen Präsidenten Roosevelt
würde ihn zur Räson bringen.

»Martin? Hallo?« Julia schwenkte Wein in ihrem Glas.
Wenn schon Abschied, dann richtig.
»Es ist alles schief gelaufen, was möglich war. Ich habe gerade darüber nachgedacht, was wäre wenn. Rommel war
immer gegen ein Attentat, hätte sich aber einer neuen Regierung zur Verfügung gestellt. Du hattest damals recht,
Julia. Rommel hat mich nach England geschickt, um schon
einmal einen Unterhändler vor Ort zu haben, falls er ihn
braucht. Ich nehme jetzt doch einen Schluck Wein, Tante
Elise«, seufzte Martin.

Was weder er noch Julia wissen konnten, ereignete sich in
der Wohnung von Dr. Röchling, wo von Hofacker nach
seinem Dienst nach Vorschrift wieder verschwand.
Der französische Großindustrielle Boussac machte Caesar
von Hofacker ein großzügiges Angebot. Er würde ihm die
notwendigen Papiere beschaffen, um in Frankreich unterzutauchen. Von Hofacker lehnte dankend ab, dachte dabei
auch an seine Frau und die fünf Kinder, die man in Sip-
penhaft nehmen würde. Zudem konnte er auf Reisedoku-
mente zurückgreifen, die Dr. Michel ausstellen würde und
ihn befugten, dienstlich nach München unterwegs zu sein.

Als Dr. Michel die Dokumente gerade unterschrieb,
schneite Sturmbannführer Dr. Maulaz herein.

Dr. Michel blieb nichts anderes übrig, als dem SS-Mann nach dem Mund zu reden und den Unwissenden zu spielen.

»In unserem Stab ist doch keiner auf den Gedanken gekommen, mit diesen Burschen gemeinsame Sache zu machen, oder?«

Dr. Maulaz zuckte mit den Schultern und machte eine Miene, als ob er mehr wisse.

Caesar von Hofacker fühlte sich sicher. Die Gästewohnung von Dr. Röchling lag eine Etage tiefer und konnte bei Gefahr durch einen Hinterausgang verlassen werden. Eine fröhliche Runde mit Baron von Osten-Sacken, der im selben Haus wohnte und Gottfried von Falkenhausen sprach am Sonntag, dem 23. Juli, dem französischen Wein zu. »Morgen werde ich verreisen, die erforderlichen Papiere habe ich«, sagte von Hofacker in trauter Runde.

Am Montagabend weilte er immer noch in Paris. Niemand wusste, was ihn an der Abreise hinderte. Am Dienstag ging von Falkenhausen in das Büro von Dr. Michel.

»Der SD ist nicht mehr so tatendurstig nach allem, was er erlebt hat. Ich rechne nicht mehr mit einer größeren Aktion von der Seite. Sturmbannführer Maulaz hat eine Andeutung in dieser Richtung gemacht«, sagte Dr. Michel.

»Was macht Sie so sicher? Ich glaube, dass die hiesigen SD-Leute von Berlin gesteuert werden. Wir sollten von Hofacker letztmalig warnen!« In diesem Augenblick kam von Teuchert ins Büro.

»Die Verhöre ziehen immer weitere Kreise. Nur eine Frage der Zeit, bis sie unseren Freund aufspüren!«, keuchte er.

Julia und Martin waren inzwischen mit Gepäck in der Metrostation untergetaucht, in der Pauline von der Résistance sich versteckt hielt. Man hatte nirgendwo Spitzel der Gestapo entdeckt. Es konnte auch sein, dass diese sich besonders gut getarnt hatten.

»Ich möchte meinen Freund Caesar von Hofacker mit nach Spanien nehmen, Pauline. Lässt sich das einrichten?«, fragte Martin Pauline.

»Wir haben in den vergangenen Jahren unzählige abgeschossene englische Piloten über die Pyrenäen nach San Sebastian gebracht, sie mit französischen Pässen ausgestattet. Bei Befragungen sagte unsere Begleitperson stets, der Mann wäre stumm oder sogar taubstumm. Wenn ich ein Passbild bekomme, können wir dem Herrn von Hofacker Papiere ausstellen. Stellt sich nur die Frage, wie er ihn herbeischafft, an Polizei und Gestapo vorbei.« Pauline runzelte die Stirn.

»Ich würde am liebsten Julia schicken, sie ist unauffälliger als ich. Aber nur ich weiß, bei welchen Freunden er Unterschlupf gefunden haben könnte. Ich muss noch mal los als Monsieur Juillard«, sagte Martin und sprang auf. Julia griff nach seinem Ärmel.

»Tu es nicht, chérie! Wenn sie dich erwischen, landet ihr beide bei der Gestapo. Caesar von Hofacker hat sicher andere Möglichkeiten, unterzutauchen. Einflussreiche Freunde, die ihm Geld und Ausweisdokumente geben!«

Martin ließ sich nicht beirren. Zur gleichen Zeit radelte der Bankenbevollmächtigte von Frankreich im Anzug durch das hochsommerliche Paris.

In Schweiß gebadet erreichte von Falkenhausen die Wohnung Röchlings und stellte das Fahrrad im Hausflur ab.
Er hastete die Treppen nach oben, von Hofacker war noch am Packen. Der Mann, dem man schon zwei Tage vorher angeraten hatte, Paris umgehend zu verlassen.
»Gottseidank«, keuchte von Falkenhausen. »Jetzt ist aber höchste Eile geboten, Caesar! Wieso bist du eigentlich noch hier?«
»Ich war beim Gesandten von Bargen, um etwas über die Lage im Reich zu erfahren. Ein Mann, der über allen Parteien steht und mich ungeachtet des Verdachts ins Hotel Ritz eingeladen hat«, sagte von Hofacker. Von Falkenhausen konnte über soviel Gleichmut nur den Kopf schütteln. Der Oberstleutnant hätte längst über alle Berge sein müssen.

Von Falkenhausen war gerade im Begriff, Abschied zu nehmen, als draußen die Sirenen heulten. Jetzt durfte er nicht mehr raus – Fliegeralarm. Die Hauswirtin Dr. Röchlings ging noch einmal durch alle Zimmer, um die Fenster zu öffnen, für den Fall, eine Bombe schlug ein. Damit die Druckwelle nicht die Fensterscheiben zerstörte, öffnete man sie. Sie kam auch im Zimmer vorbei, das von Hofacker bewohnte, bemerkte von Falkenhausen, sagte aber nichts.
Als die Sirenen das Ende des Alarms meldeten, stiefelte von Falkenhausen die Treppen hinunter zu seinem Fahrrad. Als er aus der Haustür trat, zuckte er zusammen. Dort standen zwei SS-Offiziere und direkt dabei mehrere Kraftfahrzeuge.

Von Falkenhausen drückte die Baskenmütze ins Gesicht, murmelte eine französische Entschuldigung und schob das Rad zwischen die Männer hindurch.

Einer der SS-Männer drehte sich um und blickte von Falkenhausen ins Gesicht. Es war ausgerechnet Dr. Maulaz vom SD. »Wohnen Sie auch hier?«, fragte er höhnisch. Maulaz wusste genau, wo von Falkenhausen wohnte.

»Ist Röchling zu Hause?«, fragte der SS-Offizier.

»Nein. Ich habe an die Tür geklopft, aber niemand öffnete«, log von Falkenhausen.

»Haben Sie Waffen dabei?«

»Nein!«

Von Falkenhausen wurde abgeklopft und angewiesen, sich in einen der bereitstehenden Wagen zu setzen.

Martin beobachtete die Szenerie von der gegenüberliegenden Straßenseite. Wenn der SD von Falkenhausen verhaftete, dann war es nur eine Frage von Minuten, bis sie auch von Hofacker hatten! Ohne die Aufmerksamkeit der SS zu erregen, lief er hundert Meter weiter, überquerte erst dann die Straße, um nach einem Hintereingang zu suchen. Vielleicht gelang es ihm in letzter Minute, Caesar zu retten! Die SS-Männer hatten vielleicht vergessen, die hintere Front zu bewachen.

Das glaubte zumindest Martin, bis er bemerkte, dass ein Schwarzuniformierter um die Ecke kam. In letzter Sekunde huschte er in das Treppenhaus. Er hoffte, dass der Mann ihn nicht bemerkt hatte. Andererseits waren jetzt auch alle Fluchtwege abgeriegelt.

Das Versteck von Caesar von Hodacker lag nicht ganz oben, sondern eine Etage tiefer. Martin hatte den Vorteil, dass Dr. Maulaz vom SD noch einmal zurück zur Hauswirtin musste, um nachzufragen.

Gerade als er die Klinke der Gästewohnung berührte, hörte er die harten Stiefeltritte von oben. Selbst mit einer Schusswaffe hätte Martin den Oberstleutnant hier nicht mehr heraushauen können. »Merde!«, zischte er.
Er musste wieder den ahnungslosen Franzosen spielen, um ohne Verhaftung davon zu kommen. Wie sollte er dem SS-Posten erklären, dass er im Gebäude war, obwohl man es umstellt hatte? Martin ging aufs Ganze, wie er es bereits bei Carentan getan hatte.
»Halt! Stehenbleiben!«, brüllte der SS-Mann und zog seine Pistole. »Wer sind Sie und wie kommen Sie hier herein?«
»Excusez moi s'il vous plait, Monsieur! Die Firma Bertrand liefert Mineralwasser und Wein an den Haushalt des Dr. Röchling. Es ist Sommer und heiß …«
»Schnauze! Ausweispapiere!« Martin reichte das Gewünschte. Die Ausweisdokumente kamen vom MI5 und waren wasserdicht.
»Martin Juillard, scheint auf den ersten Blick in Ordnung. Wenn Sie Getränke ausliefern – wo steht dann Ihr Lieferwagen, Monsieur Juillard?«, fragte der Posten lauernd.
»Andere Straßenseite, vor dem Haus. Da waren zu viele Uniformierte und ich bin hinten heraus«, sagte Martin mit Akzent.
Der SS-Mann erinnerte sich an die Vergatterung von gestern.

Es ging nicht nur darum, die Drahtzieher und Mitwisser des Attentats auf den Führer festzunehmen, sondern auch Spione. Der Franzose, der vor ihm stand, sah dem gesuchten Agenten Hauptmann Behrens verblüffend ähnlich.

»Sie sind festgenommen, Behrens, ich habe Sie erkannt! Hände hoch!«

Martin drehte sich um die eigene Achse und entwaffnete den SS-Mann mit einem Fußtritt. Dann führte er einen Ellenbogenschlag gegen das Genick des Gegners, welches den Mann zu Fall brachte.

Mit zwei schnellen Schritten erreichte er die auf dem Boden liegende Pistole und richtete sie auf den Posten. »Keinen Mucks! Sie haben Glück, ich möchte meine Flucht nicht mit einem Mord beginnen!«

Der SS-Mann richtete sich auf. Ihn ereilte umgehend ein Schlag gegen die rechte Schläfe, den Martin mit dem Handgriff der Schusswaffe ausführte. Er überlegte, ob es sinnvoll wäre, eine Handfeuerwaffe mit auf die Reise zu nehmen. Seine Sorge galt Julia, die in der Nähe mit dem Gepäck wartete.

In der Gästewohnung rasierte sich Caesar von Hofacker, als hätte er alle Zeit der Welt, um zu verschwinden. Er ahnte nichts davon, dass sein ehemaliger Chauffeur sein Leben riskiert hatte, um ihn in letzter Minute herauszuholen.

Inzwischen waren Dr. Maulaz und zwei seiner Männer in die Wohnung eingedrungen.

»Herr von Hofacker, Sie sind dringend verdächtig, an der Konspiration gegen unseren Führer beteiligt zu sein! Abführen!«, befahl Dr. Maulaz vom SD.

Kapitel 19

Heinrich Wessel hatte sich Rückendeckung von höchster Stelle geholt. Obergruppenführer Oberg hatte seiner Meinung nach die wichtigsten Männer, die am Putsch der Wehrmacht in Frankreich beteiligt gewesen waren, festsetzen lassen. Zuletzt Caesar von Hofacker.

Der Gestapomann ahnte nichts von dem stillschweigenden Übereinkommen, dass man mutmaßliche Mitwisser zwar verhörte, aber nicht ans Messer lieferte wie in Berlin. Man hätte die halbe Militärverwaltung in Paris verhaften müssen.

Wessel legte den Telefonhörer auf die Gabel. Jetzt durfte er sich wieder der Jagd nach dem Mehrfachagenten, Fahrer von Hofacker und Abwehroffizier Rommels widmen. Für ihn einer der gefährlichsten Männer, weil Behrens überall mitgemischt hatte. An der Front und nach seinem Verschwinden und Wiederauftauchen in La Roche-Guyon bei von Kluge und in Paris bei von Stülpnagel.

Jetzt befand sich der Agent vermutlich mit seiner französischen Freundin auf der Flucht. Dank der Aussage eines SS-Mannes, der den Hinterausgang des Hauses von Dr. Röchling bewacht hatte, wusste man auch, dass Behrens dagewesen war.

Die Fahndung war rausgegangen. Man wusste nur nicht, wo man suchen sollte. Zudem war man auf die Mithilfe der französischen Polizei angewiesen, denn die Gestapo konnte nicht überall sein.

Andererseits musste man sich nur auf die zwei Nachbarländer konzentrieren, die Deutschland nicht besetzt hatte: Die Schweiz und Spanien.

Heinrich Wessel hätte nur ein paar Schritte laufen müssen, hob aber den Hörer und wählte.

»Martens und Rudolph, zu mir!«

Es dauerte nur wenige Augenblicke und die beiden Gestapoleute erschienen im Büro ihres unmittelbaren Vorgesetzten. Man ersparte sich das Ritual mit dem Hochreißen des rechten Armes und den Segenswünschen für den Führer.

»Herr Rudolph, Sie wurden in Garmisch-Partenkirchen geboren? Sie haben doch sicher Bergwanderungen unternommen und sind Ski gelaufen?«

»Jawohl, Herr Kriminalrat!«

»Es tut mir leid, ich darf nur einen von Ihnen mitnehmen! Herr Martens, Sie unterstützen die anderen Parteigenossen bei der Bekämpfung der Résistance«, sagte Heinrich Wessel.

Als Martens verschwunden war, breitete er wieder die Karten aus.

»Versetzen Sie sich in die Lage eines Paares, das außer Landes will. In der Blüte ihrer Jahre und daher körperlich fit«, ermunterte der Kriminalrat seinen Untergebenen.

Rudolph straffte sich. Er würde systematisch vorgehen, um das Vertrauen seines Chefs zu rechtfertigen.

»In den Alpen führen die Waffen-SS und unsere Gebirgsjäger einen gnadenlosen Krieg gegen Partisanen. Die Gefahr, erwischt zu werden, ist zu groß. Im Süden: Mit einem Fischerboot von Biarritz nach San Sebastian. Ist ebenfalls gefährlich, da unsere Schnellboote dort patrouillieren. Col de la Clauère, Zentralpyrenäen. Nur etwas für sehr gute Bergwanderer …«

»Ich gebe zu bedenken, dass dort entlang alliierte Piloten nach Spanien geschafft wurden. Einige davon litten noch unter Fußverletzungen, die sie sich bei der Fallschirmlandung zugezogen hatten und es dennoch schafften«, sagte Wessel. »Weiter!«

»Ganz im Osten, von Banyuls-sur-Mer nach Portbou. Eine einst beliebte Fluchtroute«, sagte Rudolph.

»Sehr gut! 1939 flohen in umgekehrter Richtung 350000 bis zu 500000 Widerständler gegen Franco nach Frankreich. Zum Glück wurden sie in Internierungslager gesteckt, sodass wir noch Jahre später Österreicher und Deutsche, die für die Republikaner gekämpft hatten, ergreifen konnten. 1940/41 gelang einigen Juden und Intellektuellen die Flucht nach Spanien«, ergänzte Wessel. »Wir können uns nicht aufteilen. Versetzen Sie sich in die Lage von Behrens. Was würde er tun? Die schwierige Route über die Zentralpyrenäen, obwohl wir dort eine Berghütte stürmten und die Fluchthelferin verhaftet wurde?«, fragte Heinrich Wessel lauernd.

»So umtriebig wie er, ist wird er das wählen, was für Verfolger gleichzeitig naheliegend und unerwartet ist – Banyuls-sur-Mer«, sagte Rudolph und Wessel klopfte ihm auf die Schulter.

»Ich lasse die Dienstreisedokumente fertigmachen. Auch wenn Krieg ist, wir sind eine deutsche Behörde«, seufzte der Kriminalrat. »Sie rufen im Hospital de la Croix an, seit wann die Krankenschwester Julia abgängig ist!«

In einem Punkt irrte der Gestapomann gründlich. Nicht Martin Behrens, sondern zwei Frauen, Pauline und Julia, hatten die Fluchtroute ausgeheckt. Am Gare d'Austerlitz in Paris und auf dem Bahnhof von Toulouse waren sie kontrolliert worden und kamen mit der Geschichte durch, die kranke Oma von Madame Juillard in Perpignan besuchen zu wollen. Man konnte im besetzten Frankreich reisen.

Nur brauchte man dafür eine gute Ausrede und wasserdichte Ausweisdokumente. Junge Männer mussten zudem nachweisen, dass sie vom Arbeitsdienst im Deutschen Reich freigestellt waren.

Julia hatte Martin instruiert, auf Fragen immer nur mit ›Oui‹ oder ›Non‹ zu antworten, was jedes Mal eine Debatte auslöste, dass sein Französisch gar nicht so schlecht sei.

Er habe schließlich eine hervorragende Lehrerin. Julia quittierte es stets mit einem Kuss, aber nur, wenn niemand in der Nähe war.

Der Bahnhof von Banyuls-sur-Mer bestand aus einem zweistöckigen Gebäude, an das sich ein kleineres anschloss. Nach Informationen der Résistance gab es hier nur eine kleine Garnison deutscher Soldaten, die privat untergebracht waren. Ein oder zwei kontrollierten den Bahnsteig, weitere den Puig-del-Mas oberhalb des Ortes und Beginn des alten Schmugglerpfades nach Spanien. Bahnhof und Fischereihafen wurden zudem von französischer Polizei bewacht.

Pauline hatte Julia eingeschärft, keineswegs auf dem Bahnsteig auszusteigen. Sie würden einem deutschen Soldaten sofort in die Arme laufen.

Die Fahrgäste wunderten sich, als das junge Paar nicht links wie alle anderen ausstieg, sondern nach rechts ins Gleisbett sprang und hinter einem stehenden Güterzug verschwand.

Julia und Martin nahmen bewusst das Risiko in Kauf, dass ein Kollaborateur es meldete. Dann wären sie längst hinter Hecken verschwunden und auf dem Weg zu ihrer Kontaktadresse, zu Amelie. Dort würden sie auch übernachten, um Kräfte für die Bergwanderung zu sammeln.

»Scheiße!«, brüllte Kriminalrat Wessel. »Unser Antrag, mit einem Flugzeug nach Perpignan zu reisen, wurde abgelehnt!« Er warf den Hörer des Telefons auf die Gabel.

»Man braucht alles, was fliegen kann, an der Front und zur Verteidigung des Luftraumes über dem Reich. Wir müssen den Zug nehmen, Rudolph!« Als er sich etwas beruhigt hatte, fragte er nach: »Vorsprung der beiden?«

»Die Krankenschwester Julia Juillard ist gestern nicht zum Frühdienst erschienen, also vierundzwanzig Stunden!«

»Wir müssen es trotzdem versuchen, Rudolph! Dieser Verräter und seine Braut dürfen nicht entkommen. Wenn wir Glück haben, übernachten sie in Banyuls-sur-Mer und wir erwischen sie noch!«

Amelie Canal erwies sich als aufmerksame Gastgeberin. Zudem hatte man von ihrem Anwesen im Norden der Ortschaft eine wunderbare Aussicht auf das azurblaue Mittelmeer.

Rotwein, Weißbrot und Käse waren hervorragend. Martin hatte nur Probleme mit dem Ragout aus Schaffleisch.

»Schmeckt es dir nicht, Martin?«, fragte Amelie besorgt. Sie sprach mit dem Akzent der Einwohner dieser Gegend, den Pyrénées-Orientales, sodass selbst Julia Mühe hatte, alles zu verstehen.

»Doch, sehr gut«, beeilte sich Martin zu versichern und kaute verzweifelt auf einem zähen Stück herum. Er hoffte, dass die Gastgeberin in der Küche verschwinden würde und er es dem lauernden Hund zuwerfen konnte. Der Vierbeiner hatte wahrscheinlich nichts dagegen, wenn deutsche Spucke daran klebte.

Amelie wollte Tafelwasser aus der Küche holen und Martin atmete erleichtert auf. Stattdessen sprang Julia auf und erbot sich, das Wasser zu holen. Martin hoffte jetzt auf einen günstigen Zeitpunkt.

Amelie wendete für einen Moment den Blick Richtung Berge, die hier nicht so hoch wie in den Zentral-Pyrenäen waren. Martin nutzte die Chance und der Hund fing den Bissen auf, bevor sein Frauchen sich umwandte.

»Mein Bruder Paul ist Schäfer. Wäret ihr nur einige Wochen eher gekommen, dann hätte ich zartes Lammfleisch aufgetischt. Das Schaf war mindestens zwei Jahre alt«, sagte die Gastgeberin mit einem Augenzwinkern.

Inzwischen war auch Julia zurückgekommen. Wegen der morgen anstehenden Wanderung bei dreißig Grad ohne Schatten tranken sie nur verdünnten Rotwein.

»Von 1940 bis zur Besetzung von ganz Frankreich vor zwei Jahren führten wir viele Gruppen über den Pfad bis zur spanischen Grenze. Leider gab es auch tragische Vorfälle. Der deutsche Philosoph und Schriftsteller Walter

Benjamin starb in Portbou an Entkräftung. Andere wieder behaupten, er habe Selbstmord begangen.« Amelie bekreuzigte sich. Für sie als Katholikin war Selbstentleibung eine Todsünde.

»Wie dem auch sei, ihr seid jung und kräftig und werdet es mit Pauls Hilfe schaffen. Es gibt nur ein Problem: Unterhalb von Puig-del-Mas müsst ihr den Posten der Wehrmacht austricksen oder umgehen. Oberhalb erwartet euch dann Paul.«

Die Gestapoleute Heinrich Wessel und Georg Rudolph waren nicht sicher, ob sie die Flüchtenden überhaupt noch aufhalten konnten.

Sie stiegen aus dem Zug und wiesen sich beim Posten auf dem Bahnsteig aus. Als dieser die Dienstausweise sah, riss er den rechten Arm nach oben und brüllte: »Heil Hitler!« Kriminalrat Wessel winkte ab. »Ist hier gestern ein Pärchen ausgestiegen?« Er zeigte dem Gefreiten die Fotos. Von Martin Behrens hatte man aus der Akte ein gestochen scharfes Bild, von Julia Bouchet nur ein etwas verschwommenes Foto.

»Nein, Herr Kriminalrat! Hier ist niemand ausgestiegen, auf den die Beschreibung passt!«

»Kann es nicht sein, dass die Gesuchten auf der anderen Seite ins Schotterbett der Gleisanlage gesprungen sind? Wird das gegenüberliegende Gelände überwacht?«

»Nein, Herr Kriminalrat! Dafür haben wir nicht genug Leute.« Der Gefreite hatte Schweißperlen auf der Stirn. Vom Mittelmeer wehte zwar eine Brise, aber hier hatte man im Hochsommer täglich Temperaturen von dreißig Grad und mehr.

»Weisen Sie uns den Weg zur Kommandantur. Irgendwo wird ja wohl Ihr Zugführer sein Domizil haben!«, schnauzte Wessel.

»Am Bahnhofsvorplatz links entlang. Nach zweihundert Metern finden Sie Leutnant Heller in einer Privatwohnung, die gleichzeitig als Büro dient!« Der Gefreite war froh, die Schnüffler von der Gestapo endlich los zu sein. Wenn die extra aus Paris anreisten, wollten sie offensichtlich die Flucht eines besonderen Übeltäters verhindern.

»Wenn wir Glück haben, können wir ihnen noch den Weg abschneiden. Wir müssen es versuchen! Rudolph, suchen Sie den steilsten Weg die Weinberge da oben hinauf. Wenn mich nicht alles täuscht, ist das die Fluchtroute. Versuchen Sie bei einem Winzer oder Schäfer herauszufinden, ob Behrens und Bouchet da schon durch sind! Falls nicht, legen Sie einen Hinterhalt – ich vertraue auf Sie!« Wessel klopfte dem erfahrenen Bergwanderer aus Bayern auf die Schulter.

Wegen der Hitze hatte Leutnant Heller die Uniformjacke über die Stuhllehne gehängt, die Stiefel ausgezogen und die qualmenden Füße auf einem Hocker abgelegt. Wenigstens hatte er keine Flasche des süßen Bayuls auf dem Tisch, als ein Zivilist das provisorische Büro in der Nähe des Bahnhofs stürmte.

»Heil Hitler, Herr Leutnant! Beim Etappendienst lässt es sich aushalten!«

»Und Sie sind?« Leutnant Heller stand auf und stieg in die Stiefel. Wer hier ohne anzuklopfen hereinschneite, hatte vermutlich eine Funktion im Dritten Reich.

»Kriminalrat Wessel, Gestapo Paris! Wir fahnden nach dem Doppelagenten Hauptmann Behrens und dessen französischer Freundin. Ihren Posten am Bahnhof haben wir bereits befragt. Der hat kein auffälliges Pärchen gesehen oder gar kontrolliert. Der Verdacht liegt nahe, dass die Gesuchten über die Gleise geflohen sind, Unterschlupf fanden und heute noch den alten Fluchtpfad nutzen werden, um nach Spanien zu entkommen. – Haben Sie ein Glas Wasser?« Heinrich Wessel schnaufte durch und ließ sich auf eine alte Couch fallen, von der Staubwolken aufstiegen.

Leutnant Heller war schnell in die Uniformjacke geschlüpft und grüßte verspätet mit erhobenem rechten Arm zurück. »Entschuldigen Sie, Herr Kriminalrat! Ihr Kommen wurde mir nicht angekündigt!« Da keine Ordonnanz zur Verfügung stand und die Haushälterin unterwegs war, musste der Offizier sich selbst in die Küche bemühen, um ein Glas Wasser zu holen.

»Ich brauche mindestens zwei, besser drei, Ihrer Männer, die unten an den Weinbergen warten. Das hat Vorrang vor sonstigen Überwachungsaufgaben. Einer meiner Mitarbeiter ist schon auf dem Weg zum Puig-del-Mas. Wir müssen los, Leutnant!«

Amelie Canal hatte vergessen, den Wecker zu stellen. Sie warf das Kopfkissen an die Wand. »Merde! Die hätten längst unterwegs sein müssen!« Dann rannte sie ins Gästezimmer.

»Katzenwäsche, anziehen, Wasserflaschen füllen – dann los! Wir haben verschlafen!«

Sie klatschte in die Hände, um den letzten Rest Müdigkeit aus ihren Gästen zu verscheuchen, die eng aneinandergeschmiegt schlummerten.

Martin blinzelte mit einem Auge auf seine Armbanduhr, die er auf dem Nachttischchen abgelegt hatte.

Julia als Schichtarbeiterin war sofort munter und nach wenigen Minuten abreisebereit. Martin wollte sich rasieren, aber das musste warten, bis man in Spanien war.

Von den Nachbarn ungesehen führte Amelie sie auf Schleichwegen rund um Banyuls-sur-Mer, was weitere wertvolle Zeit kostete.

Zur gleichen Zeit hatte der erfahrene Bergwanderer Georg Rudolph längst die Stelle erreicht, wo die Weinberge in eine karge Landschaft mit Felsen und Büschen überging. Weil es in den letzten Tagen geregnet hatte, duftete es nach Lavendel und Kräutern.

Plötzlich tauchte ein knurrender Hund vor ihm auf. Rudolph riss die Pistole aus dem Schulterhalfter, bereit, auf das Tier zu schießen, falls es angriff.

»Ne tirez pas! Nicht schießen!«, rief ein Mann auf Französisch. »Hugo ist nur der Hütehund meiner Schafe!«

Georg Rudolph war lang genug in Paris stationiert, um einige Wortfetzen zu verstehen und senkte die Waffe. Der Schäfer pfiff den misstrauischen Hund zurück.

»Haben Sie auf dem Pfad ein junges Pärchen gesehen, der Mann Anfang dreißig, die Frau etwas jünger?« Rudolph hatte keine Ahnung, dass er gerade mit Paul Canal sprach, dem Bruder von Amelie. Bei dem schrillten alle Alarmglocken. Was war nur passiert, dass die sich verspäteten? Waren sie aufgehalten worden?

»Kriminalinspektor Rudolph, Gestapo! Wir fahnden nach den beiden!« Er zückte den Dienstausweis.

»Nein, heute Morgen jedenfalls nicht, auch nicht gestern. Aber ich war nicht immer am Pfad. Meine Schafe grasen weiter drüben.« Paul beschrieb mit dem rechten Arm eine halbkreisförmige Bewegung nach Westen. Gleichzeitig dachte er darüber nach, wie er verhindern konnte, dass die von seiner Schwester avisierten Flüchtlinge in eine Falle tappten.

»Danke, dann nehmen Sie Ihren Hund mit und sehen nach den Schafen«, sagte Rudolph. Er suchte nach einem Versteck für einen Hinterhalt, falls der Franzose nicht gelogen hatte und das Pärchen schon durch war.

Paul Canal verschwand hinter den Büschen. Bei aufziehendem Unwetter konnte er sich in eine Hütte verkriechen. Dort lag hinter einem Brennholzstapel versteckt ein Jagdgewehr …

»Ich komme mit!«, rief Leutnant Heller. Falls er bei der Ergreifung eines Agenten half, würde der Gestapomann gegenüber den Vorgesetzten in der Wehrmacht verschweigen, wie er ihn vorgefunden hatte. »Ich muss nur zu den Unterkünften der Soldaten, die gerade dienstfrei haben!«

»In Ordnung, Leutnant, aber beeilen Sie sich!«, rief ihm Wessel hinterher. Am Fuße des Pfades ein Soldat, oben hinter den Weinbergen nur Rudolph. Er schüttelte den Kopf. Konnte das gutgehen? Sie hatten beim Umsteigen in Toulouse keine Zeit gehabt, eine Dienststelle der Gestapo, der Feldgendarmerie oder französischen Polizei aufzusuchen, um die kleine Wehrmachtseinheit in Alarmbereitschaft zu versetzen.

Martin und Julia verabschiedeten sich von ihrer Gastgeberin Amelie. Sie hatte ihnen außer Wasser noch Verpflegung mitgegeben. Sie kamen gut voran, bemüht, die Verspätung aufzuholen.

Als Martin den Posten bemerkte, ging er sofort in Deckung und drückte Julia ebenfalls ins trockene Gras. Er legte den Zeigefinger über die Lippen. Martin hatte nicht vor, sich mit einem Mord an einem Kameraden zu verabschieden. Falls Verfolger hinter ihnen her waren, konnte eine erbeutete Schusswaffe nicht schaden.
Er bediente sich des ältesten Tricks der Welt, der fast immer funktionierte: Er warf einen Stein in die entgegengesetzte Richtung und der Posten reagierte darauf. So konnte er den Mann von hinten überwältigen, der keine Nahkampferfahrung zu haben schien. Er ließ den Karabiner fallen. Julia kam dazu und trat auf den Lauf des Gewehrs. Gemeinsam knebelten und fesselten sie den Mann. Martin nahm ihm die Pistole ab und versteckte die Langwaffe im Gebüsch. Sie rollten den Soldaten in eine Bodenwelle.
»Hatte ich nicht gesagt, chérie, du sollst liegenbleiben?«, schimpfte Martin leise, hauchte ihr aber einen Kuss auf die Wange. »Merci! Hoffentlich war das die letzte Überraschung!«
»Da wäre ich mir nicht so sicher. Wir sollten so schnell wie möglich zum Treffpunkt mit Paul«, sagte sie.

Leutnant Heller, zwei seiner Männer und Kriminalrat Wessel hasteten auf dem schmalen Pfad in den Weinbergen hinauf, sodass der Schreibtischtäter schon bald nach Luft japste.

»Kramer! Gefreiter Kramer?«, schrie der Offizier. »Den hätten wir längst passieren müssen!«

Heinrich Wessel machte sich mehr Sorgen um seinen Mitarbeiter. Wenn hier niemand von der Wehrmacht Posten stand, dann war Georg Rudolph allein dort oben. Er brauchte dringend eine Verschnaufpause. Den Sommermantel hatte er gar nicht erst mitgenommen. Wessel beugte sich nach vorn und legte beide Hände flach auf die Oberschenkel.

Die Verhaftung von Spionen wie Behrens oder Sympathisanten der Résistance, wie Julia Bouchet, war Sache der Gestapo. Hier wurde allerdings ein Soldat vermisst, der nicht auf seinem Posten war. Entsprechend handelte der Leutnant.

»Lindner, Kaminsky! Wir durchkämmen das hügelige Gelände!«

»Jawohl, Herr Leutnant!«

»Halt, wo wollen Sie hin?«, keuchte Wessel, der sich nach einer Feldflasche mit kühlem Quellwasser sehnte.

»Ein Angehöriger der Wehrmacht ist abgängig. Bei einer militärischen Operation habe ich das Kommando! Wenn Sie sich beschweren wollen, Herr Kriminalrat – sparen Sie Ihre Luft - die Passhöhe ist bei 540 Meter. Im Vergleich zur alten Fluchtroute über die Zentral-Pyrenäen nur ein Hügel«, sagte der Leutnant und stapfte weiter.

Heinrich Wessel wollte bemerken, dass er die Akten kenne.

Die Frau, die eine Berghütte betrieben und alliierten Piloten mit Schuhen, Nahrung und Wasser geholfen hatte, saß jetzt im Konzentrationslager Ravensbrück in Deutschland. Er sparte wie angeraten seine Luft und stiefelte hinterher.

Georg Rudolph bezog wie angewiesen Stellung oberhalb Puig-del-Mas. Er lud die Waffe durch und legte sie ungesichert neben sich. Die Sträucher spendeten etwas Schatten, aber auch er sehnte sich nach etwas Trinkbarem. Die Minuten vergingen und er glaubte, dass das Pärchen, welches er am Weitermarsch hindern sollte, vielleicht schon durch war.

Dann hörte er leises Geplauder. Ein eigentümliches Gemisch aus Französisch und Deutsch. Das mussten sie sein! Rudolph drückte sich tiefer in die Mulde.

Als er eine Spinne auf seinem linken Unterarm bemerkte, gab er ein Geräusch von sich. Diese Krabbeltierchen mochte er überhaupt nicht. Womöglich waren die hier im Süden Europas sogar giftig!

Julia hatte das feinere Gehör. Sie zog Martin am Ärmel seiner Jacke sofort nach unten.

»Hast du das nicht gehört? Das war kein Tier. Es klang wie das Stöhnen eines Menschen, der vor irgendetwas Angst hat«, flüsterte sie.

Martin hatte nichts gehört, umklammerte den Griff der erbeuteten Handfeuerwaffe fester. Man war dem Ziel, der Grenze zu Spanien, so nahe. Selbst wenn es blinder Alarm war, er musste auf der Hut sein.

Georg Rudolph hatte sich weitergerollt, um aus der Reichweite der schwarzen Spinne zu kommen. Dabei bewegten sich einige lange Grashalme entgegen der Windrichtung.

Martins Sinne waren jetzt geschärft. Er hoffte, ein sehr leises metallisches Klicken zu hören. Vergeblich. Der Gestapomann hatte seine Pistole lange vorher entsichert. Mit einem erfahrenen Aufklärer an seiner Seite hätte Martin den vermuteten Gegner von zwei Seiten, womöglich sogar im Rücken angreifen können. Er musste sich um die Sicherheit der Frau sorgen, die er liebte. Man konnte auch nicht in der Pattsituation verweilen. Wenn dort einer war, dann hatte er die Garnison der Wehrmacht alarmiert und die würden demnächst auftauchen. Einen Posten hatte Martin ausgeschaltet. Die würden nicht nur ihren Kameraden suchen und finden, sondern auch nach dem Täter fahnden.

Sie mussten hier schleunigst weg. »Gib mir Feuerschutz!«, brüllte er Julia an, die zusammenzuckte. Die Französin begriff schnell, was er bezweckte. Wer auch immer da im Versteck lag sollte glauben, es mit zwei Bewaffneten zu tun zu haben.
Martin rollte sich von Julia weg, ging kurz in die Hocke, und feuerte auf Verdacht auf ein Gebüsch und warf sich wieder ins trockene Gras.
Sein Plan ging auf. Um zurück zu feuern, musste Georg Rudolph zwar nicht die Deckung verlassen, aber auf ein Knie gehen, um zu schießen. Jetzt hatten sich dürre Zweige bewegt.

Martin hatte nur ein Ziel: Den Gegner von seiner Julia wegzulocken, ihn auszuschalten, um schnellen Schrittes die Flucht nach Spanien fortsetzen zu können.

Der Schusswechsel wurde von mehreren Personen gehört. »Los, weiter!«, schnauzte Heinrich Wessel. »Mein Mann hat das Pärchen gestellt! Behrens hat sich eine Waffe besorgt und schießt zurück!« Leutnant Heller wollte vermeiden, an die Front strafversetzt zu werden und trieb seine Soldaten ebenfalls an.

Paul Canal überlegte einen Moment, das alte Jagdgewehr an den jungen Burschen Michel zu übergeben, der ebenfalls eine Herde Schafe hütete. Nein, das konnte er nicht machen. Wenn Michel der Gestapo oder Wehrmacht in die Hände fiel, würden die ihn solange foltern, bis er zugab, bei der Résistance zu sein, und anschließend erhängen. Er würde das selbst erledigen, auch auf die Gefahr hin, dass man ihn erwischte.

Der Schusswechsel dauerte an. Martin rechnete nach. Er hatte nur noch zwei Patronen.
Georg Rudolph lud die Waffe nach und wunderte sich, dass der Gegner nicht mehr schoss. Als sich seine Nackenhaare sträubten, weil sein siebter Sinn ihm eine Gefahr im Rücken signalisieren wollte, war es zu spät. Er konnte dem auf ihn zusausenden Gewehrkolben nicht mehr ausweichen, wurde so heftig an der Schläfe getroffen, dass er den steilen Hang hinunterrollte – den heranstürmenden Soldaten und seinem Chef fast vor die Füße.

»Scheiße! Erst Kramer, jetzt auch noch Rudolph!«,
schnauzte Wessel. »Rudolph – hören Sie mich?«
Leutnant Heller legte zwei Finger auf die Halsschlagader.
»Bewusstlos, aber nicht tot«, stellte er fest.
»Herr Leutnant, wir haben Kramer gefunden!«, rief Soldat
Lindner nach oben.

Diese wenigen Augenblicke der Ablenkung genügten Paul,
um zu den Flüchtenden zu stoßen.
»Ich führe euch auf einen Schleichpfad, den die nicht kennen«, flüsterte er. Julia und Martin rannten dem davonhu-
schenden Schäfer hinterher. Trockenes Buschwerk ver-
sperrte den Verfolgern die Sicht, die bald darauf die Anhöhe erreichten.
»Ich hoffe, Sie haben in Banyuls-sur-Mer nicht nur ›Beine
hoch – Etappendienst‹ gespielt«, zischte Wessel. »Ist das
nun der Fluchtweg, den 1940 und 41 so viele Vaterlands-
verräter genutzt haben?«
»Ja, sicher, sind wir natürlich abgelaufen«, stotterte Leutnant Heller. Dass es hier weitere Pfade gab, die von den
einheimischen Schäfern und ihren Herden genutzt wurden, verschwieg er lieber.
»Na, dann weiter! Um Rudolph kümmern wir uns später.
Irgendwo muss es ja bergrunter gehen. Wenn das Blickfeld
frei ist, können wir schießen!«

Der Leutnant und nur noch einer seiner Soldaten nahmen
die Verfolgung auf. Kriminalrat Wessel konnte nicht mehr
folgen. Ihn plagten Seitenstiche, das Oberhemd war
durchgeschwitzt. Er ließ sich auf einen Stein sinken.

Heinrich Wessel würde ein Monatsgehalt für einen Liter Weinschorle hinblättern. Der Soldat Lindner trat näher. Der Gestapomann wollte schon schnauzen, er solle sich an der Verfolgung beteiligen. Lindner reichte ihm wortlos die Feldflasche.

»Sehen Sie es mal positiv, Herr Kriminalrat. Bisher gab es keine Toten. Hauptmann Behrens mag zwar ein Verräter sein, er ist aber kein Mörder.«

Da der Soldat ihm Wasser gereicht hatte, unterließ Wessel einen bissigen Kommentar. Die Frage nach dem Verbleib von Leutnant Heller und Soldat Kaminsky erübrigte sich. Die tauchten nach zwanzig Minuten wieder auf. Sie traf ein fragender Blick von Heinrich Wessel, der sich wieder erholt hatte.

»Kein freies Schussfeld, Herr Kriminalrat. Die Flüchtenden haben einen einheimischen Helfer, der das Gelände ausnutzt. Wenn wir glaubten, wir sind ihnen nahe, verschwanden die hinter Felsen. Bevor Sie fragen, einen Kilometer weiter beginnt Spanien. Da dürfen wir nicht agieren«, seufzte Heller. Die Hoffnung, einer Strafversetzung zu entgehen, war nur noch ein glimmender Funke.

»Das ist der Dank dafür, dass unser Führer dem Franco die Legion Condor geschickt hat, damit er im Bürgerkrieg obsiegt«, keuchte Wessel.

Der Leutnant freute sich, dass sich die Wut des Gestapomannes auf den Diktator Franco richtete. Spanien war neben der Schweiz und Schweden eines der wenigen Länder, die sich in diesem verheerenden Weltkrieg neutral verhielten.

»Wenn mir die Bemerkung gestattet ist, Herr Kriminalrat, hatten die mehrere Helfer von der Résistance, anders lässt es sich nicht erklären«, sagte Leutnant Heller.

»Dann konzentrieren wir uns darauf, diese Helfer zu inhaftieren!«

»Da unten ist Portbou. Die Spanier werden euch zunächst festnehmen und die Identität klären. Ich wünsche euch alles Gute«, sagte Paul und wandte sich zum Gehen.

»Was wird aus dir?«, fragte Julia besorgt.

»Sie werden mich verdächtigen, weil ich mich als Schäfer hier gut auskenne. Ich werde für eine Weile untertauchen müssen, aber das war es mir wert. Au revoir!«

Julia und Martin winkten Paul zu und liefen Hand in Hand Richtung Spanien – einer ungewissen Zukunft entgegen.

Epilog

»Ich warte immer noch auf die Erklärung, warum uns die Spanier nach drei Stunden Haft wieder laufen ließen«, maulte Julia, lächelte aber dabei.
Martin Behrens nippte am Kaffee und ließ den Blick über die Sagrada Familia in Barcelona schweifen.
»Beziehungen schaden nur dem, der sie nicht hat«, sagte er und grinste über den Rand der Kaffeetasse.

Es dauerte nicht lange, bis ein Mann im besten Alter mit weiten, federnden Schritten auf sie zukam und Platz nahm. Dem herbeiwuselnden spanischen Kellner sagte Martin, er solle noch einen Kaffee für den Gast bringen.
»Darf ich vorstellen, Julia? Mein Onkel Wilhelm Konrad Behrens, Wirtschaftsberater der spanischen Regierung seit vier Jahren!«
»Vielen Dank, Monsieur Behrens! Sie haben uns sehr geholfen«, sagte Julia auf Deutsch. Nicht nur Martin, auch sie hatte schnell gelernt. »Die Zelle in Portbou war nicht besonders angenehm.«
Wilhelm Behrens nippte am Kaffee, den der spanische Kellner inzwischen serviert hatte. »Natürlich bin ich nicht offiziell hier, schon gar nicht bei der Deutschen Botschaft angestellt. In dem Fall hätte ich euch gar nicht treffen dürfen«, sagte er. »Martin ist für die spanischen Behörden auch nicht mein Neffe, sondern ...«
»Martin Juillard aus Frankreich«, ergänzte der Partner von Julia Bouchet mit einem Augenzwinkern die Aussage.

»Ein Beamter wunderte sich über mein gesteigertes Interesse an einem inhaftierten französischen Pärchen. Einige Pesetas wechselten den Besitzer«, seufzte Onkel Wilhelm. »Ihm musste ich beichten, dass es sich bei Martin um einen Verwandten handelt. Die spanische Regierung ist nicht gerade erpicht darauf, Widerständler gegen Hitler Zuflucht zu gewähren.«

»Ich habe dich nie danach gefragt, warum du dich immer wieder in Gefahr begeben hast, um diesen Krieg zu beenden.« Julia wandte sich direkt an Martin.

Der Angesprochene starrte in seine leere Kaffeetasse. Er war blass geworden.

Wilhelm Behrens streckte beide Arme aus, legte eine Hand beruhigend auf den Unterarm des Neffen und die andere auf das rechte Handgelenk von Julia.

»Soll ich?«, fragte er, an Martin gewandt.

Julia schüttelte die gold-braune Mähne. »Ich möchte es von dir, Martin, hören, bitte!«

Der spanische Kellner schlich um den Tisch, weil die Kaffeetassen leer waren. Onkel Wilhelm orderte Sherry, um die Zunge seines Neffen zu lösen.

»Wir waren alle begeistert, als die NSDAP 1933 an die Macht kam. Meine Schwester Gerda und ich … wir gingen zur Hitlerjugend. Es gab wieder Arbeit und Wohlstand. Die Diskriminierung von Juden, die Inhaftierung von politischen Gegnern   all das blendeten wir aus. In Deutschland ging es wieder bergauf. Wir durften sogar die Olympischen Spiele ausrichten, im Sommer und im Winter.« Martin musste eine Pause einlegen, weil der Kellner Sherry und Wasser servierte.

»Ich begann ein Studium als Bauingenieur, brach es wieder ab, um zur Wehrmacht zu gehen. Meine Schwester Gerda begann Medizin zu studieren, genau wie du, Julia. In der Nacht zum 29. August 1940 erfolgte der zweite Bombenangriff der Briten auf Berlin. Ich hatte Urlaub, sollte vom Fähnrich zum Leutnant befördert werden. Beim Luftalarm rannten wir alle in den Schutzkeller. Gerda rief: ›Ich habe noch etwas vergessen. Was wird aus Minka?‹ und lief zurück.«

Julia hatte am Sherry genippt und fragte verwundert: »Minka?«

»Die Hauskatze«, ergänzte Wilhelm Behrens.

»Eine der Sprengbomben schlug direkt neben unserem Haus ein. Der Flur war verschüttet, ebenso die Treppe zum Keller. Es dauerte zwei Stunden, ehe uns Hilfskräfte aus den Trümmern befreiten. Die Katze hat es überlebt – meine Schwester leider nicht!«

Martin stellte das leergetrunkene Sherryglas schwungvoll ab. »Ich wollte nur noch, dass dieser Krieg ein Ende hat, denn der Terror auf beiden Seiten wird endlos weitergehen!«

Julia rückte näher an Martin heran und nahm ihn in den Arm. »Es tut mir leid, chérie! Ich bete für Gerda.« Sie hauchte ihm einen Kuss auf die Wange, spürte die Feuchtigkeit, die nur aus den Augen ihres Geliebten stammen konnte.

»Ich spielte weiter den pflichtbewussten Offizier, dem Führer treu ergeben. Ich hoffte als Abwehroffizier eher an Informationen zu kommen, diesen Scheiß-Krieg zu beenden. Leider waren die Opfer, die Graf Stauffenberg, Caesar von Hofacker und viele andere erbracht haben, vergebens! Jetzt geht es bis zum bitteren Ende, vermutlich bis 1945!«

»In Frankreich nicht, mein lieber Neffe! Die Alliierten stehen an der Seine, werden allerdings General de Gaulle beim Einmarsch in Paris den Vortritt lassen. Mesero, noch eine Runde Sherry!«, sagte Wilhelm Konrad Behrens.

Nachwort

Bei der Niederschrift dieses Manuskripts war ich mir der Gefahr bewusst, wenn ich einen deutschen Offizier in den Mittelpunkt der Handlung stelle. Dieser fiktive Protagonist hat seine Schwester bei einem Bombenangriff verloren und setzt alles daran, den entsetzlichen Krieg zu beenden. Er gehört zum erweiterten Kreis der Verschwörer um Claus Graf Schenk von Stauffenberg und nimmt in Le Havre Kontakt zur Résistance auf. Die Alliierten sollen nach ihrer Landung in der Normandie aufgehalten werden, um nach der Ermordung Hitlers einen separaten Waffenstillstand auszuhandeln.

Die Leserinnen und Leser wissen zu jedem Zeitpunkt, wie es ausgeht – bis auf die Flucht.

Ich hoffe dennoch, eine spannende Geschichte geschrieben zu haben.

Bis auf die Protagonisten, Résistancekämpfer, Mannschaftsgrade und Unteroffiziersränge sind nahezu alle handelnden Personen historische Persönlichkeiten. Besonders bemerkenswert: Generalleutnant Hans Speidel war von 1957 bis 1963 Oberbefehlshaber aller NATO-Landstreitkräfte in Europa.

Für die Rekonstruktion der Geschehnisse um den 20. Juli 1944 in Paris war besonders hilfreich das Taschenbuch »Aufstand der Generale« von Wilhelm von Schramm (Wilhelm Heyne Verlag München, 1977), der zu den Augenzeugen im Hotel Raphael gehörte. Er führte viele

Gespräche mit Überlebenden und brachte die Chronik »Der 20. Juli 1944 in Paris« erstmals 1953 heraus.

Ich habe mir erlaubt, einige Zitate zu übernehmen, zum Beispiel wenn Generalfeldmarschall von Kluge sagt:

»Ja, meine Herren, dann ist es eben ein missglücktes Attentat!«

Die Fernschreiben wurden wörtlich aus oben genannter Quelle zitiert.

Schwarzheide, im April 2024
Harry Baumann

Danksagung

Ohne meine fleißigen Helferinnen und Helfer wäre dieses Buch nicht entstanden. Ein herzliches Dankeschön geht an Holly O'Rilley, Caroline Simanek und Pjotr_X, die alle in unterschiedlichen Genres schreiben und daher einen speziellen kritischen Blick auf ein Manuskript haben. Vielen Dank auch an Nathalie C. Kutscher für die Gestaltung des Print- und E-Book-Covers.

Schwarzheide im April 2024, Harry Baumann

Impressum

Harald Börst
Naundorfer Str. 6
01987 Schwarzheide
harry55-b@web.de

Wenn Ihnen dieses Buch gefallen hat, beachten Sie bitte auch die anderen historischen Romane des Verfassers:

»Tod an der Schwarzen Elster« - der Mittelalterroman mit Schauplätzen am Fluss Schwarze Elster. Können Margarete und Matthias den Verfolgern entkommen?

»Annika und Heiko – eine Liebe am Ende der DDR« Heiko folgt der Frau, die er liebt, noch vor dem Mauerfall über Ungarn bis nach Bad Tölz in Bayern.

»Johanna und Hannes – eine Liebe im Schatten der Macht«
Der Müllergeselle Hannes wird dank einer Rettungstat geadelt und ist fortan für die Sicherheit der Mätresse von August dem Starken, der Gräfin Cosel, zuständig.

»Auf den Schwingen des Windes« - Begleiten Sie Aurelie de Abremont und Walter Binder Ende des 17. Jahrhunderts auf ihrer abenteuerlichen Reise um die halbe Welt.